KB113275

수레바퀴 아래서

Unterm Rad

세계문학전집 50

수레바퀴 아래서

Unterm Rad

헤르만 헤세

김이섭 옮김

민음사

스물한 살의 헤르만 헤세

차례

1장

요제프 기벤라트 씨는 중개업과 대리업을 했다. 다른 마을
사람들에 견주어 볼 때, 그에게는 장점이나 특성이랄 것이 없
었다. 여느 사람처럼 그는 넓은 어깨에 건장한 체격을 지니고
있었다. 어지간한 장사 수완을 지닌 그는 황금을 숭배하는 솔
직하고 성실한 모습을 보여 주었다. 더욱이 그에게는 정원이
딸린 아담한 저택에다 선조들이 대대로 묻힌 가족 묘가 있었
다. 그의 종교 의식은 약간 개방적이기는 했지만, 겉치레에 지
나지 않았다. 신(神)과 관료주의에 대해서는 적절한 존경심을
표하였고, 시민적인 예의범절의 확고한 불문율에 대해서는 비
굴할 정도로 맹목적인 복종심을 보였다. 그는 가끔 술을 마시
기는 했지만, 한 번도 취한 적이 없었다. 때로는 의혹의 눈초리
를 받을 만한 일을 벌이기도 했다. 하지만 결코 형식적으로 허
용되는 한계를 넘어서지는 않았다. 가난한 사람들에게는 가난

뱅이라고, 부유한 사람들에게는 졸부라고 욕설을 퍼부어 댔다.

그는 시민 단체의 일원으로서 매주 금요일마다 '독수리 주점'에서 열리는 구주희(九柱戲)[1] 놀이에 참석했다. 뿐만 아니라 빵 굽는 날이나 라구[2]를 먹는 날, 그리고 순대 수프를 먹는 날에도 빠지지 않았다. 일할 때에는 값싼 여송연을, 식후나 일요일에는 고급 담배를 피워 물었다.

그의 내면 생활은 속물적이었다. 그가 지녔던 정서(情緖)는 이미 오래전에 먼지가 되어 버렸다. 낡고, 우악스럽기만 한 가족 의식과 자기 아들에 대한 자부심, 그리고 이따금 가난한 사람들에게 베푸는 즉흥적인 자선, 이러한 것들이 겨우 그의 정서의 가장자리를 메우고 있었다. 또한 그의 정신적인 역량은 엄격하게 한계가 그어진 타고난 교활함과 계산적인 술책을 벗어나지 못하였다. 그가 읽는 것은 신문뿐이었다. 그의 예술 감상 욕구를 충족시키는 데는 해마다 개최되는 시민 단체의 소인극(素人劇)과 가끔 열리는 서커스 공연이면 충분했다.

그가 이웃의 어느 누구와 이름이나 집을 바꾼다 하더라도 무엇 하나 달라지지는 않을 것이다. 또한 그의 영혼 깊숙이 자리 잡고 있는 부분, 즉 우월한 힘과 인물에 대한 끊임없는 불신감, 그리고 일상적이지 않은, 보다 자유롭고 세련된 정신 세

---

1) 자그마한 공을 던져 핀을 쓰러뜨리는 독일의 전통적인 놀이로서 지금의 볼링 경기에 해당된다. 하지만 볼링과는 달리 이 놀이에서는 공의 구멍에 손가락을 집어넣는 것이 아니라, 손바닥 위에 올려놓고 가볍게 던진다. 전용 구장이 아닌, 술집의 구석에 설치되어 있어 술을 마시며 즐길 수 있다.
2) 여러 고기를 다져 양념을 친 뒤에 소스를 뿌려 만든 스튜 요리.

계에 대한 본능적인 적대감에 있어서 그는 그 도시의 다른 모든 가장들과 다를 바 없었다. 그의 적대감은 옹졸한 질투심에서 싹튼 것이었다.

이만하면 그에 대한 이야기는 족하다. 사려 깊은 풍자가만이 이 천박한 삶과 무의식적인 비극의 묘사를 배겨 낼 수 있을 것이다. 어쨌든 이 남자에게는 하나뿐인 아들이 있었다. 이제 바로 그 아이에 대해 이야기하려고 한다.

한스 기벤라트는 의심할 여지 없이 재능 있는 아이였다. 그가 얼마나 섬세하고 남다른지는, 다른 아이들 틈에 끼여 돌아다니는 그의 모습을 바라보기만 해도 쉽게 알 수 있었다. 슈바르츠발트[3]의 이 자그마한 마을에서는 여지껏 그러한 인물이 배출된 적이 없었다. 이 좁은 세계 너머로 눈을 돌리거나 영향을 끼칠 만한 사람이 여기서는 아직 한 명도 나오지 않았다. 진지한 눈망울과 영리해 보이는 이마, 그리고 단정한 걸음걸이를 이 소년이 도대체 어디서 물려받았는지는 신만이 알리라. 혹시 어머니로부터? 그녀는 벌써 여러 해 전에 세상을 떠났다. 그녀가 살아 있을 때, 사람들은 그녀에게서 별로 두드러진 특징을 발견하지 못했다. 단지 언제나 병들고 근심에 싸인 모습을 보았을 뿐이었다. 그의 아버지는 전혀 고려의 대상이 되지 못했다. 그렇다면 지난 8, 9세기에 걸쳐 그토록 많은 건실한 시민들이 나왔으면서도 아직 한 번도 재간꾼이나 천재를 길러 내지 못한 바로 이 오래된 작은 마을에 정말이지 하

---

3) 독일 남서부에 위치한 지명으로 '검은 숲'이라는 뜻을 가지고 있다.

늘로부터 신비로운 불꽃이 내려온 셈이었다.

현대적인 교육을 받은 관찰자라면 병약한 어머니와 훌륭한 가문의 연륜을 되짚어 보며 지성의 이상비대증(異常肥大症)을 점차 심각해지는 몰락의 증상이라고 이야기할 수 있을 것이다. 하지만 다행스럽게도 이 마을에는 그러한 부류의 시민들이 살고 있지 않았다. 관료들이나 교사들 가운데에서 보다 젊고 약삭빠른 사람들만이 신문 사설을 통해 어렴풋하게나마 '현대적인 인간'의 존재에 관해 알고 있을 뿐이었다. 이곳에서는 차라투스트라의 이야기를 모르더라도 교양 있는 척하면서 아무런 어려움 없이 살 수 있었다. 그들의 결혼 생활은 견실하고 행복했다. 하지만 그들의 삶 어디에나 치유할 수 없는 고루함이 배어 있었다. 자족하며 지내는 돈 많은 사람들 가운데에는 지난 20여 년 동안 수공업자에서 공장주로 탈바꿈한 사람들이 더러 있었다. 이들은 관료들 앞에서 모자를 벗어 인사하며 친분을 다지려고 노력하면서도, 자기네들끼리 어울릴 때에는 그들을 인색꾼이니 서기(書記) 종놈이니 하고 불렀다.

그런데 이상하게도 마을 사람들의 가장 큰 야심은 자기 아들이 가능하면 대학 공부를 마치고 관료가 되는 것이었다. 하지만 안타깝게도 이러한 바람은 도저히 이루어질 수 없는 한낱 아름다운 꿈에 지나지 않았다. 왜냐하면 이들의 아들들은 거의 모두 라틴어 학교에서 힘에 겨워 끙끙거리며 낙제를 거듭한 끝에 겨우 졸업하는 수준이었기 때문이다.

한스 기벤라트의 재능에 대해서는 의심의 여지가 없었다. 교사들이나 교장 선생, 이웃 사람들이나 마을 목사, 학교 친구들

등 모든 사람들은 이 사내아이가 영리한 두뇌를 가진 특별한 존재라는 사실을 인정했다. 그렇다면 그의 장래는 이미 결정된 거나 다름없었다. 왜냐하면 슈바벤 지역에서는 부모가 부유하지 않을 경우 재능 있는 아이들 앞에는 단 하나의 좁은 길만이 놓여 있기 때문이다. 그 길은 주(州) 시험에 합격하여 신학교에 입학한 뒤, 거기서 다시 튀빙엔의 수도원에 들어가고, 나중에 목사가 되어 설교단에 서거나 아니면 대학의 강단에 서는 것이었다. 해마다 마흔 명에서 쉰 명의 지방 소년들이 이처럼 평탄하고 안전한 길을 밟는다. 이제 갓 입교식(入校式)[4]을 끝낸 아이들이 모두 공부에 지친 나머지 무척이나 여윈 모습으로 국가의 보조금을 받아 인문 과학의 다양한 영역을 섭렵하고, 팔 년 내지 구 년 뒤에는 그들의 인생 여정에 있어 보다 긴 두 번째의 삶을 향해 발걸음을 내딛게 된다. 여기서 이들은 자신들이 받은 은혜를 국가에 보답해야 하는 것이다.

몇 주 뒤에는 어김없이 주 시험이 치러지게 되어 있었다. 해마다 열리는 '헤카톰베'[5]를 통해 국가는 그 주에서 특히 머리가 뛰어난 젊은이들을 선발한다. 시험이 진행되는 동안, 도시와 마을에서는 수많은 가족들이 시험 장소인 수도(首都)를 향해 눈을 들어 한숨과 기도, 그리고 기원을 보낸다.

한스 기벤라트는 이 작은 마을이 힘겨운 경쟁에 내보내기

---

4) 성서 문답과 신앙 고백을 통하여 교회의 일원이 되는 신교의 종교 의식이다.
5) 수소 100마리를 제물로 바치는 예식. 여기서는 힘들고 어려운 시험을 빗대어 이르는 말이다.

로 한 유일한 후보자였다. 그 명예는 대단했다. 그렇다고 그가 이러한 명예를 거저 얻은 것은 아니었다. 매일 4시까지 계속되는 학교 수업 이외에도 교장 선생이 따로 가르치는 그리스어 수업이 이어졌다. 그러고 나서 6시에는 마을 목사님이 친절하게도 라틴어와 종교의 복습 강의를 해 주었다. 또한 일주일에 두 번씩은 저녁 식사를 마친 뒤에도 수학 교사로부터 한 시간에 걸쳐 지도를 받았다.

그리스어 시간에는 불규칙 동사 다음으로 불변화사(不變化詞)에 의해 표현될 수 있는 문장 결합의 다양한 가능성에 주안점이 두어졌다. 라틴어에서는 간결한 문체를 유지하는 법과 운율의 섬세함을 배웠다. 그리고 수학에서는 복잡한 비례법을 집중적으로 익혀 나갔다. 교사가 자주 강조한 바와 같이, 겉으로 보기에는 비례법이 앞으로의 연구와 삶에 전혀 필요치 않은 것처럼 보일 수도 있었다. 하지만 실제로 그것은 매우 중요했다. 다른 주요 과목들보다 오히려 더 중요할지도 몰랐다. 왜냐하면 그것은 논리적인 추리 능력을 키울 뿐 아니라, 명확하고 냉정한, 효과적인 모든 사고의 토대가 되기 때문이다.

정신의 과도한 부담과 이성의 지나친 훈련 때문에 정서가 등한시되거나 메마르지 않도록 하기 위하여, 한스는 매일 아침 학교 수업이 시작되기 한 시간 전에 입교식의 준비 교육에 참석하도록 되어 있었다. 그 수업에서는 브렌츠[6]의 종교문답

---

6) 요하네스 브렌츠(Johannes Brenz, 1499~1570)는 슈바벤의 신교주의자로서 그 지방의 영주(領主)인 울리히 공(公)의 조언자이자 설교자이기도 했다. 그는 루터를 지지하여 뷔르템베르크의 종교 개혁에 앞장섰다.

을 통하여, 학생들의 관심을 끌 만한 질의응답의 암기와 암송을 통하여, 종교적인 삶의 신선한 입김이 젊은이들의 영혼 깊숙이 스며들었다. 하지만 유감스럽게도 한스는 생에 활력을 주는 이러한 시간들을 단축시키고, 그 축복을 스스로 저버리고 말았다. 왜냐하면 그는 그리스어와 라틴어의 단어들과 연습 문제를 적은 종이쪽지를 남몰래 문답서에 끼워 넣은 채 거의 한 시간 내내 이 세속적인 지식에 골몰했기 때문이다. 그래도 그의 양심이 지나칠 정도로 무뎌진 것은 아니어서 그는 끊임없이 당혹스러운 불안감과 은밀한 두려움을 느끼고 있었다. 담임 목사가 그의 곁에 다가오거나 그의 이름을 부를 때면 그때마다 수줍어하며 몸을 움츠렸고, 답변을 해야 할 때면 이마에는 땀방울이 맺히고 가슴은 두근대기 시작했다. 하지만 그의 답변은 발음조차 흠잡을 데 없이 정확했다. 이러한 그의 재능을 담임 목사는 높이 평가하고 있었다.

한스는 집에 돌아와 늦은 저녁까지 정다운 등잔불 밑에서 학교 수업의 과제물들을 풀어 나갔다. 그것들은 쓰기와 외우기, 그리고 복습과 예습의 과제물이었다. 그의 담임 교사는 가족의 평화에 둘러싸인 조용한 분위기 속에서 공부하면 특별한 깊이와 자극적인 효과를 얻을 수 있다고 생각했다. 한스는 화요일과 토요일에는 10시까지, 그밖의 다른 날에는 11시나 12시까지, 때로는 더 늦게까지도 공부를 했다. 아버지는 지나치게 기름을 낭비하는 것에 대해 약간 볼멘소리를 하면서도 아들이 열심히 공부하는 모습을 만족스러운 표정으로 자랑스럽게 바라보았다. 한스는 가끔 한가한 시간이 생길 때나, 우리의 삶 가운데 일곱 번째 부분을 차지하는 일요일이면, 학교에서 미처 읽어 보지 못한 책들을 읽거나 이미 배운 문법을 다시 복습하며 부족한 지식을 메꾸어 나가야만 했다.

"물론 지나치면 안 되지, 무리해서는 안 되는 거라고! 일주일에 한두 번쯤 산책을 하도록 하려무나. 산책이란 꼭 필요할 뿐더러 기적을 일으키기도 하거든. 날씨가 좋은 날에는 책을 들고 밖으로 나갈 수도 있지. 신선한 공기를 쐬며 공부한다는 것이 얼마나 손쉽고 즐거운 일인지, 머지않아 알게 될 거야. 어쨌든 고개를 높이 치켜들거라!"

그래서 한스는 될 수 있는 대로 고개를 높이 치켜들고 다녔다. 산책할 때에도 공부를 게을리하지 않았다. 그리고 밤샘한 듯한 얼굴과 가장자리가 푸르스름해진 피곤한 눈으로 수줍은 모습을 한 채 아무 말 없이 주위를 돌아다녔다.

"기벤라트 학생에 대해 어떻게 생각하십니까? 시험에 합격할까요?" 어느 날, 담임 교사가 교장에게 물었다.

"그 아이는 해낼 거예요. 해낼 거라고요." 교장 선생은 환성을 지르듯이 말했다. "그 아이는 아주 영리한 아이예요. 그 아이를 한번 쳐다보세요. 정말이지 정신으로 충만해 보이는 걸요."

지난 한 주일 사이 그의 정신 세계는 더욱 충만해졌다. 어여쁘고 부드러운 소년의 얼굴에는 움푹 패인 눈동자가 음울한 열정을 지닌 채 불안스럽게 빛나고 있었다. 아름다운 이마에는 그의 정신을 드러내는 듯한 가느다란 주름들이 움직이고 있었다. 또한 가늘고 마른 팔과 손은 축 늘어진 채 보티첼리를 연상케 하는 나른한 우아함을 보여 주었다.

이제 시험 날이 다가왔다. 한스는 다음 날 아침 아버지와 함께 슈투트가르트로 떠나기로 되어 있었다. 거기에서 주 시험을 치르고, 자신이 신학교의 좁은 수도원 문을 들어설 자격이 있다는 사실을 입증해야 했다. 방금 그는 교장 선생과 작별의 인사를 나누었다. 두려움의 대상이었던 그 지배자는 헤어질 무렵에 보통 때와는 달리 부드럽게 말하기 시작했다. "오늘 저녁에는 더 이상 공부하지 말아라. 내게 약속할 수 있겠지. 내일 아침에는 아주 건강한 상태로 슈투트가르트에 도착해야 한다. 이제 한 시간가량 산책하고 나서 일찍 잠자리에 들도록 해라. 젊은이들은 충분한 수면을 취해야 하는 법이라고." 한스는 교장 선생으로부터 무서운 충고를 실컷 들으리라고 생각했었다. 하지만 이처럼 호의 어린 격려를 듣고 나니 그저 얼떨떨하기만 했다.

그는 숨을 크게 내쉬며 교정을 나섰다. 커다란 키르히베르크의 보리수들은 늦은 오후의 뜨거운 햇살을 받으며 흐릿하게 반짝이고 있었다. 시장터에는 두 개의 커다란 분수대가 출렁거리며 깜빡이고 있었다. 그리고 검푸른 잣나무로 가득한 주위의 산들이 곧지 않게 늘어선 지붕 너머로 내려다보고 있었다. 소년 한스에게는 이 모든 것들이 오랫동안 보지 못했던 광경처럼 여겨졌다. 한스 자신이 유혹에 빠질 만큼 너무나도 아름답게 보였다. 한스는 머리가 아팠다. 하지만 오늘은 전혀 공부하지 않아도 괜찮았기 때문에 기분이 매우 좋았다.

그는 천천히 시장터를 가로질러 낡은 시청을 지나고, 시장 골목을 거쳐 대장간을 지나 오래된 다리에 이르렀다. 거기에서 한동안 이리저리 돌아다니다가, 마침내 넓은 다리 난간에 걸터앉았다. 그는 여러 달에 걸쳐 매일 네 번씩이나 여기를 지나다녔었다. 그런데도 다리 위에 있는 자그마한 고딕식의 예배당을 제대로 쳐다본 적이 없었다. 뿐만 아니라 강물이나 수문(水門), 둑이나 방앗간 등을 전혀 눈여겨보지도 않았었다. 수영터인 초원이나 수양버들이 늘어진 강변도 그냥 지나쳤었다. 그 강변에는 제혁 공장이 들어서 있었다. 강물은 호수처럼 깊고 푸르게, 그리고 잔잔하게 흐르고 있었다. 끝이 뾰족한 버드나무 가지들은 휘어진 채 강물에 닿을 정도로 깊이 드리워져 있었다.

한스는 여기서 보냈던 시간들을 다시 회상해 보았다. 예전에 그는 반나절, 혹은 하루 온종일 수영도 하고, 잠수도 하고, 노도 젓고, 낚시도 했다. 아, 낚시질! 이제 그는 낚시하는 법조차 거의 잊어버렸다. 지난해에는 시험 준비 때문에 낚시질이 금지되었었다. 그래서 그는 쓰디쓴 눈물을 흘려야 했다. 낚시질! 그것은 오랜 학창 시절 가운데 가장 아름다운 추억거리였다. 수양버들의 옅은 그늘 아래 물레방앗간의 둑에서 떨어지는 깊고도 잔잔한 물소리! 물 위에 어른거리는 불빛과 길게 늘어진 낚싯대의 잔잔한 흔들림, 그리고 미끼를 문 고기를 잡아당길 때의 흥분, 차갑게 꼬리를 흔들어 대는 살이 오른 물고기를 손에 잡아들 때의 그 형용할 수 없는 기쁨!

그는 더러 윤기 나는 잉어를 낚아 올리기도 했다. 흰 잉어와 탐스러운 잉어들, 그리고 멋진 빛깔을 자랑하는 자그마한 잉어들. 오랫동안 그는 강물 위를 물끄러미 내려다보았다. 푸른 강변을 바라보는 사이에 어느덧 깊은 상념에 사로잡히고, 어쩐지 애수에 젖어들기 시작했다. 어린 소년의 아름답고 자유로운, 거친 즐거움이 그토록 멀어져 간 것만 같았다. 무심결에 한스는 주머니에서 빵 한 조각을 꺼내 크고 작은 덩어리를 만들었다. 그러고는 그것들을 물속에 던져 넣고, 물고기들이 물속에 가라앉는 빵 부스러기를 뜯어먹는 모습을 지켜보았다. 처음에는 아주 자그마한 금붕어들이 달려들었다. 그러고는 작은 덩어리들을 게걸스럽게 먹어 치운 뒤, 굶주린 듯한 주둥이로 큰 덩어리들을 이리저리 밀쳐 댔다. 그러자 덩치가 더 커다란 은빛 잉어가 천천히, 그리고 조심스럽게 다가오기 시작했다. 그 고기의 거무스레하고 펀펀한 등은 희미하게나마 강 바닥과 구별되었다. 은빛 잉어는 빵 덩어리 주위를 조심스럽게 에워싸더니, 갑자기 주둥이를 둥글게 벌리고는 재빨리 삼켜 버리는 것이었다.

완만하게 흐르는 강물에서는 후텁지근한 향내가 피어올랐다. 여러 조각의 엷은 구름들은 푸른 수면 속에서 어렴풋하게 비치고 있었고, 물방앗간에서는 둥근 톱니바퀴가 신음소리를 내며 돌고 있었다. 그리고 강물은 두 군데의 둑에서 시원하면서도 나지막하게 흘러나와 한군데로 모여들었다.

소년은 입교식이 행해졌던 지난 일요일을 생각하고 있었다. 감동을 자아내기에 충분한 엄숙한 예식이 진행되는 동안에도 그리스어의 동사를 외우고 있는 자신을 발견하곤 했었다. 다른 경우에도 종종 그런 일이 벌어졌다. 그럴 때마다 한스의 생각은 뒤범벅이 되곤 했다. 학교에서도 그는 눈앞에 놓여 있는 공부 대신에 이미 했거나 아니면 나중에 해야 할 공부를 늘 상 생각하고 있었다.

그래, 시험을 잘 치를 수 있을 거야!

한스는 멍하니 자리에서 일어났다. 하지만 어디로 가야 할지 마음을 정하지 못했다. 갑자기 힘센 손이 그의 어깨를 붙잡았고, 친근한 남자의 목소리가 그에게 말을 걸었다. 한스는 깜짝 놀랐다.

"잘 있었어, 한스! 잠시 나랑 산책 좀 할까?"

그 사람은 구둣방 아저씨 플라이크였다. 한스는 예전에 가끔 그의 곁에서 저녁나절을 보내기도 했지만, 그건 벌써 오래 전의 일이 되고 말았다. 한스는 그와 함께 걷기 시작했다. 하지만 신앙심이 깊은 이 경건주의자의 이야기를 별로 주의깊게 듣지는 않았다. 플라이크는 시험에 관한 이야기를 꺼냈다. 그러고는 소년 한스에게 행운을 빌고, 용기를 북돋워 주었다. 정작 그가 이야기를 건넨 궁극적인 목적은, 시험이란 단지 외형적이고 우연한 일에 지나지 않는다는 사실을 한스에게 환기시켜 주려는 것이었다. 시험에 떨어진다고 부끄러워할 필요는 없었다. 그것은 가장 탁월한 학생에게도 생길 수 있는 일이라고 말해 주었다. 설혹 한스가 그런 일을 당한다 하더라도, 신이 모든 영혼들을 위하여 특별한 섭리를 가지고 있으며, 예정된 길로 그들을 이끈다는 사실을 생각하기 바란다고 덧붙였다.

한스가 이 남자에 대하여 전혀 양심의 가책을 느끼지 않는다고는 말할 수 없었다. 한스는 그의 의젓하고 장중한 성품을 존경해 오던 터였다. 하지만 마을 사람들은 플라이크 아저씨와 다른 기도(祈禱)의 형제들에 대하여 우스꽝스러운 이야기를 많이 늘어놓곤 했다. 한스도 어떤 때는 이들의 농담이 옳지 않다는 것을 잘 알고 있으면서도 예외 없이 함께 웃음을 터뜨렸었다. 게다가 한스는 자신의 비겁함을 부끄러워해야 할 판이었다. 어느 때부터인가 그는 이 구둣방 아저씨의 날카로운 질문 때문에 거의 겁에 질린 사람처럼 도망다니다시피 했다. 한스는 자기 자신과 교사들의 자랑거리가 된 뒤로 약간 교만해져 있었다. 그래서 구둣방 아저씨 플라이크는 종종 우습다는 듯이 그를 쳐다보았고, 그의 건방진 마음을 꺾어 보려고 애를 쓰기도 했다. 그래서 소년 한스의 영혼은 호의가 넘치는 이 인도자(引導者)의 손에서 자꾸만 멀어져 갔다. 이미 한스는 반항심이 한창 절정에 달한 나이였기 때문이다. 그는 자신의 자아 의식을 건드리는 별로 달갑지 않은 모든 접촉에 대해서 민감하게 촉각을 곤두세우고 있었던 것이다.

지금 한스는 이야기를 들려주는 이 아저씨 옆에서 나란히 걷고 있으면서도 아저씨가 염려와 친절에 가득 찬 시선으로 자기를 굽어보고 있다는 사실을 전혀 알지 못했다.

크로넨 가세(골목)에서 그들은 마을 목사와 마주쳤다. 구둣방 아저씨는 점잖으면서도 차갑게 인사를 하고는 서둘러 사라졌다. 왜냐하면 마을 목사가 새로운 유행을 따를 뿐 아니라, 부활도 믿지 않는다는 소문이 널리 퍼져 있었기 때문이다. 마을 목사는 한스를 데리고 걷기 시작했다.

"어떻게 지내니?" 그가 물었다. "이제 곧 시험이 있을 텐데 기분이 좋겠구나."

"예, 괜찮아요."

"그래, 정신 바짝 차리도록 하거라! 우리가 너에게 모든 희망을 걸고 있다는 걸 잘 알고 있겠지. 특히 라틴어 시험에서 좋은 성적을 거두기 바란다."

"하지만 혹시라도 제가 시험에서 떨어지게 된다면." 한스는 수줍은 듯이 말했다.

"떨어진다고?" 목사는 너무나도 놀란 나머지 그만 제자리에 멈추어 섰다.

"시험에서 떨어진다는 건 도저히 상상할 수가 없구나. 전혀 불가능한 일이야! 어떻게 그런 생각을 할 수 있니!"

"전 그냥, 만일 그렇게 된다면."

"그렇게 되지 않을 거야, 한스! 그럴 리가 없어. 그런 걱정은 안 해도 될 거야. 자, 그럼 너희 아버님께 인사 좀 전해 주려무나! 용기를 내!"

한스는 마을 목사의 뒷모습을 바라보고 난 뒤에 구둣방 아저씨가 사라진 쪽을 향해 눈을 돌렸다. 그 아저씨가 무슨 말을 했던가? 만일 온전한 마음과 신에 대한 경외심을 가지고 있다면, 라틴어 따위는 그리 중요한 문제가 아니라고 했다. 아저씨처럼 말하기는 어렵지 않은 일이었다. 게다가 마을 목사까지! 만일 시험에서 떨어지게 된다면, 한스는 그 앞에 얼굴도 내밀지 못할 것이다.

침울한 심정으로 집에 돌아온 한스는 언덕에 비스듬히 자리 잡은 자그마한 정원에 들어섰다. 거기에는 이미 오래전부터 사용하지 않아 거의 허물어져 버린 정자가 서 있었다. 예전에 그는 널빤지로 토끼 집을 만들어 삼 년 동안이나 토끼들을 길렀었다. 하지만 지난가을에 그 토끼들도 모두 빼앗기고 말았다. 시험 공부 때문이었다. 그 뒤로 한스는 기분 전환을 위한 시간적인 여유를 좀처럼 갖지 못했다.

한스가 정원에 마지막으로 들어간 일이 벌써 오래전이었다. 텅 빈 칸막이는 금방이라도 쓰러질 것만 같았다. 벽 모퉁이의 석순(石筍)들은 다 허물어져 버렸다. 나무로 만든 자그마한 물레바퀴는 비틀어지고 깨어진 채 수도관 옆에서 하릴없이 나뒹굴고 있었다. 한스는 기쁨에 겨워하던 어린 시절을 떠올렸다. 그때는 이 모든 물건들을 자기 손으로 만들고, 또 다듬기도 했었다. 벌써 이 년이란 세월이 흘렀다. 아주 오래전의 일이었다. 그는 자그마한 물레바퀴를 집어 들더니 이리저리 구부린 뒤에 쓰지 못하게 완전히 부수어 버렸다. 그러고는 울타리 너머로 내던져 버렸다. 이런 쓸모없는 물건은 없애야 한다! 정말이지 이 모든 일들은 이미 오래전에 다 끝나 버린 것이었다.

문득 학교 친구 아우구스트가 머릿속을 스쳐 지나갔다. 예전에 한스는 아우구스트의 도움을 받으며 물레바퀴도 만들고, 토끼 집도 고쳤었다. 오후 내내 그들은 여기서 돌팔매질도 하고, 고양이를 뒤쫓기도 하고, 천막을 치기도 하며 여기서 놀았었다. 그리고 쉬는 시간에는 씻지도 않은 노랑무를 간식으로 먹기도 했다. 그러다 한스는 공부에 전념해야 했고, 일 년 전에 학교를 그만둔 아우구스트는 기계 견습공이 되었다. 그 뒤로 아우구스트는 두 번밖에 얼굴을 내보이지 않았다. 물론 그도 시간이 없었던 것이다.

구름의 그림자가 서둘러 골짜기 너머로 흘러가고, 해는 이미 산기슭에 거의 닿아 있었다. 잠시 한스는 몸을 내던진 채 울부짖고 싶은 충동을 느꼈다. 하지만 그 대신 헛간에서 손도끼를 들고 나와서는 가냘픈 팔로 마구 휘둘렀다. 토끼 집이 산산조각으로 쪼개져 버렸다. 나무 조각들은 이리저리 튕겨 올랐고, 철못들은 삐걱 소리를 내며 휘어지고 말았다. 지난해 여름에 쓰다 남은 썩은 토끼 먹이들이 밖으로 드러났다. 한스는 닥치는 대로 손도끼를 휘둘러 댔다. 마치 토끼와 친구 아우구스트, 그리고 어린 시절의 옛 추억들을 모두 지워 버릴 수 있기나 한 것처럼.

"아니, 원, 이럴 수가. 도대체 이게 무슨 짓이니?" 아버지가 창가에서 밖을 향해 소리쳤다. "너 거기서 뭐하는 거니?"

"땔감을 만드는 거예요."

한스는 더 이상 대답하지 않았다. 그냥 손도끼를 내던지고는 안뜰을 가로질러 골목길로 나선 뒤에 강기슭을 따라 상류로 걸어갔다. 양조장 가까이에는 두 개의 뗏목이 묶여 있었다. 예전에 그는 가끔 뗏목을 타고 강물을 따라 몇 시간이고 떠내려갔었다. 따스한 여름날 오후 뗏목 나무 사이에서 철썩거리는 강물을 따라 가노라면 때로는 흥분되기도 하고, 때로는 졸음에 빠지기도 했다. 한스는 줄이 풀어져 강물 위에서 둥실거리는 뗏목에 올라탔다. 그리고 버들개지 덤불 위에 몸을 던지고는 상상의 날개를 펴기 시작했다. 뗏목이 흘러간다. 때로는 급하게, 때로는 천천히. 초원과 밭이랑, 마을과 서늘한 숲가를 지나 위로 들려진 수문과 다리 아래로 떠내려간다. 나는 뗏목

위에 누워 있다. 마치 모든 일이 다시 예전과 같아진 것 같다. '카프베르크'에서 토끼 먹이를 찾거나, 강가에 있는 제혁 공장의 뜰에 걸터앉아 낚시를 하던 시절, 머리도 아프지 않고, 걱정거리도 하나 없던 그 시절처럼.

피곤에 지친 한스는 저녁 식사를 하기 위해 집으로 돌아왔다. 슈투트가르트에서의 시험이 바로 앞에 다가와 있었기 때문에 아버지는 무척이나 들떠 있었다. 그는 한스에게 몇 번이고 되물었다. 필요한 책을 모두 챙겼는지, 검정 옷을 준비해 놓았는지, 가는 도중에 혹시 문법을 공부할 생각은 없는지, 지금 기분은 어떤지. 한스는 퉁명스러운 어투로 짤막하게 대답하며 저녁을 먹는 둥 마는 둥 하고 곧 저녁 인사를 했다.

"잘 자거라, 한스! 푹 자야 해! 그럼, 내일 아침 6시에 깨워줄게. '그' 사전도 잊진 않았겠지?"

"예, 물론 '그' 사전을 잊지 않았어요. 안녕히 주무세요!"

한스는 자그마한 자기 방에서 불도 켜지 않은 채 오래도록 앉아 있었다. 자기만의 자그마한 방 — 시험이 지금까지 그에게 가져다준 유일한 축복이었다. 그 안에서 한스는 어느 누구에게도 방해받지 않는 지배자였다. 여기서 그는 피곤과 졸음, 두통과 싸우며 시저와 크세노폰, 문법과 사전, 그리고 수학 숙제와 씨름하며 기나긴 저녁나절을 보냈다. 때로는 공명심에 불타 고집을 부리며 끈덕지게 밀어붙이기도 했고 때로는 절망감에 빠지기도 했다. 그래도 이 방에서 그는 잃어버린 어린 시절의 즐거움보다 더 가치가 있다고 여겨지는 시간들을 보냈었다. 그것은 자부심과 도취, 승리감에 가득 찬, 꿈과도 같은 기이한 시간들이었다. 그때에 그는 학교나 시험, 그리고 다른 모든 것들을 뛰어넘어 보다 높은 존재의 영역을 꿈꾸었던 것이다. 정말이지 뺨이 두툼하고 평범한 학교 친구들과는 다르다는, 더 나은 존재라는 예감이 한스를 사로잡았었다. 언젠가는 속세에서 벗어난 높은 곳에서 우쭐대며 이들을 내려다보게 되리라는, 건방지면서도 행복에 겨운 예감이었다.

한스는 마치 지금도 이 자그마한 방 안에 보다 자유롭고 상큼한 공기가 들어 있기라도 한 듯이 숨을 크게 들이마셨다. 그러고는 침대 위에 우두커니 앉아 꿈과 바람 속에 어렴풋한 상상의 날개를 펴며 여러 시간을 보냈다. 그의 밝은 눈꺼풀이 피곤에 지친 커다란 눈동자를 천천히 내리덮었다. 다시 눈이 떠지고, 잠시 깜박거리더니 이내 감겨 버렸다. 소년의 창백한 얼굴이 메마른 어깨 위로 가라앉고 있었다. 그리고 야윈 두 팔은 피곤에 지친 나머지 축 늘어지고 말았다. 한스는 옷을 입은 채로 잠이 들었다. 어머니처럼 다정하고 고요한 졸음의 손이 불안에 떠는 심장의 파도를 어루만지고 있었다. 그리고 귀여운 이마에 난 가느다란 주름살을 펴 주었다.

일찍이 그런 일은 없었다. 이른 새벽임에도 불구하고, 교장 선생이 몸소 기차역까지 나와 주었다. 검정 프록코트를 몸에 두른 기벤라트 씨는 흥분과 기쁨, 자부심에 겨워 가만히 서 있지 못했다. 그래서 초조한 듯이 총총걸음으로 교장 선생과 한스 주위를 돌아다녔다. 동시에 즐거운 여행과 아들의 합격을 비는 역장과 역무원들의 인사를 받았다. 아버지는 자그마하고 뻣뻣한 여행 가방을 왼손과 오른손에 번갈아 들었다. 그리고 우산을 팔 아래 끼웠다가는 다시 무릎 사이에 끼우기도 했다. 몇 번이나 우산을 떨어뜨렸다. 그럴 때마다 가방을 내려놓고는 우산을 다시 주워 올렸다. 그의 행동을 지켜본 사람이라면 이렇게 생각했을지 모른다. 그가 왕복 차표를 가지고 슈투트가르트로 여행을 떠나는 것이 아니라, 미국으로 건너가는 것이라고 말이다. 아들은 겉으로 매우 침착해 보이기는 했지만, 남모르는 불안감이 그의 목을 조이고 있었다.

이윽고 역에 다다른 기차가 멈추어 섰다. 아버지와 아들은 기차에 올라탔고, 교장 선생은 손을 들어 인사를 보냈다. 아버지가 담배에 불을 붙였다. 도시와 강물이 골짜기 아래로 차츰 사라져 갔다. 이들에게 기차 여행은 하나의 고통이었다.

아버지는 슈투트가르트에 도착하기가 무섭게 생기를 되찾았다. 쾌활하고 다정다감한, 만사에 능한 사람처럼 변해 버렸다. 주의 수도에 발을 디디고는 이삼 일 정도 머물게 된 소도시인의 감격, 바로 그것 때문이었다. 하지만 한스는 점점 말이 없어지고, 불안해졌다. 시가지를 바라보는 순간부터 답답하고 불안한 기분에 휩싸이고 말았다. 낯선 얼굴들, 뻐기는 듯이 높게 치솟은 휘황찬란한 건물들, 아무리 걸어도 끝이 보이지 않을 정도로 길게 뻗어 있는 길, 철로 마차 그리고 길거리의 소음이 한스를 겁에 질리게 했을 뿐 아니라 괴롭게 만들었다.

두 사람은 숙모 댁에 묵기로 했다. 익숙하지 않은 공간들, 숙모의 친절함과 수다스러움, 그냥 무턱대고 앉아 있어야 하는 분위기, 용기를 북돋워 주기 위해 쉬지 않고 이야기를 들려

주는 아버지의 배려, 이러한 것들이 어린 소년을 완전히 땅바닥에 내동댕이치다시피 했다.

한스는 어설프고 당혹스러운 느낌으로 방 안에 쭈그리고 앉아 있었다. 그는 눈에 익지 않은 주위의 환경, 숙모가 입고 있는 도시풍의 옷차림새, 벽에 걸려 있는 큰 무늬의 양탄자, 탁상시계, 벽에 그려져 있는 그림들, 그리고 창밖으로 펼쳐진 시끌벅적한 거리의 풍경들을 바라보았다. 동시에 무기력한 자신의 모습을 발견할 수밖에 없었다. 또한 벌써 오래전에 집을 떠나온 듯한 느낌이 들기도 했고, 힘들게 배운 지식을 한순간에 모두 잃어버린 듯한 느낌이 들기도 했다.

오후에는 다시 한번 그리스어의 불변화사(不變化詞)를 훑어보려고 했지만, 숙모가 그에게 같이 산책하자는 제안을 해 왔다. 그 순간에 한스는 초원의 푸르름이며 숲의 나뭇잎 소리를 심안(心眼)으로 보았다. 그는 기꺼이 숙모의 제안에 따라나섰다. 그러나 이곳 대도시에서의 산책이 고향에서의 그것과는 다른 형태의 즐거움이라는 사실을 곧 알 수 있었다.

아버지는 시내에서 처리해야 할 일들이 있었기 때문에 한스는 숙모와 단둘이서 산책에 나섰다. 하지만 벌써 계단에서부터 불행이 시작되고 말았다. 이 층에서 그들은 건방져 보이는 어느 뚱뚱한 여인과 마주쳤다. 숙모가 무릎을 굽혀 인사를 건네자마자, 그녀는 매우 능숙한 말솜씨로 떠들어 대기 시작했다. 무려 십오 분 이상이나 그 자리에서 이야기가 계속되었다. 한스는 계단 난간에 몸을 기댄 채 옆에 서 있었다. 그 여인이 끌고 온 강아지는 한스의 냄새를 맡기도 하고, 짖어 대기도 했다. 한스는 이들이 자신에 대해 이야기하고 있다는 사실을 어렴풋이 알아차렸다. 왜냐하면 그 낯선 뚱보 아줌마가 코에 거는 안경 너머로 자꾸만 한스를 위아래로 훑어보았기 때문이다.

거리에 나서기가 무섭게 숙모는 어느 상점 안으로 들어갔다. 숙모가 다시 나올 때까지는 시간이 꽤 걸렸다. 한스는 수줍은 듯이 길거리에 서 있었다. 지나가던 사람들이 그를 옆으로 밀치기도 하고, 골목길의 아이들이 놀려 대기도 했다. 상점에서 나온 숙모는 한스에게 넓적한 초콜릿을 한 개 주었다. 그는 초콜릿을 좋아하지도 않으면서 고맙다는 인사를 예의 바르게 했다. 다음 모퉁이에서 그들은 철로 마차에 올라탔다. 마차는 손님을 가득 태우고, 끊임없이 종소리를 울려 대며 거리를 달렸다. 마침내 넓은 가로수길과 정원이 나타났다. 분수에서는 물이 솟구치고, 울타리를 두른 관상용(觀賞用) 꽃밭에는 꽃이 만발해 있었다. 자그마한 인공 연못에서는 금붕어들이 헤엄을 치고 있었다.

사람들은 이리저리 오가기도 하고, 짝을 지어 원을 그리듯이 빙빙 돌아다니기도 했다. 수많은 얼굴들, 가지각색의 우아한 옷차림을 한 사람들, 자전거들, 환자용 휠체어들, 그리고 유모차들이 눈에 띄었다. 소란스러운 목소리들도 귀에 들려왔다. 숙모와 한스는 먼지투성이의 후텁지근한 공기를 들이마셨다.

마침내 다른 사람들과 나란히 벤치에 자리를 잡고 앉았다. 방금 전까지만 해도 숙모는 내내 수다를 떨며 이야기를 늘어놓았었다. 이제 그녀는 신음하듯 크게 숨을 내쉬고는 사랑스러운 눈초리로 소년을 바라보았다. 그리고 그에게 초콜릿을 먹으라고 권하는 것이었다. 하지만 한스는 그러고 싶지 않았다.

"아니, 왜 안 먹으려고 하는 거니? 그러지 말고 어서 먹으려무나, 먹으라니까!"

한스는 초콜릿을 끄집어내 잠시 은박지를 만지작거리다가 하는 수 없이 자그맣게 한 조각을 떼어 물었다. 초콜릿을 좋아하지는 않았지만, 그렇다고 숙모에게 바른 대로 이야기할 수도 없는 노릇이었다. 초콜릿 조각을 입에 문 한스는 그것을 어떻게 해서든 삼키려고 애를 썼다. 그사이에 숙모는 사람들 틈바구니에서 낯익은 사람을 발견하고는 즉시 그리로 달려갔다.

"여기 앉아 있도록 해라! 내가 곧 돌아올 테니."

한스는 이 기회를 놓치지 않았다. 숨을 크게 들이쉬고 나서 손에 들고 있던 초콜릿을 잔디밭에 냅다 던져 버렸다. 그러고는 박자를 맞추어 흐느적거리며 걷기 시작했다. 주위의 사람들을 이리저리 쳐다보고 있노라니 문득 자신이 처량하다는 생각이 들었다. 한스는 다시 한번 불규칙동사를 외워 보려고 했지만, 끔찍하게도 거의 아무것도 기억해 낼 수가 없었다. 그동안 외웠던 모든 지식을 까맣게 잊어버리고 만 것이다. 바로 내일이 주 시험인데!

이윽고 숙모가 한스에게로 돌아왔다. 그리고 올해에는 118명이나 되는 수험생들이 주 시험에 응시했다고 이야기해 주었다. 이들 가운데 서른여섯 명만이 합격할 수 있었다. 이 이야기를 들은 소년은 무척이나 풀이 죽고 말았다. 집으로 돌아오는 길에는 한 마디도 하지 않았다. 집에 돌아오니 머리가 아프기 시작했다. 한스가 이번에도 음식을 전혀 먹으려고 하지 않았기 때문에, 아버지는 그를 단단히 꾸짖어 주었다. 심지어 숙모마저도 그를 못마땅하게 여겼다.

한스는 밤에 깊이 잠들기는 했지만, 힘에 겨울 정도로 무시무시한 꿈에 시달렸다. 그는 117명의 다른 동료들과 함께 시험장에 앉아 있었다. 시험관은 고향의 마을 목사나 숙모와 비슷해 보였다. 한스 앞에는 자신이 먹어야 하는 초콜릿이 산더미처럼 쌓여 있었다. 그가 눈물을 머금으며 초콜릿을 먹는 사이에 다른 수험생들은 차례로 일어나더니 좁은 문을 통해 나가는 것이었다. 모두들 주어진 초콜릿을 다 먹어 치웠다. 하지만 한스의 눈앞에 놓인 초콜릿 더미는 자꾸 커져 갔다. 급기야는 책상과 의자 위로 넘친 나머지 당장이라도 그를 질식시킬 것만 같았다.

다음 날 아침, 한스는 커피를 마시며 시험에 늦지 않기 위해 시계에서 눈을 떼지 않았다. 그 시각에 고향 마을에서는 많은 사람들이 그를 생각하고 있었다. 먼저 구둣방 아저씨 플라이크는 아침 수프를 먹기 전에 기도를 올렸다. 그의 가족과 숙련공들, 그리고 두 명의 견습공이 함께 식탁에 둘러앉았다. 플라이크 아저씨는 여느 때나 하는 조찬 기도에 몇 마디를 덧붙였다. "오, 주님! 오늘 시험을 치르는 한스 기벤라트 학생을 보살펴 주소서. 그를 축복하시고, 강하게 하소서. 당신의 신성한 이름을 온 세상에 알리는 올바르고 씩씩한 일꾼이 되게 하소서!"

한스를 위해 기도하지는 않았지만, 마을 목사는 아침 식사를 하며 부인에게 말했다. "이제 기벤라트가 시험장에 들어갈 시간이오. 두고 보구려, 언젠가 그 아이는 훌륭한 인물이 될 테니까. 틀림없이 모두들 그 아이를 눈여겨보게 될 거요. 그렇게 되면 내가 그 아이에게 라틴어를 가르친 게 헛된 노력은 아닌 게지요."

한스의 담임 선생은 수업을 시작하기 전에 학생들에게 말했다. "자, 지금 슈투트가르트에서는 주 시험이 시작되고 있을 거다. 우리 모두 기벤라트의 행운을 빌자꾸나. 물론 그에게 행운 따윈 필요하지도 않을 거야. 너희 같은 게으름뱅이 놈들이 열 명쯤 모여도 당해 내지 못할 만큼 그는 똑똑하니까." 거의 모든 학생들이 자리를 비운 한스를 생각하고 있었다. 그의 합격이나 낙제에 내기를 건 학생들은 특히 더 그랬다.

진심에서 우러나오는 기원과 관심은 쉽사리 먼 거리를 뛰어넘어 멀리까지 영향을 미치는 법이다. 한스 또한 자신을 생각해 주는 고향 사람들의 마음을 읽을 수 있었다. 그는 두근거리는 마음을 억누르며 조교가 시키는 대로 아버지와 함께 시험장에 들어섰다. 무척이나 부끄럽고 두려웠다. 안색이 창백한 소년들로 가득 찬 커다란 강당에 서 있는 자신의 모습이 마치 취조실에 갇혀 있는 범죄자처럼 여겨졌다. 교수가 들어오더니 학생들에게 조용하도록 주의를 환기시켰다. 그러고는 라틴어의 문체(文體) 연습 텍스트를 받아쓰게 했다. 그때서야 비로소 한스는 안도의 한숨을 내쉬었다. 시험 문제가 너무 쉬운 나머지 우습게 여겨졌다. 거의 흥얼거리듯이 재빨리 초안을 작성

하고 나서는 깨끗한 필체로 조심스럽게 정서(正書)해 내려갔다. 한스는 답안지를 가장 먼저 낸 수험생들 가운데 하나였다.

시험을 치르고 난 뒤에 그는 숙모 댁으로 가다가 그만 길을 잃고 말았다. 그래서 두 시간이나 무더운 도시의 거리를 헤매고 다녔다. 하지만 다시 얻은 균형 감각이 그의 기분을 그다지 해치지는 않았다. 심지어 그는 잠시나마 아버지와 숙모의 곁을 떠나 혼자 있을 수 있다는 사실이 적이 기쁘기조차 했다. 소음으로 가득 찬 낯선 수도의 거리를 걷고 있노라니 마치 자신이 두려움을 전혀 모르는 모험가처럼 여겨졌다. 한스는 시내를 온통 헤매고 다니며 집으로 돌아가는 길을 수없이 물어보았다. 힘겨운 방황을 거듭한 끝에 마침내 숙모 댁으로 돌아왔다. 집에 들어선 한스에게 질문이 퍼부어졌다. "어떻게 했니? 어땠어? 시험은 잘 본 거니?"

"쉬웠어요." 그는 뿌듯한 기분으로 대답했다. "그건 제가 벌써 5학년 때 번역할 수 있었던 문제였거든요."

한스는 너무나도 배가 고픈 나머지 허겁지겁 식사를 했다.

오후는 자유 시간이었다. 아버지는 여러 친지들과 친구들을 만나는 자리에 한스를 끌고 다녔다. 거기서 한스는 우연히도 주 시험을 보러 괴핑엔에서 온 어느 소년을 만났다. 검은 옷을 입은 그 아이는 어쩐지 수줍은 표정을 하고 있었다. 두 소년은 주위의 시선에 아랑곳하지 않고, 서먹한 듯하면서도 호기심이 가득한 눈으로 서로 마주 보았다.

"넌 라틴어 시험이 어땠다고 생각하니? 쉬웠지, 안 그래?" 한스가 물었다.

"그래, 무척 쉬웠어. 하지만 바로 그게 문제란다. 사람들은 쉬운 문제에서 실수를 많이 하게 되는 법이거든. 주의를 게을리하다 보면 말야. 틀림없이 그 안에 함정이 숨겨져 있는 거라고."

"정말 그럴까?"

"물론이지. 그분들이 그렇게 멍청하진 않거든."

한스는 약간 놀란 기색으로 잠시 생각에 잠겼다. 그러다가 머뭇거리며 물어보았다. "너 아직 시험 문제 가지고 있니?"

괴핑엔 소년이 자기 노트를 가지고 왔다. 두 소년은 한 단어도 빠뜨리지 않고, 차근하게 시험 문제를 살펴 나갔다. 괴핑엔 소년은 라틴어에 매우 능한 것처럼 보였다. 적어도 그는 두 번씩이나 한스가 이제껏 들어 보지 못한 문법 용어를 언급했다.

"그런데 내일은 무슨 시험을 보게 되지?"

"그리스어하고 작문이야."

괴핑엔 소년은 한스가 다니는 학교에서 얼마나 많은 수험생들이 왔는지 물어보았다.

"아무도 안 왔어." 한스가 말했다. "나 혼자뿐이야."

"그래? 우리 괴핑엔에서는 열두 명이나 왔단다! 우리 가운데 세 명은 무척 뛰어난 아이들이야. 모두들 그 아이들이 가장 좋은 성적을 얻게 될 거라고 잔뜩 기대하고 있어. 지난해에도 괴핑엔에서 온 아이가 수석을 차지했었거든. 넌 시험에 떨어지면, 김나지움[7]에 갈 거니?"

지금까지 한스는 이 문제에 대해 전혀 생각해 본 적이 없었다.

---

7) 독일의 인문계 고등학교.

"글쎄, 모르겠어. 아니, 아마 그러진 않을 거야."

"그래? 난 시험에 떨어지더라도 계속 공부하게 될 거야. 우리 엄마가 날 울름으로 보내 주신다고 했거든."

그 소년의 이야기를 들은 한스는 놀라움을 금치 못했다. 세 명의 천재뿐 아니라 열두 명이나 되는 괴핑엔 소년들도 그에게는 두려움의 대상이었다. 한스는 이들 앞에 감히 얼굴을 내밀 엄두조차 나지 않았다.

집에 돌아온 한스는 곧바로 책상에 앉았다. 그러고는 mi로 끝나는 동사들을 다시 한번 죽 훑어보았다. 그는 라틴어에 대해서는 전혀 걱정하지 않았다. 심지어 여유를 보이기까지 했다. 하지만 그리스어는 조금 달랐다. 한스는 그리스어에 깊이 빠질 만큼 그 언어를 좋아하기는 했지만, 그것은 단지 그리스어로 된 글을 읽기 위해서였다. 특히 「크세노폰」은 너무나도 아름답고, 감동적이며, 산뜻하게 쓰여 있었다. 모든 것이 맑고, 귀엽고, 힘차게 울려 퍼졌다. 거기에는 멋들어진 자유 정신이 담겨 있었다.

그것을 이해하기가 어렵지는 않았다. 하지만 문법을 공부하거나 독일어를 그리스어로 옮겨 적어야 할 때면, 마치 서로 상반되는 규칙과 형태투성이인 미로에 빠진 듯한 느낌이었다. 이 낯선 언어 앞에서 한스는 그리스어의 철자도 제대로 읽지 못하던 첫 수업 시간에 느꼈던 겁에 질린 듯한 소심함과 다시 마주하는 것이었다.

다음 날에는 예정된 시험 순서에 따라 그리스어와 독일어 작문 시험을 치렀다. 그리스어 시험은 매우 길었다. 더군다나 그다지 쉬워 보이지도 않았다. 논술 시험의 주제는 무척이나 까다로웠다. 자칫하면 문제 자체를 제대로 이해하지 못하는 경우가 생길 수도 있었다. 10시경부터 시험장이 찌는 듯이 무더워지기 시작했다. 한스는 별로 좋지도 않은 펜으로 답안을 써 내려갔다. 그래서 그리스어 시험을 다시 정서할 때까지 답안지를 두 장이나 망쳐 버렸다. 작문 시간에는 옆에 앉은 뻔뻔스러운 수험생 때문에 곤혹스러운 입장에 처하기도 했다. 그 소년은 질문을 적은 종이 쪽지를 한스에게 들이밀고는 해답을 가르쳐 달라고 옆구리를 찔러 댔다. 하지만 옆에 앉은 수험생과의 접촉은 매우 엄격하게 금지되어 있었다. 만일 이 규칙을 어길 때에는 가차 없이 시험장에서 쫓겨나게 되어 있었다. 겁에 질린 한스는 종이 쪽지에 '나를 가만히 내버려 둬!'라는 글귀를 적어 그 학생에게 건네주었다. 그러고는 등을 돌려 버렸다.

날씨가 무척 무더웠다. 시험장 안에서 잠시도 쉬지 않고 끈질지게 책상 사이를 오가던 감독 교수도 삼베로 만든 손수건으로 여러 차례 얼굴을 닦았다. 한스는 두꺼운 입교식 예복을 입은 채 땀을 뻘뻘 흘리고 있었다. 머리가 아파 오기 시작했다. 결국 그는 별로 달갑지 않은 심정으로 답안지를 제출하고 말았다. 마치 자신이 쓴 답안이 전부 틀리기라도 한 듯이, 그리고 이제 시험을 모두 망치기라도 한 듯이.

식탁에서 한스는 한 마디도 하지 않고, 죄를 지은 사람 같은 얼굴 표정을 지었다. 그러고는 마구 퍼부어지는 질문 공세에 대해 그저 어깨를 으쓱할 따름이었다. 숙모가 그를 위로해 주기는 했지만, 격앙된 아버지는 불편한 심기를 감추지 못하고 있었다. 식사를 마친 뒤에 아버지는 자기 아들을 옆방으로 데리고 가서 다시 한번 꼬치꼬치 캐묻기 시작했다.

"잘 보지 못했어요." 한스가 말했다.

"왜 신중하질 못했니? 정신을 바짝 차릴 수도 있었을 텐데. 이런, 제기랄!"

한스는 잠자코 있었다. 아버지가 욕설을 퍼부어 대자, 그는 얼굴을 붉히며 말했다. "아버진 그리스어를 전혀 모르시잖아요!"

2시에 구술 시험에 가는 일이 가장 내키지 않았다. 그것은 이 시험에 대한 두려움이 가장 컸기 때문이었다. 뜨겁게 내리쬐는 태양 아래 찌는 듯한 시내 거리를 걷고 있노라니 매우 비참한 기분이 들었다. 한스는 고통과 불안, 그리고 현기증으로 인해 제대로 눈을 뜰 수도 없을 지경이었다.

그는 커다란 녹색 탁자에 자리 잡고 있는 세 명의 심사 위원들 앞에 앉았다. 그러고는 10분에 걸쳐 몇 개의 라틴어 문장을 번역한 뒤에 이들이 묻는 질문에 대해 대답해 나갔다. 그러고 나서 또다시 10분가량 세 명의 다른 심사 위원들 앞에 앉았다. 이번에는 그리스어를 번역한 뒤에 다시 한번 질문 공세를 받았다. 마지막으로 한스는 불규칙적인 형태의 부정(不定)과거에 대한 질문을 받았지만, 전혀 대답하지 못하고 말았다.

"가도 좋아요. 저기, 오른쪽 문으로."

문을 나서던 한스는 갑자기 그 부정과거형을 생각해 내고는 그대로 멈추어 섰다.

"가세요." 한 심사 위원이 그에게 소리쳤다. "가라니까요! 아니면 혹시 어디가 불편한가요?"

"아닙니다. 하지만 부정과거형이 지금 생각났거든요."

한스는 방 안을 향해 그 동사의 변화 형태를 크게 외쳤다. 그리고 심사 위원들 가운데 한 사람이 웃는 모습을 보았다. 한스는 타는 듯한 머리를 감싼 채 밖으로 뛰쳐나왔다. 지금까지 오갔던 질문과 답변을 생각해 내려고 애써 보았지만, 모든 것이 뒤죽박죽이었다. 커다란 녹색의 탁자, 프록코트를 입고 진지한 얼굴 표정을 한 세 명의 늙은 심사 위원들, 책상 위에 펼쳐져 있는 책, 그리고 그 책 위에 올려놓은 자신의 떨리는 손이 자꾸만 눈에 아른거릴 뿐이었다. 맙소사, 도대체 그가 어떤 답변을 했던가!

한스는 거리로 나와 걷기 시작했다. 자신이 마치 벌써 몇 주 동안이나 이곳에 머물러 있는 것처럼 생각되었다. 또한 더 이상 여기서 도망칠 수 없다는 느낌이 들기도 했다. 고향의 정원과 잣나무가 우거진 푸른 산, 강변의 낚시터가 마치 너무나도 멀리 떨어져 있는 듯했다. 그리고 오래전에 한 번 본 듯한 모습으로 다가왔다. 아, 오늘이라도 집으로 돌아갈 수만 있다면! 이곳에 머물러야 할 의미가 조금도 남아 있지 않았다. 어쨌든 한스는 시험을 망치고 말았다.

한스는 우유빵을 하나 사 들고는 오후 내내 시내를 돌아다녔다. 아버지에게 변명을 늘어놓기가 싫었기 때문이었다. 마침내 집에 돌아와 보니 모두들 한스를 걱정하고 있었다. 한스는 피곤하고 처량해 보였다. 가족들은 그에게 달걀 수프를 먹였다. 그러고는 그를 침대로 보냈다. 내일은 수학과 종교 시험을 볼 차례였다. 그 시험만 끝나면, 다시 고향으로 돌아갈 수 있었다.

다음 날 오전에 치른 시험은 별 탈이 없었다. 어제는 전공 분야에서 불운을 겪었지만, 오늘은 모든 문제가 잘 풀려 나갔다. 한스에게는 쓰디쓴 아이러니처럼 느껴졌다. 어쨌든 좋아. 이제 떠나기만 하면 되는 거야. 집으로!

"시험이 다 끝났어요. 이제 우린 집으로 돌아갈 수 있게 됐어요." 한스가 숙모에게 말했다.

아버지는 이곳에서 하루 더 머물고 싶어 했다. 온 가족이 칸슈타트로 가서, 그곳 온천 공원에서 커피를 함께 마시자고 했다. 하지만 한스는 오늘 혼자만이라도 떠나게 해 달라고 간청했다. 하는 수 없이 아버지가 허락해 주었다. 한스는 기차역까지 배웅을 받았다. 차표를 손에 쥔 한스는 숙모로부터 작별의 입맞춤을 받았다. 숙모는 그에게 간식도 주었다. 기차에 피곤한 몸을 실은 한스는 아무 생각도 없이 푸른 구릉지를 지나 고향으로 달려갔다. 드디어 검푸른 잣나무 숲이 모습을 드러내기 시작했다. 그제야 비로소 환희와 구원의 감정이 소년을 들뜨게 만들었다. 한스는 늙은 하녀와 자그마한 자기 방, 교장 선생과 지붕이 낮은 정든 교실, 그리고 다른 모든 것들과의 재회를 기쁜 마음으로 기다렸다.

다행스럽게도 기차역에는 호기심 어린 낯익은 얼굴들이 전혀 눈에 띄지 않았다. 한스는 자그마한 가방을 손에 든 채 아무도 눈치채지 못하게 서둘러 집으로 걸어갔다.

"슈투트가르트에서 좋은 시간 보냈니?" 하고 늙은 안나가

물었다.

"좋은 시간이라고요? 아니, 도대체 시험이란 게 무슨 좋은 일이라도 된다는 말씀인가요? 전 다시 돌아온 게 그저 기쁠 뿐이에요. 아빠는 내일 오실 거예요."

한스는 시원한 우유를 한 컵 마시고 나서 창문 앞에 걸려 있는 수영 바지를 집어 들고는 밖으로 나섰다. 하지만 마을 사람들이 즐겨 수영하는 강가의 초원으로 달려가지는 않았다.

그는 시내에서 훨씬 떨어진 '저울'로 발걸음을 옮겼다. 높이 솟은 덤불 사이로 수심이 깊은 강물이 천천히 흘러가고 있었다. 거기서 한스는 옷을 벗고, 조심스럽게 손과 발을 차가운 물속에 담갔다. 추위에 약간 떨기는 했지만, 그래도 재빨리 강물 속으로 뛰어들었다. 한스는 약한 물살을 거슬러 천천히 헤엄쳤다. 요즈음 며칠 사이 쌓였던 땀과 두려움이 미끄러지듯이 사라지는 것을 느꼈다. 강물이 그의 가냘픈 몸을 식히며 어루만지는 동안, 새로운 의욕으로 충만해진 한스의 영혼은 아름다운 고향을 되찾은 것이다.

그는 힘차게 헤엄쳤다. 그러고는 잠시 휴식을 취한 뒤에 또다시 헤엄쳐 갔다. 상큼한 차가움과 피곤함이 그를 에워싸는 듯한 느낌이 들었다. 등을 뒤로 하고 누운 채 다시 강물을 따라 내려갔다. 저녁 파리들이 황금빛 원을 그리며 날아갔다. 한스는 그 가느다란 날갯짓 소리에 귀를 기울였다. 그리고 늦은 저녁 하늘을 가로지르며 바삐 날아가는 자그마한 제비 떼들을 바라보았다. 이미 산 너머로 사라진 태양이 하늘을 붉은 빛으로 물들이고 있었다. 한스는 다시 옷을 주워 입고, 꿈에 잠긴 채 집을 향해 걷기 시작했다. 어느덧 골짜기에는 땅거미가 짙게 드리워져 있었다.

한스는 상인 자크만의 정원을 지나쳐 갔다. 거기서 그는 아주 어렸을 때, 몇몇 친구들과 함께 아직 여물지도 않은 자두를 몰래 따먹은 적이 있었다. 한스는 키르히너의 목재소도 지나쳐 갔다. 거기에는 흰 잣나무에서 잘라 낸 목재들이 여기저기 놓여 있었다. 예전에 그는 낚시하러 갈 때면 언제나 이 목재 더미 아래서 지렁이를 찾아내곤 했다. 감독관 게슬러의 작은 저택도 지나쳐 갔다. 2년 전에 한스는 얼음판 위에서 스케이트를 타던 게슬러의 딸 엠마에게 말을 걸고 싶어 애를 태우기도 했다. 한스와 동갑내기인 그녀는 마을 전체에서 가장 귀엽고, 우아한 여학생이었다. 그 당시에 한스는 그녀와 이야기를 나누거나 그녀의 손을 잡아 보는 것이 단 하나의 바람이었다. 하지만 한스가 너무나도 수줍어했기 때문에 그의 바람은 이루어지지 않았다. 그 뒤에 엠마는 기숙사로 보내졌다. 이제는 그녀의 얼굴도 거의 생각나지 않았다.

하지만 이 어린 시절의 이야기가 아득히 먼 곳으로부터 또다시 그의 머릿속에 떠올랐다. 그 추억은 뒤의 다른 경험과는 전혀 다른 짙은 색깔을 띠었고 가슴을 두근거리게 하는 야릇한 향내를 풍겼다. 그 시절에는 저녁 무렵이면 나숄트 집안의 리제에게로 놀러 갔었다. 그리고 안채로 이르는 통로에 자리를 잡고 앉아서는 함께 감자 껍질을 벗기며 옛날이야기를 듣곤 했다. 일요일에는 이른 새벽에 일어나 둑 아래로 달음박질을 쳤다. 그러고는 바지를 걷어 올리고, 양심의 가책을 느끼며 가재나 금붕어를 잡기도 했다. 어떤 때는 나들이옷을 흠뻑 적신 채 집으로 돌아와 아버지한테 매를 맞기도 했다!

그 시절에는 수수께끼같이 이상야릇한 일들과 사람들이 무척이나 많았다. 한스는 오랫동안 이 모든 것들을 잊고 있었던 것이다! 목이 구부러진 구둣방 아저씨 슈트로마이어―사람들은 그가 자기 부인을 독살했다고 믿었다. 보따리를 등에 걸머지고, 나무 지팡이에 몸을 의지한 채 그 지방의 각지를 떠돌아다니던 모험가 '베크 씨'―마을 사람들은 그의 이름에 언제나 '씨'를 붙였다. 왜냐하면 예전에 그는 멋진 마차와 더불어 네 마리나 되는 말을 소유했던 부유한 재력가였기 때문이다.

이제 한스는 이 모든 사람들에 대해 단지 이름만 기억할 뿐이었다. 이 어둡고 비좁은 골목길의 세계가 그로부터 사라져 버렸다는 것을 어렴풋하게 느끼고 있었다. 그 대신에 생동감이 넘치는 어떤 다른 체험도 달리 생겨나지는 않았다.

다음 날도 쉬는 날이었다. 한스는 아침 늦게까지 잠자리에 누워 혼자만의 자유를 만끽했다. 낮에는 기차역에서 아버지를 마중했다. 아버지는 슈투트가르트에서 보낸 즐거웠던 시간의 행복감에 흠뻑 빠져 있었다.

"시험에 합격하게 되면, 원하는 건 뭐든지 내게 말해도 좋다." 아버지는 유쾌한 기분으로 말했다. "한번 잘 생각해 보려무나!"

"아녜요. 다 틀렸어요." 소년은 한숨을 내쉬며 말했다. "전 분명히 떨어졌을 거예요."

"바보 같은 소리 좀 그만해라. 어째서 그러니! 내 마음이 변하기 전에 어서 원하는 걸 말하는 게 좋을 거야."

"방학 때 다시 낚시하러 가고 싶어요. 허락하시는 거죠?"

"그래, 좋아. 네가 시험에 합격하기만 하면."

일요일이었던 다음 날 아침에는 바람이 거세게 몰아치고, 소낙비가 마구 퍼부었다. 한스는 몇 시간이고 자기 방에 틀어박혀 책을 읽기도 하고, 생각에 잠기기도 했다. 슈투트가르트에서 치른 시험 문제를 다시 한번 면밀하게 살펴보며 자신이 커다란 실수를 저지르고 말았다는 사실, 그리고 더 잘 볼 수 있었을지도 모른다는 생각 외에는 다른 어떤 결론도 내지 못하고 있었다. 이제 합격은 꿈조차 꿀 수 없는 불가능한 일이 되고 말았다. 이 어지러운 두통! 불안감이 그를 내리누르기 시작했다. 마침내 한스는 근심과 걱정을 떨쳐 버리지 못하고, 아버지에게로 달려갔다.

"저, 아버지!"

"왜 그러니?"

"뭐 좀 물어보려고요. 아까 그 소원에 관한 건데요. 전 그냥 낚시를 그만둘래요."

"그래, 그런데 왜 새삼스럽게 지금 또 그 얘길 하는 거니?"

"왜냐하면, 제가, 저, 제가 물어보려고 한 건 다름이 아니라, 혹시 제가."

"속 시원히 말해 보려무나. 이게 웬 꼴사나운 짓이냐! 그래, 뭔데?"

"혹시 제가 시험에 떨어지게 되면, 김나지움에 다녀도 될까 해서요."

기벤라트 씨는 할 말을 잊고 말았다.

"뭐라고? 김나지움이라고?" 그는 분을 이기지 못한 채 소리를 질렀다. "네 녀석이 김나지움에 가겠다고? 도대체 어느 놈이 네게 그런 짓을 일러 주던?"

"아무도 그런 말 안 했어요. 그냥 제가 한번 생각해 본 거예요."

극도의 두려움이 소년의 얼굴에 스며 있었다. 아버지는 이 사실을 눈치채지 못했다.

"그만 가 보거라. 가 봐!" 그는 억지로 웃으며 말했다. "그건 아마 네가 너무 긴장해서 그런 걸 거야. 원, 김나지움엘 가겠다니! 넌 내가 뭐 상공회의소의 고문이라도 되는 줄 아는 거니?"

아버지는 손을 내저으며 매우 단호하게 거절했다. 한스는 체념에 잠겨 고개를 떨군 채 밖으로 나왔다.

"저게 사내 녀석이야!" 아버지는 아들의 등을 향해 소리를 질렀다. "아니, 이럴 수가! 이젠 저 녀석이 김나지움엘 다 가려고 하다니! 그래, 맘대로 하려무나. 넌 뭔가 잘못 생각하고 있는 거야."

한스는 반 시간가량이나 창턱에 걸터앉아 깨끗이 닦여 있는 마룻바닥을 뚫어지게 쳐다보았다. 그리고 신학교나 김나지움이나 대학에 가지 못하게 될 경우에 어떻게 될지 머릿속에 그려 보았다. 아마 치즈 가게나 사무실의 견습생으로 일하게 될 것이다. 게다가 여태껏 자신이 그토록 경멸하고, 색안경을 끼고 바라보았던 바로 그 가련한 여느 사람들 가운데 하나로 살아가게 될 것이다. 귀엽고 영특한 소년 한스의 얼굴이 분노와 고뇌로 일그러지기 시작했다. 그는 분에 겨워 자리에서 벌떡 일어났다. 그리고 침을 뱉은 뒤에 옆에 놓여 있던 라틴어 시선집(詩選集)을 집어 들고, 벽에 힘껏 내동댕이쳤다. 그러고는 비를 맞으며 밖으로 뛰쳐나갔다.

월요일 아침, 한스는 일찍 학교에 갔다.

"잘 있었니?" 교장 선생이 손을 내밀며 말했다. "어제 나한테 올 줄 알았는데. 그래, 시험은 어땠니?"

한스는 고개를 떨구었다.

"아니, 왜 그러니? 잘 보지 못한 게야?"

"그런 거 같아요."

"자, 좀 더 기다려 보자꾸나!" 그 늙은 신사는 한스를 위로해 주었다. "아마 오늘 오전 중으로 슈투트가르트에서 소식이 올 거야."

오전 시간이 끔찍스러울 정도로 길게 느껴졌다. 아무 소식도 오지 않았다. 점심 식사를 하면서도 한스는 속으로 울먹이며 제대로 음식을 삼키지 못했다.

오후 2시에 한스는 교실에 들어섰다. 이미 거기에는 담임 선생이 와 있었다.

"한스 기벤라트!" 그는 큰 소리로 한스를 불렀다.

한스가 앞으로 걸어 나갔다. 선생은 그에게 손을 내밀었다.

"축하한다, 기벤라트! 넌 이번 주 시험에서 2등으로 합격했단다."

축제 분위기에 싸인 적막감이 감돌았다. 문이 열리더니 교장 선생이 들어왔다.

"축하한다. 그래, 이젠 무슨 말 좀 해 보려무나?"

소년은 놀라움과 기쁨에 넘쳐 몸을 가눌 수가 없었다.

"그래, 아무 말도 하지 않을 거니?"

"제가 그걸 미리 알기만 했다면, 정말이지 1등도 가능했을 거예요." 이 말이 자신도 모르는 사이에 그만 입 밖으로 터져 나왔다.

"자, 이젠 집에 가 보도록 해라!" 교장 선생이 말했다. "그리고 아버님께 이 소식을 알려 드려야지. 앞으론 학교에 나오지 않아도 된다. 어차피 일주일 뒤에는 방학이 시작되니까."

소년은 현기증을 느끼며 길거리로 나섰다. 길가에 늘어선 보리수와 햇살 아래 펼쳐진 시장터가 시야에 들어왔다. 모든 것이 예전과 다름없었다. 하지만 어쩐 일인지 더 아름답고, 의미 깊고, 즐겁게 보였다. 시험에 합격하다니! 더군다나 2등으로 말이다! 처음에 느꼈던 기쁨의 소용돌이가 서서히 걷히고, 차츰 감사의 메아리가 울려 퍼졌다. 이제 그는 마을 목사를 피하지 않아도 된다! 이제 그는 상급 학교에 올라가 공부를 계속할 수 있게 되었다! 이제 치즈 가게나 사무실을 두려워할 필요가 없어진 것이다!

다시 낚시도 하러 갈 수 있었다. 한스가 집에 돌아왔을 때, 아버지는 현관에 서 있었다.

"뭐, 새로운 소식이라도 들었니?" 아버지가 넌지시 물었다.

"별것 아녜요. 이젠 학교에 오지 않아도 된대요."

"뭐라고? 도대체 그게 무슨 소리냐?"

"전 이제 신학교 학생이니까요."

"아니, 세상에. 그럼 네가 시험에 합격했단 말이냐"

한스는 고개를 끄덕였다.

"성적은 어땠니?"

"2등으로 붙었어요."

그것은 아버지도 전혀 기대하지 않았던 성과였다. 그는 할 말을 잊은 채 아들의 어깨를 계속 두드렸다. 그러고는 웃음을 터뜨리며 고개를 흔들었다. 잠시 뒤에 무슨 말을 하려는 듯이 입을 열기는 했지만, 아무 말도 하지 못했다. 그저 고개를 저을 뿐이었다.

"아니, 이럴 수가!" 마침내 아버지의 입이 열렸다. "세상에, 이럴 수가!"

한스는 안으로 뛰어들었다. 다락방으로 이어진 계단을 올라가 텅 빈 다락방의 벽장을 열어젖혔다. 그러고는 그 안을 뒤지기 시작했다. 상자와 실뭉치, 코르크 마개를 있는 대로 끄집어냈다. 한스의 낚시 도구였다. 이제는 칼로 잘 다듬어 멋들어진 낚싯대를 만드는 일만 남았다. 그래서 그는 아버지에게로 내려갔다.

"아빠, 주머니칼 좀 빌려주세요!"

"뭐에 쓰려고?"

"나뭇가지를 잘라 낚싯대를 만들려고요. 전 낚시하러 갈 거예요."

아버지는 주머니 속으로 손을 넣었다.

"자." 그는 환한 얼굴로 위엄 있게 말했다. "여기 2마르크가 있다. 그걸로 칼을 사도록 해라. 한프리트 씨에게로 가지 말고, 길 건너편에 있는 도공(刀工)한테 가서 사거라."

한스는 즉시 대장간으로 달려갔다. 대장간 아저씨는 시험에 관해 물어보았다. 한스가 시험에 합격했다는 기쁜 소식을 듣더니 특별히 근사한 칼을 꺼내 주었다. 아름답고 매끄러운 오리나무와 개암나무가 강을 따라 '브뤼엘' 다리 아래로 무성하게 자라 있었다. 거기서 한스는 꽤나 오래 고른 끝에 흠집이 없고 유연한 가지를 잘라 냈다. 그러고는 서둘러 집으로 돌아왔다.

한스의 얼굴은 붉게 달아올랐다. 그는 눈망울을 번뜩이며 즐거운 기분으로 낚싯대를 다듬었다. 그 일은 낚시질 그 자체에 못지않은 즐거움을 그에게 안겨 주었다. 오후 내내, 그리고 밤이 이슥해질 때까지 한스는 그 일에 매달렸다. 헝클어진 흰색과 갈색, 녹색의 실을 나누어 꼼꼼하게 살핀 뒤, 끊긴 실을 잇기도 하고, 서로 뒤엉킨 매듭을 풀기도 했다. 그리고 여러 가지 모양과 크기의 코르크 마개와 깃축을 살펴보기도 하고, 새로 깎기도 했다. 무겁거나 가벼운 자그마한 납덩이들을 망치질해서 틈새를 갖춘 둥근 형태로 만들었다. 그 틈새에 낚싯줄을 끼워 무게를 붙이게 되어 있었다. 다음으로는 낚싯바늘 차례였다. 한스는 서너 개의 낚싯바늘을 보관해 두었었다. 그것들을 네 겹의 검은 재봉실이나 장막현(腸膜絃), 그리고 꼬아 엮은 말총 끈에 단단히 동여매었다.

저녁 무렵이 되어서야 작업이 모두 끝났다. 이제 한스는 7주나 되는 기나긴 방학을 지루하지 않게 보낼 수 있었다. 그에게는 낚싯대가 전부였다. 그것만 손에 들고 있으면, 혼자서 강가에 앉아 얼마든지 하루를 보낼 수 있기 때문이었다.

2장

여름 방학은 이래야 한다! 산 위에는 용담(龍膽)처럼 푸른 하늘이 펼쳐지고 눈부시게 빛나는 무더운 날들이 몇 주일이나 계속되었다. 이따금 세찬 폭풍우가 갑작스럽게 몰아칠 뿐이었다. 강물은 사암(砂岩) 바위들과 잣나무 숲의 그늘, 그리고 좁은 골짜기 사이로 흐르고 있었다. 하지만 무척이나 따스했기 때문에, 저녁 늦게라도 물에 들어갈 수가 있었다. 마른 풀과 베어 놓은 풀의 내음이 마을을 휘감고 퍼져 나갔다. 밀밭의 좁다란 두렁은 누렇게 금빛이 도는 갈색으로 변해 있었다. 냇가에는 독미나리처럼 희게 피어난 풀들이 어른의 키만큼이나 높다랗게 우거져 있었다. 우산 모양의 그 꽃들은 언제나 조그마한 딱정벌레들로 뒤덮여 있었다. 사람들은 속이 빈 줄기를 잘라 내어 크고 작은 피리를 만들기도 했다.

숲가에는 솜털과 노랑꽃을 가진 양담배풀이 위엄을 드러내며 길게 늘어서 있었다. 가늘고도 억센 줄기 위에서 흐느적거리는 부처꽃과 분홍바늘꽃은 골짜기를 온통 보랏빛으로 물들이고 있었다. 안쪽 잣나무 아래에는 빨간 디기탈리스가 품위 있고 아름다우면서도 이국적인 자태를 자랑하며 피어 있었다. 그 꽃은 은빛 나는 털을 지닌 넓적한 근생엽(根生葉)과 튼튼한 줄기, 그리고 높다랗게 늘어선 예쁜 분홍빛의 꽃받침을 가지고 있었다. 옆으로는 갖가지의 버섯들이 자라나고 있었다. 불그레한 빛을 반짝이는 파리버섯, 두껍고 넓적한 우산버섯, 괴상스럽게 생긴 선옹초, 붉은 가지가 많이 난 싸리버섯, 그리고 이상하게도 색깔이 없으면서 엷게 기름기가 넘치는 석장초(錫杖草). 숲과 초원 사이의 잡초가 무성하게 자란 두렁에는 아귀 센 금작화가 불에 그을린 듯한 짙은 황색으로 반짝이고, 라일락 담자색의 길쭉한 석남화가 무리지어 있었다. 그리고 재벌(再伐) 풀베기를 바로 눈앞에 둔 초원에는 황새냉이, 동자꽃, 꿀풀, 체꽃이 다채롭게 우거져 있었다.

활엽수림에서는 방울새들이 쉼 없이 지저귀고 있었다. 잣나무 숲에서는 여우 빛깔을 띤 다람쥐들이 나무 꼭대기에서 뛰놀고 있었다. 두둑과 담장, 메마른 풀로 뒤덮인 묘터에는 초록 도마뱀들이 따사로운 햇볕 아래 편히 숨 쉬며 눈을 깜빡이고 있었다. 지칠 줄 모르는 매미의 드높은 울음 소리가 초원 너머로 끝없이 울려 퍼졌다.

마을은 이맘때면 시골풍의 분위기를 물씬 풍겼다. 마른 풀을 실은 마차와 그 풀내음, 낫을 가는 소리가 거리와 하늘을 가득 메웠다. 만일 여기에 두 채의 공장 건물이 눈에 띄지 않앉더라면, 누구나 자신이 시골에 있다는 착각에 빠졌을지도 모른다.

방학 첫날, 한스는 늙은 안나가 일어나기도 전에 벌써 부엌에 나와 조급한 마음으로 커피를 기다렸다. 한스는 불을 지피는 일을 거들고 난 뒤에 빵을 가져와서는 신선한 우유를 탄 차가운 커피를 단숨에 들이마셨다. 그러고는 남은 빵을 주머니에 쑤셔 넣고 밖으로 나갔다.

한스는 철둑 위에서 멈추어 섰다. 둥근 양철통을 바지 주머니에서 끄집어내어 부지런히 메뚜기를 잡기 시작했다. 기차가 스쳐 지나갔다. 철길이 무척이나 가파르게 뻗어 있었기 때문에, 기차는 느긋한 속도로 천천히 움직였다. 모두 열린 창문 너머로 승객은 별로 보이지 않았다. 기차는 흥겹게 나부끼는 깃발처럼 연기와 증기를 길게 내뿜으며 달리고 있었다. 빙빙 돌며 피어오르는 하얀 연기는 어느덧 햇살이 가득한 이른 아침의 맑은 하늘로 사라져 갔다. 이 모든 풍경이 얼마나 오랜만이던가! 한스는 숨을 크게 들이마셨다. 마치 잃어버린 아름다운 시간을 이제 갑절로 다시 찾으려는 듯이. 그리고 전혀 거리낌이나 두려움 없이 다시 한번 어린 시절의 세계로 되돌아가려는 듯이.

메뚜기를 담은 통과 새로 만든 낚싯대를 손에 든 한스는 다리를 건너 수풀을 지나 말을 씻기는 웅덩이로 갔다. 그곳은 강가에서 가장 깊숙한 곳이었다. 그쪽으로 걸어가는 동안, 한스의 가슴은 남 모르는 기쁨과 사냥꾼의 즐거움이 넘쳐 두근거리기 시작했다. 특히 그곳에는 아무런 방해도 받지 않고, 버드나무에 기대어 편안하게 낚시질을 즐길 수 있는 터가 있었다. 한스는 실을 풀어 조그마한 납덩이를 달아 매고, 낚싯바늘에 살진 메뚜기를 가차 없이 찔러 꽂았다. 그러고는 강의 한가운데로 힘껏 내던졌다.

익히 알려져 있는 오래된 유희가 다시 시작되었다. 자그마한 붕어 떼가 먹이를 따먹으려고, 낚싯바늘 주위로 한꺼번에 몰려들었다. 얼마 가지 않아 먹이가 없어졌다. 두번째 메뚜기의 차례가 되었다. 잠시 뒤에 또 다른 메뚜기가 매달렸다. 네번째 메뚜기와 다섯 번째 메뚜기도 뒤를 이었다. 한스는 더욱더 조심스럽게 먹이를 바늘 끝에 꽂았다. 마침내 그는 낚싯줄을 무겁게 하기 위해 납덩이를 하나 더 매달았다. 이제 처음으로 제법 덩치가 큰 물고기가 낚싯밥을 건드려 보았다. 그 물고기는 낚싯밥을 물고는 조금 잡아당기다가 그냥 놓아 버리더니 다시 한번 달려들어 먹이를 덥석 물어 버렸다. 훌륭한 낚싯꾼은 낚싯대와 줄을 통해 손가락 끝으로 전해지는 미세한 움직임을 느낄 수 있는 것이다!

한스는 재빠르게 낚아챈 뒤에 무척 조심스럽게 잡아당겼다. 물고기가 바늘에 물려 있었다. 이윽고 모습을 드러낸 물고기는 황어였다. 한스는 그 사실을 곧 알아차렸다. 담황색으로 빛나는 넓적한 몸뚱이와 세모난 머리, 그리고 매우 아름다운 살색의 배지느러미. 이 물고기의 무게는 얼마나 될까? 하지만 제대로 어림잡기도 전에, 물고기는 필사적으로 몸뚱이를 뒤틀기 시작했다. 강물 위에서 두려움에 못 이겨 발버둥치던 물고기는 결국 도망치고 말았다. 물고기가 서너 차례 물속에서 선회

하다가 은빛 번개처럼 물속 깊이 사라지는 모습을 한스는 그
저 물끄러미 바라만 볼 뿐이었다. 물고기가 낚싯바늘을 꽉 물
지 않았던 것이다.

낚시꾼은 이제 낚시질의 흥분과 긴장 상태에 사로잡혔다.
한스의 두 눈은 수면에 닿아 있는 가느다란 갈색의 낚싯줄을
날카롭게 응시하고 있었다. 그의 뺨은 붉게 상기되어 있었다.
그의 몸놀림은 군더더기 없이 빠르고, 확실했다. 두 번째 황어
가 먹이를 물더니 다시 빠져나갔다. 그다음에는 아쉽게도 자
그마한 잉어가 걸렸다. 그리고 세 마리의 망둥이가 연달아 낚
였다. 망둥이는 아버지가 좋아하는 생선이었다. 그래서 한스
는 무척이나 기뻤다. 그 물고기는 작은 비늘의 기름진 몸뚱이,
우스꽝스럽게 하얀 수염이 달린 두툼한 머리, 조그만 눈과 가
늘고 긴 아랫몸뚱이를 가지고 있었다. 그리고 녹색과 갈색 사
이의 색깔을 띠고 있다가도 일단 뭍에 올라오기만 하면, 강철
빛깔로 변하는 것이었다.

그사이에 태양은 높이 솟아올랐다. 둑 위로는 물거품이 하
이얀 눈처럼 빛나고, 수면 위에는 따사로운 산들바람이 흔들
거렸다. 하늘 위로는 손바닥 크기만 한 눈부신 구름 조각 여
럿이 '무크베르크' 위에 떠 있었다. 무더운 날씨였다. 푸른 하
늘 한가운데 조용히 떠도는 하이얀 구름 조각이 한여름 날의
무더위를 잘 말해 주고 있었다. 자그마한 구름 조각들은 오래
쳐다보지 못할 정도로 햇빛을 담뿍 머금고, 햇빛에 흠뻑 젖어
있었다. 구름이 보이지 않을 때에는 종종 날씨가 얼마나 무더
운지 모를 수도 있다. 푸른 하늘이나 반짝이는 수면에서가 아

니라, 한낮의 범선(帆船)인 구름 조각들이 뭉게뭉게 피어오를 때, 사람들은 갑자기 찌는 듯한 태양을 느끼게 된다. 그리고 그늘을 찾아 두리번거리다가 땀으로 얼룩진 이마를 손으로 닦아 내는 것이다.

한스는 차츰 낚시질에 흥미를 잃어 갔다. 약간 피곤하기도 했다. 어차피 이때쯤이면 늙고 큰 은빛 황어들은 햇빛을 쬐려고 수면 위로 올라온다. 이것들은 거무스레한 빛깔을 띤 커다란 떼를 지어 수면 가까이 착 달라붙어 꿈에 취한 채 강을 거슬러 헤엄쳐 간다. 그러다가도 때로는 공연히 깜짝 놀라기도 한다. 어쨌든 이때쯤에는 낚싯밥을 전혀 건드리지 않는다.

한스는 낚싯줄을 버들개지 너머로 물에 드리웠다. 그러고는 땅바닥에 주저앉아 푸른 강물을 바라보았다. 물고기들이 거무스레한 등을 보이며 천천히 위로 올라왔다. 느릿하게 살며시 헤엄치면서. 따뜻한 날씨에 유혹되어 마술에라도 걸린 듯이. 물고기들은 따스한 물속에서 기분이 좋겠지! 한스는 장화를 벗고, 물속에 발을 담갔다. 물의 윗부분은 제법 미지근했다. 한스는 자신이 낚은 물고기들을 살펴보았다. 그것들은 커다란 주전자 안에서 유유히 헤엄치다가 가끔 살며시 파닥거릴 뿐이었다. 이 얼마나 아름다운가! 물고기들이 움직일 때마다 흰색과 갈색, 녹색과 은색, 옅은 황금색과 청색, 그리고 다른 여러 색깔들이 비늘과 지느러미에서 반짝거리고 있었다.

주위는 온통 적막으로 휩싸여 있었다. 다리 위를 달리는 차 소리나 물레방아의 덜그덕거리는 소리도 여기서는 아주 희미하게 들릴 뿐이었다. 단지 하이얀 거품이 이는 둑에서 끊임없이 흘러내리는 부드러운 물소리만이 들려왔다. 조용히, 서늘하게, 졸음에 잠긴 듯이. 그리고 뗏목의 말뚝을 스쳐 도는 물살의 나지막한 소리도 들려왔다.

그리스어와 라틴어, 문법과 문체론, 수학과 암기, 그리고 오랫동안 쉬지도 못한 채 쫓기는 듯이 살아온 일 년이라는 세월. 이 모든 괴로운 방황도 졸음에 잠긴 따스한 한나절 속으로 조용히 잠겨 버렸다. 한스는 약간 머리의 통증을 느꼈지만, 여느 때처럼 그렇게 심하지는 않았다. 이제 다시 예전처럼 강가에 앉은 한스는 둑에서 흘러내리는 하이얀 물거품이 물보라가 되어 흩날리는 광경을 바라보았다. 그리고 눈을 깜박거리며 드리운 낚싯줄을 지켜보았다. 그의 곁에서는 낚아 올린 물고기들이 주전자 안에서 헤엄치고 있었다. 정말이지 무척 멋진 일이었다.

이따금 자신이 주 시험에 합격한 일이 문득 떠올랐다. 게다가 2등으로 합격한 것이었다. 그럴 때마다 한스는 맨발로 물장구를 치며 두 손을 바지 주머니에 꽂아 넣고는 휘파람을 불기 시작했다. 정작 한스는 휘파람을 불지 못했다. 이것이 그의 오래된 고민거리였다. 그래서 그는 학교 친구들로부터 무척이나 놀림을 당하기도 했었다. 고작해야 그는 이빨 사이로 나지막하게 휘파람을 불어 대는 정도였지만, 자기 혼자서 즐기기에는 그만이었다. 어차피 지금은 아무도 그의 휘파람 소리를 듣지 못했다.

다른 친구들은 교실에 앉아 지리(地理) 공부를 하고 있을 게다. 한스 혼자서만 자유롭게 수업을 받지 않아도 괜찮았다.

그는 같은 또래의 모든 아이들을 앞질러 버렸고, 그 아이들은 이제 그의 발아래 있게 되었다.

예전에는 아이들이 한스를 몹시 놀렸다. 한스는 아우구스트 이외에 친한 친구가 하나도 없었다. 그리고 아이들의 싸움이나 놀이에는 별로 흥미를 느끼지 못했다. 자, 이제 네 녀석들은 내 뒷모습이나 멍하니 쳐다볼 테지! 야, 이 오소리 같은 놈들, 얼간이 같은 놈들아!

이 순간, 한스는 그들을 무척 경멸했다. 그래서 입을 삐죽거리기 위해 잠시 휘파람을 멈추었다. 낚싯줄을 걷어 올리던 한스는 그만 웃음을 터뜨리고 말았다. 낚싯바늘에 꿰어 놓은 먹이가 다 없어져 버린 것이다. 그는 통 속에 남아 있던 메뚜기들을 놓아주었다. 메뚜기들은 취한 듯이 흐느적거리며 마지못해 낮은 잔디 속으로 기어들었다. 옆에 있는 제혁 공장에서는 이미 점심 시간이었다. 이제 한스도 식사를 하러 갈 시간이었다.

식탁에 둘러앉은 가족들 모두 거의 말이 없었다.

"고기 얼마나 잡았니?" 아버지가 물었다.

"다섯 마리요."

"아, 그래? 아무튼 나이 든 큰 물고기들은 잡지 않도록 조심하거라. 그렇지 않으면 나중에 어린 물고기들을 한 마리도 보지 못하게 될 테니까."

대화가 더 이상 이어지지 않았다. 날씨가 무척이나 무더웠다. 식사를 마치고 바로 물에 들어가지 못하는 것이 정말이지 유감스러웠다. 그런데 왜 안 되는 걸까? 사람들은 해롭기 때문이라고 한다! 그것이 정말로 해로운 것일까? 한스는 이러한 사실을 누구보다도 잘 알고 있었지만 어른들의 말을 따르지 않고 종종 수영하러 가곤 했다. 하지만 이제는 두 번 다시 그런 일을 하지 않을 것이다. 그렇게 버릇없이 굴기에는 한스가 너무 성숙해 있었다. 하느님, 맙소사! 구두 시험에서 감독 교수들이 한스에게 '씨'라는 호칭을 붙이지 않았던가!

한 시간가량 정원에 있는 붉은 잣나무 아래 누워 있는 것도 나쁘지 않았다. 쉴 만한 그늘은 충분했다. 책을 읽거나 날아다니는 나비를 바라보기도 했다. 이렇게 그는 거기서 2시까지 누워 있었다. 더 이상 바랄 것이 없었다. 하마터면 한스는 잠이 들어 버릴 뻔했다. 그렇지만 이제는 수영하러 갈 시간이었다!

수영터가 있는 초원에는 어린 꼬마애들이 서너 명가량 보였다. 큰 아이들은 지금 모두 교실에 앉아 있었다. 한스는 생각만 해도 그지없이 기뻤다. 아주 천천히 옷을 벗고, 물속으로 들어갔다. 그는 더운 물과 찬 물을 번갈아 가며 즐기는 법을 알고 있었다. 잠시 헤엄치다가 물속으로 잠수하기도 하고, 물을 철썩거리며 치기도 했다. 그러고는 강가에 배를 깔고 누워 버렸다. 빠르게 말라 가는 피부에 햇빛이 따갑게 내리쬐고 있었다.

어린 녀석들은 존경 어린 표정으로 살그머니 한스 옆으로 기어 왔다. 그렇다, 이제 한스는 유명 인물이 되어 있었다. 그는 여느 아이들과는 전혀 달라 보였다. 햇빛에 그을린 가느다란 목덜미 위로 고운 머리가 자연스러우면서도 우아하게 모습을 드러내고 있었다. 그리고 영혼이 충만한 듯한 얼굴과 남을 압도하는 듯한 눈망울을 가지고 있었다. 하여간 한스는 너무 마른 체형이었다. 가느다란 팔다리가 무척 연약해 보였다. 가슴과 등은 갈빗대를 셀 수 있을 정도였다. 장딴지에는 살이 거의 붙어 있지 않았다.

오후 내내 한스는 햇볕과 물 사이를 오가며 시간을 보냈다. 4시가 지날 즈음에는 대부분의 학교 친구들이 와자지껄 떠들며 그에게로 서둘러 모여들었다.

"야, 기벤라트! 넌 참 좋겠구나."

한스는 느긋하게 팔다리를 뻗었다. "그래, 나쁘진 않아."

"신학교에는 언제 가는 거니?"

"9월에나 가게 될 거야. 지금은 방학 중이거든."

한스는 학교 친구들이 부러워하는 모습을 내심 즐기고 있었다. 뒤에서 비아냥거리는 소리가 크게 들리고 누군가가 조롱 섞인 시구를 읊을 때에도 한스는 태연스럽게 그대로 누워 있었다.

> 만일 지금 내가 슐체 리자베트처럼
> 그렇게 될 수만 있다면!
> 그녀는 대낮에도 침대에 누워 있는데,
> 나는 그렇지가 못하다네

한스는 그냥 웃어넘겼다. 그사이에 아이들은 옷을 벗기 시작했다. 한 아이가 단숨에 물속으로 뛰어들었다. 다른 아이들은 먼저 조심스럽게 물을 끼얹어 몸을 식혔다. 헤엄치기 전에 잔디밭에 드러눕는 아이들도 있었다. 멋진 잠수를 선보인 아이는 찬사를 받기도 했다. 뒤에서 물속으로 떠밀린 아이는 겁에 질린 나머지 "사람 살려!" 하고 외쳐 댔다. 아이들은 서로 뒤쫓기도 하고, 달리기도 하고, 헤엄치기도 했다. 그리고 잔디 위에서 일광욕을 즐기는 아이들에게 물을 뿌리기도 했다. 첨벙거리는 소리, 고함치는 소리가 무척이나 시끄러웠다. 강가의 잔디는 물에 젖은 옅은 빛깔의 번지르르한 몸매들로 온통 빛나고 있었다.

한 시간 뒤에 한스는 그 자리를 떠났다. 물고기들이 다시 입질을 시작하는 따스한 저녁 시간이 되었다. 저녁 식사를 하러 갈 때까지 그는 다리 위에서 낚시질을 했지만, 고기는 한 마리도 잡지 못했다. 물고기들은 물불을 가리지 않고 낚싯바늘에 달려들기는 했지만, 미끼만 먹어 치울 뿐이었다. 낚싯바늘에 매단 버찌가 너무 크거나 물렁한 모양이었다. 한스는 나중에 다시 한번 시도해 보기로 마음먹었다.

저녁 식탁에 앉은 한스는 많은 친지들이 그를 축하하기 위해 왔었다는 이야기를 들었다. 그러고는 오늘 발행된 주간지를 받아 들었다. 거기에는 '공지 사항'이라는 표제어 아래 다음과 같은 기사가 실려 있었다. '올해 우리 마을은 초급 신학교의 입학 시험에 단 한 명의 후보자인 한스 기벤라트를 보냈었다. 방금 우리는 그 소년이 2등으로 합격했다는 기쁜 소식을 접하게 되었다.'

한스는 신문을 접어 주머니에 넣었다. 그러고는 아무 말도 하지 않았다. 하지만 그의 가슴은 자부심과 환호성으로 터질

지경이었다. 잠시 뒤에 그는 또다시 낚시하러 나갔다. 이번에는 두서너 개의 치즈 조각을 미끼로 가지고 갔다. 치즈는 물고기들이 좋아하는 먹이일 뿐 아니라, 어두운 날씨에도 눈에 잘 띄었다.

한스는 낚싯대를 내버려 둔 채 간단히 낚싯줄을 가지고 갔다. 손낚시는 그가 가장 좋아하는 낚시질이었다. 실을 손에 쥐고 하는 이 낚시질은 낚싯대나 낚시찌가 전혀 필요하지 않았다. 낚싯줄과 낚싯바늘만으로도 충분히 가능했다. 약간 힘은 들었지만, 그래도 훨씬 재미가 있었다. 미끼의 미세한 움직임에도 만반의 준비를 갖추고 있어야 한다. 물고기가 먹이를 건드리거나 입으로 물거나 할 때에도 그 기미를 알아차려야 한다. 낚싯줄이 움찔할 때에는 바로 눈앞에서처럼 물고기들을 살펴야 하는 것이다. 물론 이런 낚시질에서 낚시꾼은 민첩한 손가락을 지녀야 하고, 탐정처럼 조심스럽게 주위의 동정을 살펴야 하는 것이다.

움푹 패인 좁다란 골짜기에는 강물이 굽이치며 휘감아 돌고 있었다. 어둠이 일찍 찾아들었다. 강물은 거무스레한 빛깔을 띠며 다리 아래로 조용히 흐르고 있었다. 아랫녘의 물레방아에는 벌써 불이 켜져 있었다. 떠들고 노래하는 소리가 다리와 골목길 너머로 울려 퍼졌다. 밤공기는 약간 후텁지근했다. 강에서는 검게 보이는 물고기가 단숨에 물 위로 뛰어올랐다. 이런 밤에는 물고기들이 놀랄 만큼 흥분하게 마련이었다. 이리저리 치닫기도 하고, 공중으로 튕겨 오르기도 하고, 낚싯줄에 부딪히기도 하고, 겁도 없이 그냥 미끼를 향해 달려들기도 하는 것이었다.

마지막 치즈 조각이 다 떨어질 즈음에는 자그마한 잉어 네 마리를 건져 올렸다. 한스는 내일 이 물고기들을 마을 목사에게 가져다주려고 마음먹었다. 따스한 바람이 골짜기 아래로 불어왔다. 벌써 주위는 어두워졌지만, 하늘은 아직도 밝은 빛을 머금고 있었다. 저물어 가는 마을에서는 교회의 탑과 성의 지붕만이 시커먼 윤곽을 드러내며 밝은 하늘을 향하여 뾰족하게 솟아 있었다. 아주 멀리서 폭풍우가 몰려오고 있는 것 같았다. 이따금 천둥소리가 아득하고 부드럽게 들려왔다.

한스는 10시에 잠자리에 들었다. 머리와 팔다리가 편하면서도 나른하고 피곤했다. 무척 오랜만에 맛보는 느낌이었다. 아름답고 자유로운 여름날들이 위로와 유혹의 날개를 펴며 한스의 눈앞에 펼쳐지고 있었다. 산책이나 헤엄, 낚시질, 그리고 몽상에 젖은 나날들이었다. 단지 1등이 되지 못한 것이 그를 불쾌하게 했다.

이른 아침, 한스는 벌써 목사관의 문 앞에 서 있었다. 그는 강가에서 잡은 물고기를 손에 들고 있었다. 마을 목사가 서재에서 나왔다.

"오, 한스 기벤라트! 좋은 아침이구나! 축하한다, 정말 축하해. 너 거기 들고 있는 게 뭐니?"

"물고기인데요. 서너 마리밖에 안 돼요. 어제 낚시로 건져 올린 거예요."

"원, 이거 좀 보게나! 고맙다. 자, 들어오너라."

한스는 낯익은 서재로 발걸음을 옮겼다. 어쩐지 여느 목사의 서재와는 다르게 보였다. 화초 냄새나 담배 냄새도 전혀 나지 않았다. 마을 목사가 소장(所藏)하고 있는 훌륭한 책들은 거의 전부가 말끔하게 겉칠을 하고, 금박을 입힌 신간 서적이었다. 여느 교회의 도서관에서 볼 수 있는 책들은 아니었다. 그런 책들은 색이 바래고, 표지가 휘어지고, 곰팡이가 슬고, 얼룩이 져 있게 마련이었다. 서재를 좀더 자세히 살펴본 사람이라면, 누구나 가지런히 정돈된 책들의 제목에서도 새로운 정신을 발견하게 될 것이다. 그것은 사라져 가는 세대의 존경할 만한 고전적인 인물들이 보여 주는 정신과는 또 다르다. 여느 목사의 서재에 꽂혀 있는 훌륭한 장서(藏書)들, 예컨대 벵엘이나 외팅어, 슈타인호퍼, 또는 뫼리케의 '투름하안'[8]에서 아름답게 그려진 경건한 가인(歌人)들의 글들이 여기서는 보이지 않았다. 아니면 현대적인 작품들 속에 파묻혀 사라졌는지도 모른다. 잡지 다발이나 강단, 서류들이 여기저기 흩어져 있는 책상, 이 모든 것들이 높은 학식과 품위를 풍기고 있었다.

마을 목사가 이 서재에서 무척 열심히 공부하고 있다는 인상을 주었다. 물론 실제로도 목사는 열심히 공부했다. 하지만 설교나 교리 문답, 성경 공부를 위해서라기보다는 학술 잡지의 연구서와 논문, 그리고 자신의 저술에 필요한 사전 연구를

---

8) '탑 위에서 우는 닭'이라는 뜻으로 서정 시인이자 목사인 뫼리케(Eduard Mörike, 1804~1875)의 글이다. 그는 1829년에 루이제 라우(Luise Rau)와 약혼한 지 얼마 지나지 않아 파혼하고 만다. 이 목가적인 전원시(田園詩)에서 그는 그녀와의 행복했던 시절을 그리고 있다.

위해서였다. 몽상적인 신비주의나 예감에 가득 찬 명상도 여기서는 금기 사항이었다. 또한 학문의 깊은 골짜기 너머 사랑과 동정심으로 목마른 민중의 영혼에 다가서는 순박한 신학도 여기서는 설 자리를 잃고 말았다. 그 대신에 성경에 대한 날카로운 비판이 가차 없이 행해졌다. 그리고 '역사적인 예수'를 찾으려고 무진 애를 썼다.

다른 영역에서와 마찬가지로 신학에 있어서도 그러하다. 예술이라고 불릴 만한 신학이 있고, 학문이라고 불릴 만한 신학이 있다. 혹은 적어도 그렇게 되기 위해 노력하는 신학 말이다. 그것은 예전이나 지금이나 조금도 변함이 없다. 과학적인 사고를 지닌 사람들은 오래된 포도주를 언제나 새로운 술 포대에 담는다. 새로운 술 포대에 담기 때문에 전통적인 가치를 망치게 되는 것이다. 반면에 예술가들은 얼핏 보기에 그릇된 주장들을 태연스럽게 고집하면서도 많은 사람들에게 위로와 기쁨을 가져다주었다. 이것은 비평과 창조, 학문과 예술 사이의 불평등한 오랜 투쟁이다. 이 투쟁에서 과학은 별다른 도움 없이 언제나 정당성을 인정받아 왔다. 언제나처럼 예술은 믿음과 사랑, 위로와 아름다움, 그리고 영원에 대한 예감의 씨앗을 뿌려 왔다. 또한 풍요로운 토양을 새로이 발견하여 온 것이다. 그것은 삶이 죽음보다 강하고, 믿음이 의심보다 강하기 때문이다.

한스는 강단과 창문 사이에 놓여 있는 자그마한 가죽 소파에 처음 앉아 보았다. 마을 목사는 지나칠 정도로 친절했다. 그는 절친한 동료에게 하듯이 한스에게 신학교에서의 생활과

학업에 대해 이야기해 주었다.

　마지막으로 마을 목사가 말했다. "네가 거기서 겪게 될 새로운 일들 가운데 가장 중요한 건 신약 성서의 그리스어를 배우는 거야. 그걸 배우면 네 앞에 새로운 세계가 열리게 될 테니까. 열심히 공부하는 만큼이나 기쁨도 커지는 법이란다. 처음엔 언어를 익힌다는 게 여간 어려운 일이 아닐 거야. 그건 세련된 그리스어가 아니라, 새로운 정신에 의해 만들어진 특수 어법이란다."

　한스는 주의 깊게 귀를 기울였다. 마치 자신이 진정한 학문에 한 발짝 다가선 듯한 자랑스러운 느낌이 들었다.

　마을 목사는 계속 말을 이어 갔다. "틀에 박힌 교육은 당연히 새로운 세계에 대한 매력을 잃도록 만들게 마련이지. 신학교에서 배우는 히브리어도 처음에는 시간을 많이 잡아먹게 될 거야. 그리스어를 한번 배워 둘 생각이라면, 이번 방학에 조금 시작해 보는 게 어떻겠니. 그럼 신학교에 가서는 다른 걸 할 수 있는 시간과 의욕이 남게 되는 거지. 『누가복음』 두세 장을 함께 읽어 내려가다 보면, 그리스어를 무척 손쉽게 익힐 수 있을 거야. 사전은 내가 빌려주도록 하지. 하루에 한 시간가량, 기껏해야 두 시간가량 매달려 보는 거야. 물론 그 이상은 금물이란다. 넌 지금 무엇보다도 충분한 휴식이 필요하니까 말야. 아무튼 이건 단지 제안에 불과한 거란다. 정말이지 난 네 멋진 휴가를 망치고 싶진 않단다."

　물론 한스는 그렇게 하기로 약속했다. 마을 목사가 제안한 『누가복음』 공부는 마치 상쾌하고 푸른 자유의 하늘에 나타난 가벼운 한 조각 구름처럼 여겨졌다. 하지만 그 제안을 거절하기가 어쩐지 부끄러웠다. 더욱이 방학이나 휴가 때에 새로운 언어를 틈틈이 배운다는 것은 힘든 일이라기보다는 오히려 즐거운 일이었다. 어차피 한스는 신학교에서 배우게 될 새롭고도 다양한 공부에 대해 은근히 겁을 집어먹고 있던 터였다. 특히 히브리어가 그랬다.

한스는 흡족한 기분으로 목사관을 나선 뒤에 낙엽송이 늘어선 길을 따라 숲으로 들어갔다. 만족스럽지 못한 사사로운 감정은 이미 모두 사라져 버렸다. 마을 목사와의 일을 떠올릴 때마다 자신의 결정이 옳았다는 생각이 더욱더 굳어져 갔다. 신학교에서도 다른 학우들보다 앞서기 위해서는 야망과 인내심으로 보다 열심히 노력해야 한다는 사실을 잘 알고 있었기 때문이다. 한스는 꼭 그렇게 되고 싶었다. 하지만 왜 그래야 하는 걸까? 그것은 한스 자신도 알 수 없었다.

3년 전부터 마을 사람들이 그를 눈여겨보기 시작했다. 선생들과 마을 목사, 아버지, 특히 교장 선생까지도 격려의 채찍질로 한스를 숨 가쁘게 몰아세웠다. 처음부터 지금까지 한스는 의심의 여지가 없는 최우등생이었다. 맨 앞에 우뚝 서 있는 한스는 아무도 자기 곁에 다가서지 못하게 발버둥쳤다. 그리고 그런 자신의 모습에 자부심을 느끼기까지 했다. 아무튼 주 시험에 대한 어리석은 걱정은 어느덧 옛날이야기가 되어 버렸다.

물론 휴식을 갖는다는 것은 더할 나위 없이 멋진 일이었다. 산책하는 사람이 아무도 없는 이른 아침에 바라보는 숲은 유난히 아름답게 보였다. 줄지어 늘어선 잣나무들이 회랑(回

廊)처럼 끝없이 펼쳐진 숲터를 청록색의 둥근 천장으로 뒤덮고 있었다. 잡초들은 별로 보이지 않았다. 단지 여기저기에 산딸기 덤불이 무성할 뿐이었다. 수십 킬로미터에 걸쳐 이끼로 뒤덮인 지대가 있었다. 거기에는 솜털처럼 부드러운 이끼 위로 키 작은 월귤나무와 석남화나무가 우거져 있었다. 이미 이슬은 말라 버렸다. 화살처럼 곧게 뻗은 나무 줄기 사이로 아침 숲의 색다른 무더위가 감돌고 있었다. 햇살의 따스함과 이슬의 아지랑이, 이끼의 냄새, 그리고 송진과 잣나무의 바늘잎, 버섯 등이 서로 어우러져 발산하는 이 향내는 모든 감각을 마비시킬 듯이 살랑거리며 가볍게 흔들리고 있었다.

한스는 이끼로 뒤덮인 언덕에 드러누웠다. 그러고는 다닥다닥 엉켜 있는 거무스레한 산딸기 덤불을 한 움큼 뜯었다. 여기저기서 나무 줄기를 쪼아 대는 딱따구리 소리와 공연히 시샘하는 듯한 소쩍새의 울음 소리가 들려왔다. 검은빛이 짙게 감도는 잣나무의 우듬지 사이로 구름 한 점 없이 검푸른 하늘이 모습을 드러냈다. 곧게 뻗은 수많은 나무 줄기들이 저 멀리까지 육중한 갈색의 벽을 쌓고 있었다. 노오란 햇살이 여기저기 흩어지며 이끼 위에 따사로운 빛을 던지고 있었다.

애당초 한스는 멀리까지 걸어 볼 생각이었다. 적어도 뤼첼 저택이나 크로쿠스 초원까지는. 하지만 지금 그는 이끼 위에 누워 산딸기를 먹으며 멍하니 허공만 바라보고 있었다. 왜 자신이 이처럼 피곤한지 의아스러웠다. 예전에는 서너 시간을 산책하면서도 전혀 피곤을 느끼지 않았었다. 한스는 다시금 힘을 내어 멀리 한번 걸어 보기로 마음먹었다. 하지만 얼마 가지 못하고 그냥 주저앉아 버렸다. 왜 그런지는 알 수가 없었다. 이끼 위에 누운 한스의 시선은 나무 줄기에서 나무 꼭대기로, 그리고 또다시 푸른 잔디 위로 헤매고 있었다. 이 숲의 공기가 왜 그를 이다지도 피곤하게 만드는 걸까!

한스는 정오 무렵에 집에 돌아왔다. 또다시 머리가 아프기 시작했다. 눈도 아프기는 마찬가지였다. 숲으로 난 언덕길에서 지나치게 따가운 햇살을 쬐었기 때문이다. 한스는 부득이 오후의 반나절을 집에 틀어박혀 있었다. 다시금 강가로 가서 수영을 할 때에야 비로소 머리가 맑아졌다. 이제 마을 목사에게 갈 시간이었다.

구둣방 아저씨 플라이크는 작업장 창가에 놓여 있는 세발의자에 앉아 일하고 있었다. 가는 길에 그가 한스를 불렀다.

"애, 어딜 가는 거니? 요즘엔 도무지 널 볼 수가 없구나."

"마을 목사님 댁에 가는 길이에요."

"아니, 여전히 거길 간다고? 주 시험도 다 끝났잖니."

"예, 근데 지금은 다른 거예요. 신약 성서라고요. 제가 여지껏 배운 거하고는 전혀 다른 그리스어로 쓰여 있거든요. 이젠 그걸 배우려는 거예요."

구둣방 아저씨는 차양이 없는 모자를 눌러쓰고, 수심에 잠긴 듯한 넓적한 이마에 두꺼운 주름을 지었다. 그러고는 깊은 한숨을 내쉬었다.

"한스!" 그가 나지막한 목소리로 말했다. "너한테 할 말이 있다. 지금까진 시험 때문에 잠자코 있었다만, 이젠 주의를 좀 주어야겠구나. 넌 우리 마을 목사가 무신론자라는 걸 알아야 한다. 성서가 잘못이라느니, 거짓이라느니 하며 그 사람이 널 속일지도 몰라. 그런 목사와 신약 성서를 읽다 보면, 너도 모르는 사이에 그만 믿음을 잃게 되는 거란다."

"하지만, 플라이크 아저씨. 전 그냥 그리스어를 배우는 것뿐이에요. 신학교에 가면 어차피 그걸 배워야 하거든요."

"그야 넌 그렇게 말하겠지. 하지만 네가 성경을 경건하고 양심적인 선생님 밑에서 배우는 거하고, 사랑의 하나님을 믿지 않는 사람 밑에서 배우는 거하고는 전혀 다르지."

"그렇겠지요. 하지만 그분이 정말 하나님을 믿지 않는지는 아무도 모르잖아요."

"그렇지 않아, 한스! 유감스러운 일이긴 하지만, 모두들 그 사실을 알고 있단다."

"그럼, 전 어떡하죠? 배우러 가겠다고 벌써 약속을 해 버렸는데요."

"그렇다면 물론 당연히 가야지. 하지만 성경은 인간이 만든 거라든지, 성경이 사람들을 기만하는 거라든지, 아니면 성경이 성령에 의해 쓰인 게 아니라든지 하는 말을 듣기만 하면, 즉시 나한테 오너라. 그 문제에 대해 함께 얘길 나누자꾸나. 그렇게 해 주겠니?"

"예, 플라이크 아저씨! 하지만 그렇게 심각하진 않을 거예요."

"이제 곧 알게 될 거다. 하여튼 내가 한 말을 잊어선 안 돼!"

마을 목사는 아직 목사관에 돌아오지 않았다. 한스는 서재에서 그를 기다리고 있었다. 금박을 입힌 책의 표지들을 찬찬히 살펴보던 한스는 방금 전에 구둣방 아저씨가 한 이야기 때문에 깊이 생각에 잠기고 말았다. 한스는 지금까지 사람들이 마을 목사나 새로운 양식(樣式)을 지닌 성직자들에 대해 주고받는 이야기를 숱하게 들어 왔다. 하지만 이제야 처음으로 긴장과 호기심을 자극하는 이런 문제에 휘말려들게 되었다. 한스에게 있어 이 문제는 구둣방 아저씨가 말한 것처럼 그렇게 심각하거나 끔찍한 일이 아니었다. 오히려 그는 여기서 오래된 위대한 비밀의 배후를 캐낼 수 있는 가능성을 예감하고 있었다.

어린 시절에 학교를 다닐 때에는 신의 존재라든가 영혼의 소재, 악마와 지옥 등에 대한 의문으로 인해 가끔 터무니없는 상념에 사로잡히곤 했었다. 하지만 이러한 의혹들은 지난 몇 년에 걸쳐 모두 잠들어 버리고 말았다. 엄격한 교육 제도 아래서 공부에 전념하다 보니 그렇게 된 것이다. 한스가 학교에서 얻은 기독교적인 신앙은 고작해야 구둣방 아저씨와 이야기를 나눌 때에나 개인적인 삶으로 되살아났다. 그 아저씨와 마을 목사를 비교하던 한스는 미소를 지었다.

힘든 세월을 거쳐 얻게 된 구둣방 아저씨의 준엄하고 확고한 신앙을 소년 한스는 이해할 수가 없었다. 아무튼 플라이크는 현명한 인물이었다. 하지만 동시에 단순하고 편협하기도 했다. 그는 지나치게 독실한 신앙으로 인해 주위의 많은 사람들로부터 조롱을 당하기도 했다. 기도하는 모임에서는 엄격한 재판관이자 권위 있는 성경 해석가로 행세해 왔다. 또한 여러 마을을 돌아다니며 신앙심을 고취시키기도 했다. 그 외에는 여느 사람들과 다름없는 소시민적인 수공업자에 지나지 않았다. 반면에 마을 목사는 풍부한 경험과 뛰어난 언변을 지닌 설교자일 뿐 아니라, 부지런하고 학식이 높은 인물이었다. 한스는 존경하는 마음으로 책장을 올려다보았다.

이윽고 마을 목사가 돌아왔다. 그는 프록코트를 벗고 나서 가벼운 차림의 검정색 실내 조끼로 갈아입었다. 그러고는 그리스어로 쓰인 『누가복음』의 원문을 한스의 손에 쥐어 주었다. 그것은 라틴어를 공부할 때와는 전혀 딴판이었다. 몇 안 되는 문장을 읽은 뒤에 하나하나의 단어를 차근차근 번역해 나갔다. 마을 목사는 별로 낯설지 않은 예문을 들어 가며 재치 있고 능숙한 어투로 이 언어의 근원적인 정신을 설명해 나갔다. 그리고 이 책이 생겨난 시대와 내력에 대하여 이야기해 주었다. 단 한 시간 만에 그는 학습과 독서의 전혀 새로운 개념을 소년 한스에게 불어넣은 것이다. 한스는 어렴풋하게나마 깨닫게 되었다. 이 모든 시구와 단어 뒤에 어떠한 비밀과 사명이 숨어 있는지, 그리고 예로부터 수많은 학자들이나 명상가들이나 연구가들이 이러한 문제와 어떻게 씨름해 왔는지. 한스는 공부를 하는 가운데 마치 자신이 진리 탐구자의 세계로 발을 디뎌 놓은 듯한 착각에 빠져들었다.

마을 목사는 한스에게 사전과 문법서를 빌려주었다. 한스는 집에 돌아와 저녁 내내 공부에 몰두했다. 얼마나 많은 공부와 학식의 산을 넘어야 비로소 참된 연구의 길로 들어서게 되는지를 느끼게 되었다. 어떠한 난관이 닥친다 하더라도 포기하지 않으리라고 굳게 다짐했다. 구둣방 아저씨의 일은 잠시 한스의 뇌리 속에서 사라지고 말았다.

며칠 동안이나 이 새로운 존재 양식이 한스를 사로잡았다.

매일 밤마다 그는 마을 목사를 찾아갔다. 언제나 그에게는 진정한 학문이 보다 더 아름답고, 어려우면서도, 또한 추구할 만한 가치가 있다고 여겨졌다. 아침에는 일찍 일어나 낚시하러 나섰다. 그리고 오후에는 수영하러 초원으로 갔다. 그 이외에는 거의 집에 틀어박힌 채 밖으로 나가지 않았다.

주 시험에 대한 불안감과 승리감으로 인해 사라져 버렸던 야망이 다시금 살아나서는 한스에게 조금도 쉴 틈을 주지 않았다. 동시에 지난 몇 달 사이에 자주 느껴 왔던 형용할 수 없는 야릇한 감정이 그의 머릿속에서 고개를 들기 시작했다. 그것은 두통이 아니었다. 빠른 맥박과 흥분을 동반한 승리에 대한 조급함이었다. 또한 무작정 앞으로 나아가려고 하는 억제되지 못한 욕망이기도 하였다. 나중에는 어김없이 머리가 아파 오기 시작했다. 하지만 이 섬세한 고열(高熱)이 지속되며 독서와 학습의 성취는 폭풍처럼 빠르게 이루어졌다. 그래서 한스는 예전에 십오 분가량 걸리던 「크세노폰」의 가장 어려운 문장들을 이제는 손쉽게 읽을 수 있었다. 사전을 거의 들여다보지 않고도 날카로운 이해력을 십분 발휘하여 무척이나 난해한 글들을 척척 읽어 내려갔다.

그래서 한스는 무척 기뻤다. 이처럼 고조된 학습 의욕과 인식 욕구와 더불어 자신감에 가득 찬 자아 의식이 더해 갔다. 마치 학교나 선생이나 학창 시절이 벌써 오래전에 흘러가 버린 것처럼, 그리고 지식과 능력의 고지를 향하여 자기에게 주어진 혼자만의 길을 걷고 있기나 한 것처럼.

한스는 이런 느낌과 동시에 너무나도 선명한 꿈 때문에 자꾸 잠에서 깨어났다. 밤중에 가벼운 두통을 느끼며 잠에서 깨어나 다시 잠들지 못할 때에는 성취에 대한 강박 관념이 그를 뒤흔들어 놓았다. 자신이 다른 학교 친구들보다 앞서 있다거나, 교장을 포함한 모든 학교 선생들이 자기에게 경의나 찬사의 눈길을 던진다거나 하는 생각을 떠올릴 때마다, 한스는 뿌듯한 우월감을 느끼는 것이었다.

교장 선생은 자신에 의해 일깨워진 한스의 아름다운 야망을 이끌어 나갔다. 또한 소년이 성숙해 가는 모습을 지켜본다는 것은 교장 선생의 은밀한 즐거움이기도 했다.

학교 선생들을 무정하다거나, 고루하다거나, 혹은 영혼조차 없는 속물이라고 욕하지 마라! 아, 그렇지 않다. 긴 세월에 걸쳐 아무런 성과 없이 자극에 무덤덤해져 버린 한 아이의 재능이 싹트기 시작할 때, 그 아이가 나무 칼이나 돌팔매질이나 활쏘기와 같은 어리석은 놀이를 그만두고, 앞을 향하여 힘껏 발걸음을 내디딜 때, 멋대로 자라 온, 통통한 뺨을 지닌 아이가 진지한 학습을 통하여 섬세하고, 진지한, 거의 금욕적인 아이로 탈바꿈할 때, 그 아이의 얼굴에 연륜과 학식이 더해 가고, 그의 눈망울이 목표를 향하여 더욱 깊어질 때, 그리고 그의 보드라운 손이 점점 더 희어질 때, 학교 선생의 영혼은 기쁨과 자랑에 겨워 활짝 웃음을 터뜨리게 된다. 학교 선생의 의무와 그가 국가로부터 받은 직무는 어린 소년의 내부에 자리 잡고 있는 자연의 조야한 정력과 욕망을 길들임과 동시에 송두리째 뽑아 버리는 것이다. 또한 그 아이에게 국가적으로 공인된 절제의 평화로운 이상을 심어 주는 것이다. 현재 만족스러운 삶을 영위하고 있는 시민이나 임무에 충실한 관료라 할지라도 학교에서의 이런 교육이 없었다면, 마구 날뛰는 난폭한 개혁가나 쓸데없는 상념에 사로잡힌 몽상가가 되었을 것이다!

소년의 내면에는 거칠고 야만적인 무질서의 요소가 숨어 있다. 먼저 그것을 깨뜨려야 한다. 그것은 또한 위험하기 짝이 없는 불꽃이다. 먼저 그것을 밟아 꺼 버려야 한다. 자연이 만든 인간은 예측 불허의, 불투명한, 위험스러운 존재이다. 인간은 미지의 산맥에서 흘러내리는 물줄기이며, 길도 질서도 없는 원시림이다. 원시림의 나무를 베고, 깨끗이 치우고, 강압적으로 제어해야 하듯이 학교 또한 자연인으로서의 인간을 깨부수고, 굴복시키고, 강압적으로 제어해야 한다. 학교의 사명은 정부가 승인한 기본 원칙에 따라 인간을 사회의 유용한 일원으로 만드는 것, 그리고 잠재된 개성들을 일깨우는 것이다. 이와 같은 교육은 병영(兵營)에서의 주도면밀한 군기(軍紀)를 통하여 극도의 완성을 이루게 된다.

이 어린 소년 기벤라트는 얼마나 아름답게 성숙했는가! 길거리를 배회한다거나 장난을 치는 따위는 스스로 그만두었다. 학교에서 공부하다가 공연히 웃는 일은 사라진 지 이미 오래이다. 정원 가꾸기와 토끼 기르기, 그리고 낚시질 따위의 취미 생활도 벌써 오래전에 그만두었다.

어느 날 저녁, 교장 선생이 직접 기벤라트의 집으로 찾아왔다. 기뻐 어쩔 줄 모르는 한스의 아버지와 정중하게 인사를 나누고는 한스의 방으로 들어갔다. 한스는 책상에 앉아 『누가복음』을 읽고 있었다. 교장 선생은 매우 다정하게 말을 건네었다.

"기특하구나, 기벤라트! 이제 다시 공부에 여념이 없구나! 그렇다고 한 번도 보이질 않는 거니? 난 매일 널 기다리고 있었단다."

"가 뵈려고 했었어요." 한스는 변명을 늘어놓았다. "하지만 멋진 물고기 한 마리쯤 잡아 갖다드리려고 했어요."

"물고기라고? 도대체 무슨 물고기 말이니?"

"그건, 잉어나 뭐 그런 거요."

"아, 그래. 그런데 너 다시 낚시하러 다니니?"

"예, 어쩌다가 한 번씩 가요. 아빠가 허락해 주셨거든요."

"흠, 그래! 어때, 재미있니?"

"예, 그럼요."

"좋다, 아주 좋구나. 땀 흘려 일해 얻은 휴가니까. 그래서 요즘 공부에는 흥미를 잃은 게로구나."

"아뇨, 천만에요, 교장 선생님. 공부도 하고 싶어요."

"네가 하고 싶지 않다면, 절대 강요하진 않겠다."

"아네요, 정말 하고 싶어요."

교장 선생은 두세 번 숨을 깊게 들이쉬고는 가느다란 수염을 매만지며 의자에 앉았다.

"얘, 한스!" 그가 말했다. "내 말은 이런 거야. 오래전부터 종종 경험해 온 일이지. 시험을 잘 치르고 난 뒤에 별안간 뒤로 쳐지는 경우가 많이 생기는 법이란다. 신학교에선 새로운 과목들을 여러 가지 공부해야 한다. 그런데 새 학기가 시작되기도 전에 배울 걸 미리 준비해 두는 학생들이 적지 않단다. 특히 시험 성적이 그다지 좋지 않은 학생들이 곧잘 그렇게 하지. 그런 학생들은 자신의 월계관 위에서 휴가를 편히 보낸 학생들을 누르고는 어느 날 갑자기 정상의 자리를 차지해 버리는 거야."

그는 또다시 한숨을 내쉬었다.

"여기서 넌 언제나 어렵지 않게 일등을 할 수가 있었지. 하지만 신학교에는 모두 능력 있고 부지런한 학생들뿐이란다. 그런 아이들을 앞지른다는 건 결코 쉬운 일은 아닐 거야. 내 말 알아듣겠니?"

"예."

"그래, 너한테 제안 하나 할까 한다. 이번 방학에 미리 공부를 해 두는 게 어떻겠니? 물론 지나쳐서는 안 되겠지! 넌 충분한 휴식을 즐길 권리와 의무를 가지고 있으니까. 내 생각으로 하루에 한두 시간쯤은 그다지 무리가 안 될 거야. 노력을 게을리하면 자칫 궤도를 벗어나기 쉬운 법이란다. 더군다나 나중에 다시 제자리를 찾을 때까진 몇 주일씩이나 고생을 해야 할 거라고. 넌 어떻게 생각하니?"

"교장 선생님, 저야 물론 그럴 마음의 준비가 돼 있지요. 선생님께서 도와주시기만 하면."

"좋아. 신학교에선 히브리어 다음으로 특히 호머가 새로운 세계를 열어 줄 거야. 지금 기초를 잘 다져 놓기만 하면, 나중엔 곱절이나 즐겁고 손쉽게 호머를 읽을 수 있다고. 호머의 언어는 고대 이오니아의 방언이지. 그건 시의 음율과 더불어 아주 독창적인 거란다. 뭔가 고유한 맛이 그 속에 스며 있는 거라고. 정말이지 그의 시를 올바르게 감상하기 위해서는 부지런한 자세로 근본부터 하나하나 공부해야 할 거야."

물론 한스는 이와 같이 새로운 세계에도 기꺼이 뛰어들 마음의 준비가 되어 있었다. 그래서 최선을 다하겠노라고 서슴없이 교장 선생에게 약속했다. 하지만 그다음이 문제였다. 교장 선생은 헛기침을 하더니 다정한 목소리로 말을 이어 갔다.

"내 솔직히 말하지. 난 네가 수학 공부를 하는 데 두세 시간 정도 시간을 내줬으면 좋겠다. 물론 네가 산수에 약하다는 건 아니야. 그렇다고 여지껏 수학에 자신이 있었던 것도 아니잖니. 신학교에서는 대수와 기하를 배우게 될 거야. 그러니 어느 정도 미리 공부를 해 두는 게 어쩌면 당연한 일인지도 모른다."

"물론이죠, 교장 선생님."

"언제라도 날 찾아오너라. 물론 너도 잘 알고 있겠지. 네가 훌륭하게 자라는 모습을 지켜볼 수만 있다면, 나로서는 더없는 영광이란다. 아무튼 수학 선생님한테 개인 지도를 받게끔 아버님께 잘 말씀드리도록 해라. 아마 일주일에 서너 시간 정도면 충분할 거야."

"예, 잘 알겠습니다, 교장 선생님."

또다시 뜨거운 공부의 열기가 타오르기 시작했다. 이따금 시간을 내어 낚시를 하거나 산책을 나설 때마다 양심의 가책으로 인해 마음이 편치 않았다. 수학을 가르치는 개인 교사는 한스의 수영 시간을 과외 시간으로 바꾸어 놓았다.

하지만 대수는 아무리 열심히 공부해도 한스에게 별로 만족을 주지 못했다. 찌는 듯이 무더운 오후 시간에 수영장 대신에 수학 교사의 후텁지근한 방을 찾아갔다. 거기에 틀어박혀 모기가 윙윙거리는 먼지투성이의 공기를 마시며 피곤한 머리를 부둥켜안은 채 텁텁한 목소리로 '에이 플러스 비, 에이 마이너스 비'를 중얼대야 하는 현실이 가혹스럽게 여겨졌다. 기분이 좋지 않은 날에는 무기력하고 갑갑한 분위기가 암울한 절망감으로 바뀌는 것이었다.

한스에게는 수학이 이해하기 힘든 낯선 과목이었다. 그렇다고 해서 그가 수학을 전혀 이해하지 못하는 무식쟁이라는 말은 결코 아니다. 이따금 한스는 수학 문제를 풀며 훌륭한 해답을 찾아내어 기쁨에 젖기도 했다. 수학의 세계에서는 미로를 헤매거나 남을 속이는 일이 벌어지지 않는다는 사실이 그의 마음에 들었다. 주제 영역을 벗어나 거짓스런 주변 영역을 서성거릴 가능성도 존재하지 않았다. 같은 이유로 한스는 라틴어를 매우 좋아했다. 왜냐하면 그 언어는 뚜렷하고, 확실하며, 좀처럼 의혹의 여지를 남기는 법이 없기 때문이다.

하지만 계산의 모든 결과가 일치한다고 하더라도 그 이상의 어떤 다른 의미는 생겨나지 않았다. 수학적인 학습과 강의는 마치 곧게 뻗어 있는 국도를 걷는 것과 다름없었다. 언제나 앞으로 나아가고, 어제까지도 이해하지 못했던 내용을 하루가 다르게 터득하기는 하지만, 일시에 드넓은 세계를 조망해 볼 수 있는 언덕에 오르지는 못한다.

교장 선생의 수업 시간이 조금 더 생기에 넘쳤다. 마을 목사는 젊음이 넘치는 호머의 언어에서보다 구약 성서의 변질된 그리스어에서 훨씬 더 매력적이고 화사한 감동을 자아낼 수 있는 인물이었다. 하지만 호머는 역시 호머였다. 처음에 느꼈던 힘든 굴레를 벗어나기가 무섭게 뜻하지 않던 즐거움이 용솟음치기 시작했다. 그러고는 자꾸만 뿌리칠 수 없는 유혹의 손길을 내밀었다. 종종 한스는 아름답게 울려 퍼지는 난해하고 비밀스러운 시구 앞에서 초조와 긴장으로 떨리는 마음을 억누르며 앉아 있었다. 그럴 때면 얼른 사전을 뒤적이며 맑게 개인 고요한 정원으로 들어가는 열쇠를 찾아내는 것이었다.

어느새 한스는 또다시 숙제 더미에 깔려 있었다. 어느 때는 밤 늦게까지 책상에 앉아 이를 악물며 과제물을 풀었다. 아버지 기벤라트는 열심히 공부하는 아들을 자랑스럽게 지켜보았다. 자신들의 줄기에서 뻗어난 가지가 자신들이 막연하게 존경해 마지않던 높은 영역에까지 치솟기를 바라는 속인들의 이상이 아버지의 우둔한 머릿속에서도 어렴풋이 살아 숨 쉬고 있었다.

휴가의 마지막 주가 되었다. 교장 선생과 마을 목사는 갑자기 눈에 띌 정도로 부드럽고 자상해졌다. 한스가 산책하도록 배려도 해 주고, 아예 공부를 하지 말라고 권유하기도 했다. 또한 상쾌하고 활기찬 마음으로 다시금 새로운 여정을 시작하는 것이 얼마나 중요한 일인지도 이야기해 주었다.

한스는 두세 차례 낚시하러 갔다. 하지만 머리가 너무 아팠기 때문에 우두커니 강둑에 앉아 있을 뿐이었다. 강물 위에는 엷은 푸른빛을 띤 초가을의 하늘이 비치고 있었다. 예전에는 여름 방학을 무척이나 즐거운 마음으로 기다렸었다. 하지만 왜 그랬었는지조차 지금은 알 길이 없었다. 이제 방학이 끝나고, 신학교가 시작된다는 생각에 오히려 기쁘기 짝이 없었다. 거기에는 완전히 새로운 삶과 배움이 한스를 기다리고 있었다. 이제 낚시질 따위는 한스의 관심에서 멀어졌기 때문에 물고기 한 마리 잡기도 여간 어렵지 않았다. 언젠가는 아버지가 한스를 놀려 대기도 했다. 그 뒤로 한스는 아예 낚시질을 그만두고, 낚싯줄을 다락방에 있는 상자에 넣어 버렸다.

몇 주 동안이나 구둣방 아저씨 플라이크에게 가 보지 않았다는 사실이 휴가가 거의 끝나갈 무렵에야 비로소 떠올랐다. 이제라도 한 번 아저씨를 찾아가 보리라고 마음먹었다.

저녁이었다. 양쪽 무릎에 어린아이를 한 명씩 올려놓은 아저씨가 거실의 창가에 앉아 있었다. 창문을 열어 놓았는데도 집 안에는 온통 가죽과 구두약 냄새가 코를 찔렀다. 한스는 계면쩍은 얼굴로 자신의 손을 아저씨의 거칠고 넓적한 오른손에 얹었다.

"그래, 도대체 어떻게 지냈지?" 아저씨가 물었다. "목사님한테서 열심히 배웠니?"

"예, 날마다 거기 가서 많이 배웠어요."

"뭘 배웠는데?"

"주로 그리스어였어요. 그리고 그 밖에 다른 것도 많이 배웠어요."

"그래서 나한테는 한 번도 찾아올 생각을 안 했구나?"

"물론 뵙고 싶었어요, 플라이크 아저씨. 하지만 전혀 시간이

나질 않았어요. 마을 목사님한테 매일 한 시간씩, 교장 선생님한테는 매일 두 시간씩, 더욱이 수학 선생님한테는 일주일에 네 번씩이나 가야 했거든요."

"아니, 지금 휴가 중인데도 말이니? 그건 어리석은 짓이야!"

"전 잘 모르겠어요. 그냥 선생님들께서 시키시는 대로 하는 거예요. 그리고 뭐, 공부하는 게 그다지 힘들진 않으니까요."

"그럴 테지." 플라이크는 이렇게 말하며 소년의 팔을 잡았다. "물론 공부하는 게 나쁘진 않을 거야. 하지만 도대체 네 팔이 이게 뭐니? 얼굴도 무척 수척하고. 너 아직도 두통이 있니?"

"가끔요."

"정말 어리석은 일이구나. 한스! 그건 죄악이란다. 너만 한 나이에는 바깥 공기도 실컷 마시고, 운동도 충분히 하고, 편히 쉬어야 하는 법이라고. 도대체 뭣 때문에 방학이란 게 있는 줄 아니? 방구석에 틀어박혀 그저 공부나 하라는 건 줄 아니? 넌 정말 뼈와 가죽만 앙상하구나."

한스는 웃음을 지어 보였다.

"그래, 물론 넌 잘해 나가겠지. 하지만 지나친 건 좋은 게 아니란다. 그건 그렇고, 목사님한테서는 뭘 배웠니? 무슨 말씀을 하시던?"

"말씀을 많이 하시긴 했는데, 나쁜 말씀은 한 마디도 하지 않으셨어요. 목사님은 무척 박식한 분이세요."

"성경에 대해 모독적인 말씀은 없으셨니?"

"예, 한 번도 그런 적은 없어요."

"그래, 다행이구나. 너한테 분명히 말해 두겠는데, 영혼을 더럽힐 바에야 차라리 열 번이라도 육신을 썩히는 게 낫단다. 넌 나중에 목사님이 될 거잖니. 그건 근사하면서도 힘든 일이지. 올바른 일꾼이 되기 위해선 네 또래인 대부분의 젊은 애들과는 달라야 하는 거란다. 아마 너라면 잘 해낼 수 있을 거야. 언젠가는 너도 영혼을 구제하고 교육하는 일꾼이 되겠지. 그렇게 되길 진심으로 바란다. 그 뜻이 이루어지도록 기도할게."

구둣방 아저씨는 일어서더니 두 손으로 소년의 어깨를 꽉 붙들었다.

"잘 가거라, 한스! 언제나 바른 길에 서도록 해라! 주님께서 널 축복하시고, 보호해 주시길 빈다. 아멘!"

아저씨의 엄숙한 태도와 기도, 그리고 사투리가 섞이지 않은 짤막한 작별 인사가 소년 한스에게는 어쩐지 답답하고 곤혹스러웠다. 마을 목사는 헤어지면서 아저씨처럼 그런 말을 하지 않았다.

한스는 신학교에 갈 준비를 서둘렀다. 주위 사람들과 작별 인사를 나누다 보니 불안스러웠던 며칠이 숨 가쁘게 흘러가 버렸다. 이불이며 옷가지며 책을 담은 상자는 이미 차편을 통해 수도원으로 보낸 뒤였다. 가지고 갈 여행 가방도 다 챙겨놓았다.

어느 서늘한 아침 아버지와 아들은 마울브론으로 발걸음을 옮겼다. 고향과 부모님의 집을 떠나 낯선 학교에 가는 것은 여간 흥분되고 두려운 일이 아닐 수 없었다.

3장

주의 북서쪽 숲이 우거진 언덕과 적막이 감도는 자그마한 호수 사이에 시토 교단[9]의 마울브론 수도원이 자리 잡고 있었다. 아름답고 견고하게 지어진 이 커다란 건축물은 오랫동안 잘 보존되어 왔다. 이 수도원은 건물의 내부와 외부를 막론하고 그 웅장함과 화려함이 남달랐기 때문에 누구라도 거기서 한 번쯤 살고 싶어 할 만큼 매력적인 거주 공간이었다. 수도원은 수백 년에 걸쳐 주변의 푸른 자연 환경과 함께 어우러져 고상하고 친밀한 분위기를 자아내며 오늘날에 이르렀다.

이 수도원을 방문하는 사람이라면 누구나 높은 담장 사이로 그림처럼 열려 있는 문을 지나 탁 트인 평온한 뜰로 들어서

---

9) 시토(Citeaux)는 프랑스의 지명으로 라틴어로는 Cistercium이라고 불린다. 이것은 1098년에 세워진 베네딕트 교단의 수도원인데, 오늘날에는 사제(司祭) 교육에 전념하고 있다.

게 된다. 거기에는 분수대가 물을 뿜어 대고, 오래 묵은 나무들이 엄숙하게 서 있었다. 그리고 앞뜰의 양쪽으로 낡고 단단한 석조 건물이 나란히 서 있었다. 그 사이로 '파라다이스'라고 불리는 후기 로마네스크풍의 현관과 더불어 교회의 본당이 모습을 드러냈다. 이 아름다운 현관은 무엇과도 비견될 수 없을 만큼 우아하고 황홀한 분위기를 풍겼다. 본당의 장중한 지붕 위에는 바늘처럼 뾰족한 작은 탑이 익살스럽게 세워져 있었다. 어떻게 그토록 작은 탑에 종이 매달려 있는지는 도무지 알 길이 없었다.

전혀 손상되지 않은 본당의 회랑은 그 자체로도 하나의 아름다운 예술 작품이었다. 이 회랑은 분수가 흐르는 멋들어진 예배당을 마치 장식물이기라도 하듯이 옆에 두고 있었다. 힘차면서도 우아한 십자형의 원형 지붕이 덮인 성직자 식당, 기도실, 담화실, 평신도 식당, 수도원장의 저택, 그리고 두 개의 교회당이 당당하게 늘어서 있었다. 그림같이 아름다운 담장, 들창, 문, 정원, 물레방아, 저택들이 이미 낡아 버린 육중한 건축물을 에워싼 채 환하고 밝게 장식하고 있었다.

적막이 감도는 드넓은 앞뜰은 텅 비어 있었다. 그리고 마치 꿈꾸는 듯이 나무 그늘과 더불어 유희를 즐기는 것이었다. 점심 식사 뒤에 주어지는 휴식 시간에만 잠시 그곳에 생명이 용솟음쳤다. 수도원에서 빠져나온 한 무리의 젊은이들은 여기저기 흩어져 몸을 풀거나 소리를 지르기도 하고, 함께 이야기를 나누며 웃음을 터뜨리기도 하고, 공놀이를 하기도 했다. 그러다가 휴식 시간이 끝나기가 무섭게 발걸음을 재촉하여 흔적도 없이 담 너머로 사라졌다.

적지 않은 사람들이 이 뜰에 서서 여기가 바로 건실한 삶과 기쁨의 장소라고, 여기서 생동감이 넘치는 행복의 뿌리가 자랄 수 있다고 생각했을지 모른다. 또한 여기서 성숙한 정신을 가진 선량한 사람들이 즐거운 명상을 거쳐 밝고 아름다운 창작을 하게 된다고 생각했을지 모른다.

속세와 동떨어진 이 훌륭한 수도원은 오래전부터 언덕과 숲 뒤에 숨어 있었다. 하지만 감수성이 예민한 젊은이들에게 아름답고 평온한 분위기를 마련해 주기 위하여 프로테스탄트의 신학교 학생들에게는 열려 있었다. 거기서는 젊은이들이 마음을 심란하게 만드는 도시나 가정 생활의 영향권에서 벗어나게 되고, 해를 끼칠 수도 있는 분망한 인생으로부터 보호를 받았다. 그렇게 함으로써 젊은이들은 여러 해에 걸쳐 히브리어와 그리스어를 포함한 여러 분야의 공부를 할 수 있었다. 또한 진중한 인생의 목표 아래 순수하고 이상적인 학문의 향유를 통하여 젊은 영혼들의 정신적인 갈증이 해소되는 것이었다.

자아 훈련과 공동체 의식을 키우는 기숙사에서의 생활도 중요한 교육의 원동력이 된다. 신학교 학생들의 생계와 학업을 뒷받침하는 교회 재단은 이들이 남다른 정신의 소유자가 되도록 특별한 관심을 기울인다. 이러한 정신을 통하여 이들은 나중에라도 언제든지 다시 서로를 알아볼 수 있게 된다. 그것은 일종의 정교하고 확고한 낙인(烙印)이다. 간혹 집단 생활을 견디다 못한 나머지 수도원을 뛰쳐나가는 사나운 개구쟁이들을 제외한 슈바벤의 신학교 학생들은 평생 그러한 낙인을 지니고 사는 것이다.

수도원의 신학교 문턱을 어머니와 함께 들어선 학생이라면 누구나 평생 동안 이날을 흐뭇한 감동을 느끼며 감사하는 마음으로 되돌아본다. 하지만 한스 기벤라트는 그럴 처지가 아니었다. 그래서 이날을 아무런 감동 없이 그냥 대수롭지 않게 넘겨 버렸다. 그러면서도 다른 어머니들을 살펴보며 강한 인상을 받았다.

침실이라고 불리는, 벽장이 붙어 있는 커다란 복도에는 상자와 바구니들이 여기저기 흩어져 있었다. 부모와 함께 온 소년들은 짐을 풀거나 소지품을 정리하기에 바빴다. 번호가 새겨진 옷장, 그리고 서재에 있는 번호가 새겨진 책꽂이가 모두에게 하나씩 주어졌다. 아이들과 학부모들은 마룻바닥에 무릎을 구부리고 앉아 집에서 가지고 온 물건들을 꺼내고 있었다. 조교는 군주처럼 그 사이를 헤집고 돌아다니며 이따금 친절한 조언을 해 주었다. 모두들 가방에서 끄집어낸 옷가지를 펴고, 속옷을 말끔하게 접고, 책들을 차곡차곡 쌓고, 장화와 실내화를 가지런히 놓았다. 소년들이 준비해 온 생활필수품들은 대체로 모두 똑같았다. 왜냐하면 필요한 속옷의 개수와 그 밖의 중요한 가정용 신변잡화의 명세가 미리 정해져 있었기 때문이다. 이름을 새겨 넣은, 놋쇠로 만들어진 세숫대야는 세면장으로 가지고 갔다. 해면(海綿)과 비눗갑, 빗, 칫솔이 그 옆에 나란히 놓여졌다. 뿐만 아니라 소년들은 램프와 석유통, 그리고 한 벌의 식기도 가지고 왔다.

소년들은 모두 너나없이 매우 흥분한 상태로 바쁘게 움직였다. 아버지들은 미소 띤 얼굴로 곁에서 도와주려 했다. 하지만 간혹 회중시계를 들여다보며 지루한 모습을 감추지 못한 채 몰래 밖으로 나가려고도 했다. 어머니들은 그야말로 온갖 정성을 다해 돕고 있었다. 옷가지들을 하나하나 손에 들고는 주름을 펴고, 띠를 반듯하게 잡아당겼다. 그러고는 이것들을 찬찬히 살펴본 뒤, 가능한 한 쓰임새에 걸맞도록 깔끔하게 옷장에 나누어 넣었다. 그들은 일을 하면서 애정 어린 목소리로 타이르거나 이것저것 가르쳐 주었다.

"새로 산 내의는 특히 아껴 입어라. 3마르크 50페니히나 주었으니까."

"빨랫감은 매달 기차편으로 보내거라. 급할 때는 우편으로 보내고. 검은 모자는 일요일에만 쓰도록 해."

마음씨 좋아 보이는 뚱보 아주머니는 높은 상자 위에 앉아 아들에게 단추 다는 법을 가르쳐 주고 있었다.

다른 곳에서는 이런 이야기가 들려왔다. "집이 그리워질 땐 언제라도 편지 하려무나. 아무튼 크리스마스까진 얼마 남지 않았잖니."

꽤나 젊어 보이는 어여쁜 아주머니는 가득히 채워진 아들의 옷장을 살펴보더니 애정 어린 손으로 속옷이며 웃저고리며 바지를 만지작거렸다. 그러고는 뺨이 통통하고 어깨가 딱 벌어진 아들을 쓰다듬기 시작했다. 그 아이는 부끄러운 나머지 멋쩍게 웃으며 어머니의 손을 뿌리쳤다. 그리고 나약하게 보이지 않기 위하여 두 손을 바지 주머니에 찔러 넣었다. 이별은 아들보다 어머니에게 더 힘들어 보였다.

어떤 아이들에게 있어서는 양상이 전혀 달랐다. 그들은 짐을 정리하기에 여념이 없는 어머니를 도와줄 생각은 하지도 않고, 그저 물끄러미 쳐다볼 뿐이었다. 가능하다면 다시 고향으로 돌아가고 싶어 하는 눈치였다. 하지만 이별에 대한 불안, 자꾸만 커져 가는 고향에 대한 애정과 애착, 이러한 감정들이 자신을 지켜보는 사람들에 대한 수치심, 어른스러워지는 자신에 대한 자긍심과 힘겨운 싸움을 벌이고 있었다. 더러는 울음을 억누르면서 일부러 아무렇지도 않은 표정을 지어 보였다. 마치 슬픔 따위는 전혀 문제가 되지 않는다는 듯이. 어머니들은 자식들의 이러한 모습을 바라보며 미소를 짓고 있었다.

거의 모든 아이들은 짐꾸러미에서 생활필수품 이외에도 사과를 담은 자루와 훈제한 소시지, 구운 비스킷이 담긴 광주리 등 값비싼 물건들을 꺼냈다. 스케이트를 가지고 온 학생들도 적지 않았다. 자그마한 덩치에 약삭빠르게 보이는 아이는 햄덩어리를 통째로 가지고 왔다. 그것만으로도 주위의 시선을 끌기에 충분했다. 그 아이는 자신의 소유물을 전혀 숨기려고 하지 않았다. 처음 집을 떠나 이곳에 온 학생과 예전부터 기숙사에서 생활한 학생을 식별하기란 그리 어려운 일이 아니었다. 하지만 상급생들도 흥분과 긴장을 감추지는 못했다.

기벤라트 씨는 아들을 도와 민첩하고 노련한 손놀림으로 짐을 풀었다. 그는 다른 사람들보다 일찍 일을 마치고 나서는 잠시 지루해 보이는 얼굴로 그냥 멍하니 서 있었다. 어디를 둘러보아도 충고하거나 훈계하는 아버지들, 위로하거나 조언을 주는 어머니들, 그리고 불안한 마음으로 귀를 기울이고 있는 아들들뿐이었다. 그의 생각에도 아들 한스의 인생 여정에 도움이 될 만한 덕담을 들려주는 것이 옳을 듯 싶었다. 그래서 한참 생각에 잠긴 끝에 난처한 표정을 짓고는 말없이 서 있는 한스 곁으로 살그머니 다가갔다. 그리고 갑자기 입을 열더니 엄숙한 말투로 판에 박힌 미사여구를 늘어놓았다. 한스는 아버지의 갑작스러운 언변에 무척 의아해지기는 했지만, 그냥 묵묵히 듣고 있었다. 옆에 서 있던 목사가 아버지의 이야기를 들으며 즐거운 듯이 미소를 지었다. 이를 눈치챈 한스는 부끄러운 나머지 아버지를 구석으로 잡아당겼다.

"자, 알겠지! 우리 가문의 명예를 높여 주겠지? 그리고 어른들 말씀을 잘 듣도록 해라!"

"예, 물론이죠." 한스가 대답했다.

아버지는 말없이 안도의 한숨을 내쉬었다. 하지만 시간이 흐르면서 차츰 따분한 느낌이 들기 시작했다. 한스도 마찬가지였다. 그는 불안스러운 마음으로 호기심 어린 눈을 깜빡이며 창문 너머로 적막이 감도는 회랑을 내려다보았다. 속세를 벗어난 듯한 회랑에는 고풍스러운 품위와 평온이 감돌고 있었다. 그 분위기는 여기 위에서 시끄럽게 떠드는 아이들의 생동적인 삶과 묘한 대조를 이루고 있었다. 한스는 자기 일에 바쁜 동료 학우들을 찬찬히 둘러보았지만, 아는 얼굴이 하나도 없었다. 슈투트가르트에서 함께 시험을 본 괴핑엔 출신의 소년은 뛰어난 라틴어 실력에도 불구하고 떨어진 모양이었다. 그 소년을 어디에서도 찾아볼 수가 없었다. 한스는 이 일을 별로 마음에 두지 않았다. 그는 앞으로 함께 공부하게 될

동급생들을 살펴보았다. 아이들이 가지고 온 소지품들은 그 종류와 수량에 있어 모두 엇비슷했다. 그래도 도시에서 온 소년과 시골에서 온 소년, 부유한 집안의 소년과 가난한 집안의 소년을 쉽게 구분할 수가 있었다. 물론 재력가의 자제들이 신학교에 들어오는 일은 드물었다. 그 이유는 부모들의 자부심이나 깊은 식견, 아니면 아이들의 재능 때문이었다. 하지만 자신들이 체험한 수도원에서의 생활을 떠올리며 자식들을 마울브론으로 보내는 교수나 고급 관리들도 결코 적지는 않았다. 40여 명에 이르는 학생들이 입고 있는 검은 예복은 옷감이나 재단이 제각기 다르게 보였다. 뿐만 아니라 이들의 예의범절이나 방언, 그리고 행동 양식에서도 분명한 차이를 엿볼 수 있었다. 경직된 팔다리와 마른 체격을 지닌 슈바르츠발트 태생의 소년들, 엷은 금발에 입이 넓적한 고원 지대의 윤기 나는 소년들, 활동적인 성격의 자유롭고 명랑한 평야 지방의 소년들, 뾰족한 장화를 신고 순화된 사투리를 구사하는 슈투트가르트의 세련된 소년들. 이들 꽃다운 나이의 소년들 가운데 대략 5분의 1이나 되는 소년들은 안경을 끼고 있었다. 수척하면서도 수려(秀麗)한 슈투트가르트 출신의 어느 '마마보이'는 빳빳한 털로 짠 멋진 펠트 모자를 쓰고 품위 있는 자태를 뽐냈다. 하지만 그 아이는 자신의 남다른 겉치레 때문에 벌써부터 몰지각한 몇몇 학우들이 언젠가는 그를 약올리거나 골탕 먹이려고 벼른다는 사실을 전혀 눈치채지 못했다.

누구라도 자세히 들여다보기만 하면, 겁에 질린 듯한 이 어린 무리들이 주의 젊은이들 가운데 선발된 뛰어난 인재들이라는 사실을 금방 알아차릴 수 있을 것이다. 암기 위주의 교육을 받은 평범한 소년들도 있었고, 영민하거나 자기 주장이 강한 소년들도 있었다. 이들의 매끄러운 이마 뒤에는 보다 높은 삶에 대한 바람이 반쯤 꿈에 잠겨 있었다.

영리하고 고집센 슈바벤의 인재들 가운데 더러는 시간의 흐름과 더불어 거대한 세계 속으로 파고들어 갔다. 그러고는 다소 무미건조하고 완고한 자신들의 일상적인 사고를 새롭고 강력한 체제의 중심 축으로 만들었던 것이다. 슈바벤 사람들은 올바르게 교육받은 신학자들을 세상에 내놓았을 뿐 아니라, 철학적인 명상을 가능하게 만들어 온 전통을 자랑스럽게 내세웠다. 이곳에서는 이미 여러 차례에 걸쳐 명망 있는 예언자들이나 이단자들이 나오기도 했다. 이 풍요한 땅은 정치적인 전통에 있어 다른 주에 비해 훨씬 뒤떨어졌지만, 적어도 신학과 철학의 정신적인 영역에 있어서는 끊임없이 온 세계에 확고한 영향력을 끼쳐 왔던 것이다. 또한 예로부터 이 지방의 민중은 심미(審美)적인 형태와 환상적인 시학(詩學)을 즐겨 왔다. 그런 까닭에 때로는 훌륭한 음유 시인들이 나오기도 했다.

마울브론 신학교의 시설과 관습은 외형상으로 슈바벤의 분위기를 좀처럼 띠지 않았다. 오히려 수도원 시절부터 남아 있던 라틴어 이름 옆에 고전적인 명칭이 새롭게 붙여졌다. 학생들에게 배정된 방들은 '포룸', '헬라스', '아테네', '스파르타', '아크로폴리스'라고 불렸다. 맨 끝에 위치한 가장 협소한 방은 '게르마니아'라고 불렸다. 거기에는 게르만적인 현실로부터 로마나 그리스의 환영(幻影)을 만들어 내려는 의도가 다분히 숨겨져 있는 것 같았다. 하지만 이것 또한 외형적인 관점일 뿐이었다. 실제로는 히브리어로 된 이름이 더 잘 어울렸을지도 모른다.

비록 우연한 일이기는 하지만, 아테네라고 불리는 방에는 흥미롭게도 마음이 넓고 말솜씨가 뛰어난 학생들이 아니라, 무척 고지식하고 고리타분한 학생들이 들어갔다. 스파르타 방에는 전사(戰士)나 고행자 같은 학생들이 아니라, 쾌활하면서도 뻔뻔스럽게 거만을 떠는 학생들이 들어갔다. 한스 기벤라트는 아홉 명의 학우들과 함께 헬라스 방에서 생활하게 되었다.

그날 밤, 처음으로 한스는 새로운 친구들과 함께 싸늘하고 공허한 침실에 들어가 비좁은 침대에 몸을 눕혔다. 뭐라 형용할 수 없는 기분이 가슴을 짓눌렀다. 천장 위에는 커다란 석유 램프가 매달려 있었다. 소년들은 빨간 불빛 아래에서 옷을 벗어 던졌다. 10시 15분이 되자 조교가 와서 불을 꺼 버렸다. 이제 그들은 모두 나란히 누워 있었다. 두 개의 침대 사이로 옷이 널려진 의자가 있었고, 기둥에는 아침 종을 치기 위한 줄이 묶여 있었다.

두세 명가량의 소년들은 벌써 사귀었는지 머뭇거리면서도 귓속말로 몇 마디씩 주고받았다. 하지만 이내 잠잠해졌다. 다른 아이들은 아직 낯설어서 그런지 조금은 어눌한 심정으로 한 마디 말도 없이 그냥 침대에 누워 있었다. 이미 꿈나라로 가 버린 아이들은 숨을 깊이 들이쉬고 있었다. 어떤 아이는 잠자면서도 팔을 이리저리 뒤척였다. 그래서 아마포(亞麻布)로 된 이불이 흔들거렸다. 잠들지 않은 아이들은 그저 멍하니 누워 있었다.

한스는 쉽게 잠을 이룰 수가 없었다. 그는 옆에 누워 있는 학우들의 숨소리에 귀를 기울였다. 잠시 후, 하나 건너 옆의 침대에서는 이상하리만치 겁에 질린 소리가 들려왔다. 한 아이가 이불을 머리 위까지 뒤집어쓴 채 울고 있었다. 아주 멀리서 들려오는 듯한 이 나직한 흐느낌이 한스의 마음을 여지없이 흔들어 놓았다. 그다지 향수를 느끼지는 않았지만, 그래도 고향에 두고 온 작고 조용한 혼자만의 방이 그리워졌다. 게다가 새로운 미래에 대한 초조감과 주위의 많은 동료들에 대한 불안감이 그를 섬뜩하게 만들었다.

아직 밤이 깊지 않았다. 하지만 벌써 침실 안에 있는 아이들은 모두 꿈나라에 가 있었다. 어린 소년들은 줄무늬가 그려져 있는 베개에 뺨을 푹 파묻은 채 가지런히 누워 있었다. 슬픔에 겨워 하는 아이들이나 반항심 강한 아이들, 쾌활한 성격을 가진 아이들이나 겁을 집어먹은 아이들, 모두 다 똑같이 달콤하고 깊은 휴식과 망각의 늪 속으로 빠져들어 갔다.

오래된 뾰족한 지붕과 탑, 들창, 고딕식의 첨탑, 담벽, 그리고 아치형의 행랑 위로 창백한 반달이 떠올랐다. 달빛은 추녀의 가장자리와 문지방에 머물더니 고딕식 창과 로마네스크식 문 위로 흘러갔다. 그러고는 회랑을 낀 분수대의 크고 우아한 수반(水盤) 위에서 엷은 금빛으로 떨고 있었다. 달빛이 세 개의 창문을 통하여 헬라스 방의 침실에 노란 띠와 동그라미 무늬를 찍었다. 옛날에 수도사들에게 그러했듯이 달빛은 이제 잠들어 있는 아이들의 꿈을 다정하게 지켜보고 있었다.

다음 날, 예배당에서는 입학식이 엄숙하게 거행되었다. 교사들은 프록코트를 입고 서 있었고, 교장 선생은 축하 연설을 하고 있었다. 학생들은 상념에 잠긴 듯한 얼굴로 몸을 굽힌 채 의자에 앉아 있었다. 이따금 뒤에 앉아 있는 부모들을 힐끗 훔쳐보기 위해 눈을 돌리기도 했다. 어머니들은 이런저런 생각에 미소 지으며 자식들을 바라보았다. 곧은 자세로 교장 선생의 이야기에 귀를 기울이고 있는 아버지들의 모습이 적이 진지하고 단호해 보였다. 자랑하고픈 뿌듯한 느낌과 아름다운 희망이 이들의 가슴을 부풀게 했다. 오늘 이 자리에서 금전적인 이익을 위하여 자기 자식을 팔아 버렸다고 생각하는 부모들은 한 명도 없었다. 마지막으로 학생들이 하나씩 앞으로 호명되어 교장 선생과 악수를 나누며 의무와 책임에 대한 선서를 했다. 이제 이들은 몸가짐을 올바르게 하기만 하면, 죽는 날까지 국가로부터 생계를 보장받게 된 것이다. 하지만 아버지들을 포함한 모든 사람들이 이러한 선물이 공짜로 주어지지 않는다는 사실을 깨닫지 못하고 있었다.

소년들에게는 부모들과 이별을 나누어야 하는 순간이 훨씬 더 진지하고 애절하게 여겨졌다. 부모들은 더러는 걸어서, 더러는 우편 마차로, 그리고 더러는 서둘러 잡은 차편으로 뒤에 남겨진 자식들의 시야에서 점차 사라졌다. 이별을 아쉬워하는 손수건들이 부드러운 9월의 공기를 가르며 오래도록 나부끼고 있었다. 마침내 자식들을 두고 떠나는 부모들의 모습은 숲속으로 사라져 버리고, 아이들은 아무 말 없이 생각에 잠긴 채 발걸음을 돌려 수도원으로 향했다.

"자, 이제 너희 부모님은 떠나셨구나." 조교가 말했다.

학생들은 서로 얼굴을 쳐다보며 말을 주고받았다. 같은 방에서 함께 생활하게 된 학생들끼리 어울리기 시작했다. 잉크병에 잉크를 채우고, 램프에는 기름을 붓고, 책과 공책을 정돈하며 새로운 공간에 적응하려고 애를 썼다. 그리고 호기심어린 눈들이 서로 마주칠 때마다 주저 없이 이야기를 꺼냈다. 두고 온 고향과 학교에 대하여 묻기도 하고, 함께 진땀을 흘렸던 주 시험을 회상하기도 했다. 서로들 재잘거리며 책상 주위로 몰려들었다. 여기저기에서 소년들의 해맑은 웃음이 터져 나왔다. 저녁 무렵, 같은 방 동료 학우들은 항해를 마친 뒤의 승객들보다 서로를 더 잘 알게 되었다.

한스와 더불어 헬라스 방에 기숙하게 된 새로운 동료들 가운데에는 네 명의 유별난 인물들이 있었다. 그 외의 나머지 학생들은 그저 평범한 부류에 속할 뿐이었다. 우선 슈투트가르트에서 온 교수의 아들 오토 하르트너는 재능이 뛰어나고, 침착하며, 언제나 자신감에 넘쳐 있었다. 행동거지에 있어서도 흠잡을 구석이 없었다. 그는 체격이 건장하고, 의상도 말끔하게 차려입고 다녔다. 그에게서 풍겨 나는 당당한 풍채는 같은 방 동료들의 감탄을 자아내기에 충분했다.

그다음에는 산악 지대에서 온 시골 읍장의 아들 카를 하멜이 있었다. 그를 사귀는 데에는 시간이 꽤나 걸렸다. 왜냐하면 그는 모순투성이일 뿐 아니라, 무디고 차가운 자신의 공간에서 좀처럼 나오려 하지 않았기 때문이다. 그러다가 때로는 격정에 사로잡히기도 하고, 제멋대로 굴기도 하고, 종잡을 수 없이 난폭해지기도 했다. 하지만 그것도 그다지 오래 가지는 않았다. 또다시 그는 본연의 껍질 속으로 기어들었기 때문이다. 그가 냉정한 관찰자인지, 아니면 음흉한 위선자인지는 전혀 알 수 없었다.

성격이 그리 복잡하지 않으면서도 눈에 띄는 인물은 슈바르츠발트에서 온 헤르만 하일너였다. 그는 훌륭한 가문에서 자란 아이였다. 벌써 첫날부터 주위에서는 그가 문예 애호가이자 시인이라는 추측이 무성했다. 또한 주 시험에서 그가 육각운(六脚韻)으로 글을 썼다는 소문이 쫙 퍼져 있었다. 그는 말하기를 즐기고, 활기가 넘쳤으며, 멋진 바이올린을 가지고 있었다. 또한 겉으로 드러나는 자신의 외양을 일부러 부각시키기 위하여 남다른 노력을 기울이는 것 같았다. 이러한 성향은 아직 성숙되지 못한 젊은이들의 경솔한 느낌들이 서로 불확실하게 뒤섞여 나타나게 되는 혼합물과도 같았다. 하지만 그의 몸과 마음은 자신의 나이에 걸맞지 않게 성장해 있었다. 그는 벌써 나름대로 시행착오를 거치며 자기 길을 가기 시작했다.

헬라스 방에서 가장 특이한 존재는 에밀 루치우스였다. 엷은 금발의 이 소년은 엉큼한 구석이 있으면서도 나이 든 시골 농부처럼 끈질기고 부지런하고 무뚝뚝했다. 그리고 미숙한 덩치와 생김새에도 불구하고 전혀 소년 티를 내지 않았다. 또한 더 이상의 변화를 기대할 수 없을 정도로 어른스러운 품격을 지니고 있었다. 신학교에 들어온 바로 그 첫날, 다른 학우들이 지루한 나머지 잡담을 늘어놓거나 새로운 환경에 익숙해지기 위하여 애쓰는 동안에, 그는 여유 있는 표정으로 조용히 자리에 앉아 문법책을 펼치는 것이었다. 그리고 엄지손가락으로 양쪽 귀를 틀어막고는 마치 잃어버린 시간을 되찾기라도 하겠다는 듯이 눈을 부릅뜬 채 공부에 몰두했다.

차츰 시간이 흐르면서 이 괴팍한 소년이 매우 교활한 구두쇠이며 이기주의자라는 사실이 밝혀지게 되었다. 하지만 이런 악덕조차 너무 완벽했다. 그래서 동료 학우들은 오히려 그에게 찬사를 보내기도 하고, 그냥 눈감아 주기도 했다. 돈을 벌거나 아끼는 방식에 있어서도 그는 무척 약삭빠른 면모를 보여 주었다. 그의 빈틈없는 수완이 하나씩 드러날 때마다 놀란 학우들은 제대로 입을 다물지 못했다.

아침 일찍 일어날 때부터 일이 벌어졌다. 루치우스는 맨 먼저 아니면 맨 나중에 세면장에 나타났다. 그것은 다른 학우의 손수건이나 비누를 빌려 쓰고, 자신의 소유물을 아끼기 위해서였다. 그래서 그의 손수건은 언제나 두 주일이 넘도록 더럽혀지지 않고 남아 있었다. 하지만 규칙에는 일주일에 한 번씩 손수건을 바꾸어 놓도록 되어 있었다. 월요일 아침마다 상임 조교의 검사가 행해졌다. 루치우스도 월요일 아침에는 번호가 달린 걸이 못에 깨끗한 수건을 걸어 놓았다. 하지만 점심 시간이 되기가 무섭게 자기 수건을 다시 걷어서는 반듯이 접은 다음에 다시 상자에 집어넣었다. 그 대신에 아껴 두었던 낡은 수건을 걸어 놓았다. 그의 비누는 너무 딱딱한 나머지 별로 닳지도 않았다. 그래서 몇 달이나 쓸 수 있었다. 그렇다고 에밀 루치우스가 너저분하게 하고 다닌 것은 아니었다. 오히려 언제나 말쑥하게 차려입고는 엷은 금발머리에 가르마를 타서 정성껏 빗어 넘겼다. 속옷과 겉옷도 지나치리만큼 아껴 입었다.

　루치우스는 세면장에서 곧바로 식당으로 건너갔다. 아침 식사에는 커피 한 잔과 설탕 한 조각, 빵 한 개가 고작이었다. 대부분의 학생들에게 이런 식사는 결코 충분하지 못했다. 한창 나이의 젊은이들은 보통 여덟 시간 잠을 자고 나면, 몹시 배가 고프게 마련이었다. 하지만 루치우스는 이에 만족했다. 그는 매일 설탕 한 조각씩을 먹지 않고 모아 두었다. 그러고는 1페니히에 설탕 두 조각, 혹은 공책 한 권에 설탕 스물다섯 조각을 '구매자'에게 넘겼다. 저녁나절에 비싼 기름을 아끼기 위하여 다른 학우들의 램프에서 비쳐 나오는 불빛으로 공부한다는 것이 어쩌면 그에게는 당연한 일인지도 모른다. 그렇다고 해서 그가 가난한 집안의 자식이라는 이야기는 아니다. 오히려 그는 부유한 가정에서 자랐다. 원래 몹시 가난한 집안의 아이들은 살림을 꾸려 가거나 돈을 아끼는 방법을 전혀 터득하지 못한다. 그들은 가진 만큼 다 써 버리는 습관을 가지고 있다. 이들에게는 미래를 위해 저축한다는 것이 낯설게 여겨질 뿐이다.

　에밀 루치우스는 물적인 소유나 획득될 재화에까지 자신의 방식을 넓혀 갈 뿐만 아니라 정신의 영역에 있어서도 가능한 만큼 이득을 얻기 위하여 혈안이 되어 있었다. 이 점에서 그는 매우 현명했다. 정신적인 소유란 모두 상대적인 가치를 가질 뿐이라는 사실을 결코 잊지 않았다. 그는 나중에 치를 시험에서 좋은 성적을 기대할 수 있는 과목만을 집중적으로 공부했다. 다른 과목은 남에게 뒤떨어지지 않을 만큼의 적당한 중간 성적으로 만족했다. 언제나 그는 자신의 학습 결과를 동료 학우들과 견주어 보았다. 곱절이나 노력하여 얻은 2등보다는 차라리 반쯤 노력하여 얻은 1등이고 싶었다. 저녁에 동료 학우들이 지루한 시간을 메우기 위하여 갖가지 놀이나 독서를 즐길 때에도 그는 조용히 책상에 앉아 공부하는 모습을 보여 주었다. 다른 친구들이 떠들어 대는 소음도 그에게는 전혀 방해가 되지 않았다. 이따금 그는 질투는커녕 오히려 만족스러운 표정으로 그들을 바라보기도 했다. 왜냐하면 다른 학우들이 모두 그와 마찬가지로 열심히 공부한다면, 그가 애쓴 보람이 전혀 없어지기 때문이었다.

이렇듯 부지런한 노력가의 교활한 술수를 어느 누구 하나 나쁘게 받아들이지 않았다. 하지만 지나치게 허풍을 떨거나 탐욕에 눈이 먼 사람들처럼 루치우스도 급기야 어리석은 짓을 범하고 말았다. 수도원의 모든 강의가 공짜로 이루어진다는 사실에 착안하여 그는 바이올린 교습을 받기로 마음먹었다. 그렇다고 해서 그가 예전에 바이올린을 배웠거나, 음감(音感)이 섬세하거나, 아니면 재능이 뛰어난 것도 아니었다. 더군다나 음악을 남달리 좋아하지도 않았다. 하지만 그는 라틴어나 수학과 마찬가지로 바이올린 또한 배우면 된다고 믿었다. 음악이란 연륜과 더불어 점점 더 유익해지는 재산이며, 다른 사람들의 관심과 인기를 끌 수 있는 수단이라는 이야기를 들은 적이 있었다. 아무튼 바이올린은 모든 신학교 학생들이 사용할 수 있는 악기였다. 그래서 바이올린을 배우는 데에 전혀 돈이 들지 않았다.

루치우스가 와서 바이올린을 배우고 싶다는 이야기를 했을 때, 음악 선생 하스는 소름이 오싹 끼칠 지경이었다. 그는 음악 시간을 통하여 루치우스의 실력을 너무나도 잘 알고 있었다. 비록 루치우스가 노래를 불러 동료 학우들을 꽤나 즐겁게 했지만, 음악 선생은 그를 거의 구제불능이라고 생각했다. 그는 소년이 바이올린 배우는 것을 말리려고 무진 애를 써 보았지만 루치우스는 막무가내였다. 그는 공손하게 살며시 미소 지으며 자신의 정당한 권리를 주장하고 나섰다. 또한 음악에 대한 흥미를 도저히 억누를 수 없다고 못 박았다. 이렇게 해서 그는 연습용 바이올린 가운데 가장 나쁜 악기를 건네받았다. 그러고는 일주일에 두 번씩 개인 지도를 받고, 매일 30분가량 혼자서 연습에 몰두했다. 첫 번째 연습 시간이 끝나기가 무섭게 같은 방의 학우들은 소음을 견디다 못해 그에게 욕설을 퍼부어 댔다. 도저히 견딜 수 없는 이 신음 소리를 두 번 다시 듣고 싶지 않다고 윽박질렀다.

이때부터 루치우스는 바이올린을 들고 연습하기에 적당한 한적한 구석을 찾아 정신없이 신학교를 헤매고 다녔다. 그의 바이올린에서 나는 긁는 소리, 끙끙거리는 듯한 소리, 그리고 끼익끼익 문질러 대는 이상야릇한 소리들이 이웃 주민들을 불안하게 만들었다. 시인 하일너가 말했다. 그것은 마치 고통받는 낡은 바이올린이 벌레 먹은 구멍을 비집고 나와 살려 달라고 애원하는 것 같다고.

루치우스의 바이올린 실력에는 별로 진전이 보이지 않았다.

그를 힘겹게 가르쳐 왔던 음악 선생은 신경이 곤두선 나머지 그를 거칠게 대하기 시작했다. 체념에 빠진 루치우스는 근근이 연습을 이어 나갔다. 지금껏 자기 만족에 빠져 있던 그의 소시민적인 얼굴에도 근심 어린 주름살이 생겨나기 시작했다. 이 사건은 하나의 완전한 비극이었다. 마침내 음악 선생은 그의 재능에 회의를 품고, 그에 대한 음악 교습을 거부하기에 이르렀다. 배우기를 즐겨 하는 이 어리석은 소년은 이번에는 피아노를 택하여 여러 달에 걸쳐 헛된 수고를 했다. 급기야는 풀이 죽은 표정으로 슬그머니 그만두고 말았다. 하지만 시간이 흘러 음악에 관한 이야기가 오갈 때면, 자기도 예전에는 피아노와 바이올린을 배운 적이 있었지만 유감스럽게도 피치 못할 사정으로 인하여 이 아름다운 예술로부터 차츰 멀어지게 되었다고 은근히 자랑하는 것이었다.

헬라스 방에서는 익살맞은 학우들 덕분에 심심치 않게 웃고 즐길 수 있었다. 문예가 하일너도 가끔 우스꽝스러운 장면을 연출했다. 풍자에 능하고 기지가 넘치는 카를 하멜은 언제나 거리를 두고 주위를 살펴보았다. 다른 학우들보다 한 살 위인 하멜은 아무래도 거드름을 피우게 마련이었지만, 다른 학우들로부터 존경을 받을 만한 처지에 이르지는 못했다. 그는 변덕이 심했다. 그래서 자기 동료들을 시험해 보기 위하여 일주일에 한 번꼴로 싸움판을 벌였다. 그럴 때마다 그는 난폭하다 못해 거의 잔인하기까지 했다.

한스 기벤라트는 경악에 찬 눈으로 하멜의 행동을 지켜보았다. 그러고는 선량하고 온순한 학생의 자세로 자신에게 주어진 길을 조용히 걸어갔다. 한스는 거의 루치우스만큼이나 부지런했다. 그래서 하일너를 제외한 같은 방의 다른 모든 학우들의 존경을 한 몸에 받았다. 하일너에게는 독창적이면서도 경망스러운 구석이 있었다. 간혹 그는 한스를 공부 벌레라고 놀려 댔다.

저녁 무렵, 기숙사에서 벌어지는 싸움질은 드문 일이 아니었다. 하지만 하루가 다르게 성장해 가는 소년들은 별 무리 없이 서로 잘 어울리게 되었다. 학생들은 이제 성인이 되었다는 뿌듯한 느낌을 갖기 위하여 무진 애를 썼다. 그리고 선생들이 쓰는 '당신'이라는 낯선 호칭에 걸맞는 학문적인 진지함과 정숙한 행동거지를 보여 주려고도 했다. 그리고 마치 갓 대학에 입학한 학생이 고등학교 시절을 돌아보듯이, 그들은 이제 막 졸업한 라틴어 학교 시절을 건방진 표정과 동정 어린 시선으로 돌아보았다. 하지만 일부러 꾸민 거짓된 품위를 뚫고, 개구장이 같은 천연덕스러운 기질이 때때로 터져 나왔다. 그러고는 자신의 정당한 권리를 요구하는 것이었다. 그럴 때면 침실은 쿵쿵거리며 뛰는 소리와 소년들의 거친 욕설로 온통 아수라장이 되고 말았다.

공동 생활을 시작한 지 몇 주일이 지나지 않아 이 한 떼의 젊은이들은 마치 화학 반응에서의 침전물과 흡사하게 변화되어 갔다. 이리저리 떠다니던 탁한 덩어리들과 부스러기들이 모여들어 굳어지기도 하고, 다시 풀어지기도 하며 새로운 형태의 딱딱한 침전물이 만들어졌다. 이러한 현상을 관찰하는 것이 교육 시설의 책임자나 교사들에게는 매우 유익하고 귀중한 경험이었다. 처음에 느꼈던 수줍음을 떨쳐 버리고, 이제 서로를 충분히 알게 된 뒤부터 소년들은 물결치는 파도를 헤쳐 나가며 서로를 찾기 위한 탐색을 시작했다.

함께 어울리는 동아리들이 만들어졌다. 그리고 우정과 반감의 표현이 보다 뚜렷해졌다. 같은 고향에서 온 동향인이나 같은 학교를 다니던 동창생들이 어울리는 경우는 드물었다. 대부분의 아이들은 새로운 친구를 찾아 나섰다. 도시 아이들은 시골 아이들과, 산골에 사는 아이들은 평지에 사는 아이들과 사귀려고 했다. 그것은 다양한 만남을 통하여 자신의 부족함을 메꾸려는 은밀한 욕구이기도 했다. 서로를 찾아 나선 젊은 생명체들은 희미하게나마 미지의 세계를 더듬기 시작했다. 평등 의식과 더불어 스스로 일어서려고 하는 강한 의지가 불타올랐다. 그리고 어린 시절의 잠에서 깨어나 처음으로 자기만의 개성을 키워 나갔다. 형용하기 어려운 애정과 질투가 낳은 사소한 일들도 심심찮게 벌어졌다. 깊은 우정이 맺어지기도 하고, 반항기가 섞인 적대감이 노골적으로 드러나기도 했다. 그래서 급기야는 애정 어린 사이가 되거나 함께 산책을 즐기는 다정한 사이가 되기도 하고, 아니면 서로 맞붙어 주먹질을 하기도 했다.

한스는 이러한 일에 전혀 관심이 없어 보였다. 카를 하멜이 감정에 겨워 분명하게 자신의 우정을 고백했을 때에도 한스는 깜짝 놀라 뒤로 물러서고 말았다. 그 뒤에 하멜은 곧바로 스파르타 방에 있는 학우들과 친해졌다. 그래서 한스는 홀로 남게 되었다. 가슴 벅찬 감정이 그리움의 색깔로 그려진 행복한 우정의 땅을 지평선 위로 떠오르게 했다. 그러고는 한스의 나지막한 호기심을 자극했다. 하지만 어찌할 수 없는 수줍음 때문에 그는 다시금 제자리에 멈추어 섰다. 어머니도 없이 엄격한 소년 시절을 보내야 했던 한스는 사랑할 수 있는 기질을 잃고 말았다. 무엇보다도 겉으로 드러나는 열정에 대하여 일종의 두려움을 느꼈다. 게다가 그에게는 소년다운 자긍심과 하릴없는 공명심이 더해져 갔다. 그는 루치우스와는 달랐다. 한스는 진정으로 인식의 폭을 넓히려는 순수한 마음을 가지고 있었다. 하지만 그도 루치우스와 마찬가지로 자신의 공부를 가로막는 모든 방해물로부터 거리를 두려고 했다. 그래서 책상에 눌러앉아 공부에 매달렸다. 그러다가도 다른 학우들이 우정을 즐기는 모습을 볼 때면, 질투심을 억누르지 못한 채 괴로움에 몸부림쳤다.

카를 하멜은 한스에게 어울리는 친구가 아니었다. 하지만 만일 그 누군가가 다가와 한스를 세차게 잡아당겼다면, 그는 기꺼이 따라갔을 것이다.

그는 수줍은 소녀처럼 가만히 앉아 자신보다 힘세고 용감한, 그리고 자신에게 행복을 안겨 줄 누군가가 자기를 데려가기를 기다리고 있었다.

신학교에서는 해야 할 일들이 너무나도 많았다. 특히 히브리어를 배우느라 여념이 없었다. 그러는 사이에 시간은 빠르게 흘러가 버렸다. 마울브론을 둘러싼 자그마한 호수와 연못들은 창백한 늦가을의 하늘을 비추고 있었다. 뿐만 아니라 시들어 가는 물푸레나무, 자작나무, 떡갈나무, 그리고 황혼의 긴 그림자를 드리우고 있었다. 아름다운 숲을 가로질러 초겨울의 세찬 바람이 울부짖기도 하고, 기뻐 날뛰기도 하며 세차게 몰아쳤다. 숲에서는 최후의 무도회가 벌어지고 있었다. 벌써 여러 차례나 가벼운 서리가 내리기도 했다.

정서가 풍부한 서정적인 헤르만 하일너는 마음에 맞는 친구를 사귀기 위하여 무척 애를 써 보았지만, 뜻을 이루지 못했다. 그래서 매일 외출 시간에 홀로 숲길을 거닐었다. 특히 숲속의 호수가 그의 마음을 사로잡았다. 우울해 보이는 암갈색의 연못은 시들어 버린 해묵은 활엽수의 우듬지로 뒤덮여 있었고, 갈대숲으로 둘러싸여 있었다. 몽상가 하일너는 애수에 젖은 아름다운 숲의 한 모퉁이에서 자신을 힘차게 끌어당기는 미지의 힘을 느꼈다. 여기서 그는 꿈에 젖은 듯한 나뭇가지를 휘저어 적막한 수면 위에 원을 그리거나, 레나우의 『갈대의 노래』를 읽을 수 있었다. 그리고 호숫가 아래 펼쳐진 골풀 위에 누워 가을이면 어김없이 떠오르는 죽음과 허무를 되뇌며 명상에 잠겼다. 낙엽 지는 소리와 앙상한 나뭇가지들이 흔들리는 소리가 함께 어우러져 우울한 화음을 엮어 내고 있었다. 그럴 때마다 그는 주머니에서 검은 수첩을 꺼내 들고는 연필로 시구 한두 구절을 적어 넣었다.

10월도 다 저물어 가는 어느 흐린 날의 점심시간이었다. 혼자 산책길에 나섰던 한스 기벤라트가 이곳을 지나가고 있었다. 그때에도 하일너는 시를 쓰고 있었다. 자그마한 수문의 판교 위에 앉아 그 소년 시인은 공책을 무릎 위에 올려놓고, 뾰족한 연필을 입에 문 채 깊이 생각에 잠겨 있었다. 책이 그 옆에 펼쳐져 있었다. 한스는 천천히 그에게 다가갔다.

"안녕, 하일러! 너 여기서 뭐하니?"

"호머를 읽고 있어. 넌?"

"믿을 수 없는걸. 난 네가 뭘 하고 있었는지 다 알아."

"그래?"

"그럼. 넌 시를 쓰고 있었잖니."

"그렇게 생각해?"

"물론."

"거기 앉아 봐!"

기벤라트는 하일너 옆에 앉아 두 다리를 수면 위로 내려뜨렸다. 그러고는 여기저기서 갈색의 나뭇잎이 서늘한 공기를 가르며 하나둘 소리 없이 떨어져 갈색의 수면 위로 내려앉는 모습을 지켜보았다.

"여긴 좀 스산하구나." 한스가 말했다.

"응, 그래."

두 소년은 나란히 땅바닥에 등을 대고 길게 누워 있었기 때문에, 가을의 정취가 흠뻑 배어 있는 우듬지도 거의 시야에 들어오지 않았다. 단지 고즈넉하게 떠도는 구름만이 연푸른 하늘에 섬을 이루고 있었다.

"정말 멋진 구름이야!" 한스는 하늘을 바라보며 즐거운 듯이 말했다.

"응, 그래." 하일너가 한숨을 내쉬었다. "우리도 저런 구름이 될 수만 있다면!"

"그럼?"

"그럼 돛단배처럼 저 하늘 너머로 여행을 떠나겠지. 숲과 마을, 읍과 주를 넘어서 말야. 아름다운 배가 되어. 넌 아직 배를 본 적이 없지?"

"응, 아직. 그런데 넌?"

"물론 봤지. 참 딱하구나. 그런 일들에 대해 전혀 모르다니. 공부 벌레처럼 그렇게 공부만 하니 별 수 있겠어!"

"그럼, 넌 날 바보라고 생각하는 거니?"

"그렇게 말하진 않았어."

"난 네가 생각하는 것처럼 그렇게 어리석진 않아. 아무튼 배에 대해 얘길 계속해 봐."

하일너는 몸을 돌리다가 하마터면 물에 빠질 뻔했다. 그는 배를 땅바닥에 대고 누워 팔꿈치를 괸 뒤, 두 손으로 턱을 받쳐 들었다.

"라인강이었어." 그는 말을 이어 갔다. "거기서 난 그런 배들을 보았지. 방학 때 말야. 한번은 어느 일요일이었어. 배에서는 음악이 흘러나왔지. 밤이 되니까 오색영롱한 등불이 환히 비추는 거야. 그리고 불빛은 강물에 반사되어 빛나고. 우린 음악을 들으며 강물을 따라 올라갔지. 라인의 포도주를 마시면서 말야. 아가씨들은 모두 하얀 옷을 입고 있었어."

한스는 귀를 기울여 듣고 있을 뿐, 아무 말도 하지 않았다. 하지만 눈을 감고 음악 소리와 붉은 등불, 하얀 옷을 입은 아가씨들을 태운 배가 여름밤을 가르며 항해하는 모습을 그려 보았다.

하일너는 이야기를 계속했다. "그래, 지금과는 전혀 딴판이었지. 여기에 있는 놈들이 그런 일들을 알기나 하겠어? 모두 다 따분한 위선자들뿐이라고! 그저 진땀이나 뻘뻘 흘리며 공부에만 매달리는 가엾은 존재들이지. 히브리어의 철자보다 더 고상한 걸 전혀 모르고 있어. 너도 마찬가지라고."

한스는 잠자코 있었다. 이 하일너라는 친구는 정말이지 괴짜였다. 그는 시를 쓰는 공상가였다. 한스가 하일너에 대하여 놀라움을 금치 못한 적이 벌써 한두 번이 아니었다. 누구나 알고 있듯이 하일너는 어지간히 공부를 하지 않았다. 그런데도 매우 박식하여 어떤 질문에도 훌륭하게 대답할 줄 알았다. 그러면서도 그는 이러한 지식을 경멸하고 있었다.

"예컨대 호머를 읽을 때 말야. 우린『오디세이』를 마치 무슨 요리책처럼 대하지. 겨우 두 구절을 읽는 데 한 시간이나 걸리게 마련이야. 단어 하나하나를 낱낱이 되씹어 보고, 찬찬히 음미하는 거라고. 하지만 결국에는 구역질이 날 정도로 지겨워지는 법이지. 그런데도 강의가 끝날 땐 언제나 되풀이해 떠들어 대는 거야. '여러분은 이 시인이 그걸 얼마나 멋지게 표현했는지 잘 아셨을 거예요. 여기서 여러분은 시작(詩作)의 비밀을 들여다본 셈이지요!' 하지만 그건 단지 우리가 질식하지 않게끔 불변화사나 부정과거형에다 양념을 친 것뿐이라고. 이런 식으로라면 난 호머에 관심 없어. 도대체 이 낡아 빠진 그리스의 잡동사니들이 내게 무슨 소용이 있다는 거야? 우리 가운데 누구라도 그리스식으로 살아 보겠다고 하면, 아마 당장이라도 쫓겨나게 될 거야. 그런데도 우리 방이 헬라스라니! 이건 정말이지 웃음거리라고. 어째서 '쓰레기통'이나 '노예 감옥'이나 '비단 모자'[10] 따위로 부르지 않는 거지? 고전이라고 불리는 건 모두 허튼수작에 불과한데 말이야."

그는 허공에 대고 침을 내뱉었다.

"너 방금 전에 시를 쓰고 있었지?" 이제 한스가 물었다.

"응."

"무슨 시니?"

"이곳의 호수와 가을에 대한 시야."

"좀 보여 줄래?"

"안 돼. 아직 끝내지 않았거든."

"그럼 다 되면?"

"그래, 좋아."

두 소년은 몸을 일으켜 수도원을 향하여 천천히 걸어갔다.

"저길 봐! 이게 얼마나 아름다운지 너도 알겠지?" '파라다이스'를 지나며 하일너가 물었다. "회당과 아치형의 창문, 행랑과 식당들 말야. 이게 다 고딕과 로마네스크풍이잖니. 풍성하며 정교한 이 건축물들은 모두 예술가들의 손에 의해 만들어진 거란다. 하지만 이런 마법의 성이 도대체 무슨 소용이 있는 걸까? 그건 목사가 되려는 서른여섯 명의 불쌍한 소년들을 위한 것뿐이라고. 우리나라에 돈이 꽤나 남아도는 모양이야."

한스는 오후 내내 하일너를 생각하지 않을 수 없었다. 그는 도대체 어떤 인간일까? 한스가 느끼는 고민이나 바람이 그 소

---

10) 1848년 빈(Wien)의 저항적인 대학생들이 차양이 넓은 모자 대신에 썼던 모자.

년에게는 전혀 존재하지 않았다. 하일너는 자기 나름대로의 사고와 언어를 가지고 있었다. 그리고 남들보다 더 열정적이고 자유로운 생활을 누리고 있었다. 하지만 그는 남다른 고민으로 괴로워하며, 자기를 에워싼 주위 환경을 경멸에 찬 눈초리로 쳐다보았다. 그는 낡은 기둥과 담장의 아름다움을 이해하고 있었다. 또한 자신의 영혼을 시구에 반영하고, 환상에서 자기만의 허구적인 삶을 만들어 내는 기이한 비법을 터득하고 있었다. 그는 감정이 풍부할 뿐 아니라, 남에게 구속받기를 꺼렸다. 한스가 1년 동안에나 내뱉을 농담을 하일너는 단 하루만에 해 댔다. 동시에 그는 우울한 소년이었다. 자기 자신의 슬픔을 낯설고 귀한, 값진 보물처럼 즐기고 있는 것처럼 보였다.

이날 저녁, 하일너는 자신의 엉뚱하고 괴팍한 성격을 같은 방에 있는 모든 학우들에게 드러내고 말았다. 동료 가운데 하나인 오토 벵어라는 속 좁은 허풍쟁이가 그에게 싸움을 걸어 왔다. 잠시 하일너는 익살을 떨기도 하며 침착한 자세로 가만히 서 있었다. 그러다가 갑자기 오토 벵어의 따귀를 갈기는 것이었다. 일순간에 두 소년은 서로 뒤엉켜 심하게 몸싸움을 했다. 마치 키를 잃은 배처럼 부딪치기도 하고, 반원을 긋기도 하고, 잠시 주춤대기도 하며 헬라스 방을 발칵 뒤집어 놓았다. 벽으로 밀치기도 하고, 의자를 넘어뜨리기도 하고, 마룻바닥에 내동댕이치기도 했다. 두 소년 모두 한 마디 말도 없었다. 숨을 가쁘게 몰아쉬며 침을 질질 흘리기도 하고, 게거품을 내뿜기도 했다.

같은 방의 학우들은 냉정한 표정으로 이들을 지켜보고 있었다. 아이들은 싸움의 소용돌이에 휘말려 들지 않으려고 이따금 발을 살짝 옆으로 내디뎠다. 그리고 책상과 램프가 망가지지 않도록 멀찌감치 옮겨 놓았다. 그러고는 재미있다는 듯이 긴장된 표정으로 싸움의 결과를 기다리고 있었다. 몇 분이 지났다. 하일너가 힘겹게 일어서더니 숨을 헐떡이며 그 자리에 섰다. 그의 몰골은 말이 아니었다. 눈은 충혈되고, 셔츠의 깃은 찢기고, 바지의 무릎에는 구멍이 났다. 그의 상대가 다시 덤벼들려고 했지만, 하일너는 팔짱을 긴 채 가만히 서서 거만스러운 어투로 말했다. "난 이제 그만할래. 때릴 테면 때려 봐!"

오토 뱅어는 욕설을 퍼부으며 방을 나갔다. 하일너는 책상에 몸을 기댄 채 스탠드 램프를 돌려놓고, 바지 주머니에 두 손을 찔러 넣었다. 그러고는 무언가를 골똘히 생각하기 시작했다. 갑자기 그의 눈에서 눈물이 흘러나오더니 자꾸만 하염없이 흘러내렸다. 지금까지 보지도 듣지도 못한 일이었다. 눈물을 보인다는 것은 신학교 학생에게 있어 가장 치욕적인 일로 받아들여져 왔다. 하일너는 자신의 눈물을 숨기려고 하지 않았다. 방에서 나가지도 않고, 창백한 얼굴을 램프 쪽으로 돌린 채 그냥 우두커니 서 있었다. 눈물을 닦기는커녕, 주머니에서 손을 빼려고도 하지 않았다. 다른 학우들은 호기심어린 표정으로 심술궂게 쳐다보며 그에게로 몰려들었다. 마침내 하르트너가 그의 앞에 다가서서 물었다. "야, 하일너. 넌 부끄럽지도 않니?"

눈물을 흘리고 있던 하일너는 천천히 주위를 둘러보았다. 마치 방금 전에 깊은 잠에서 깨어난 사람처럼.

"부끄럽냐고? 너희 앞에서?" 그는 경멸 섞인 어투로 크게 말했다. "천만에, 이 양반아!" 그는 얼굴을 닦더니 화가 난 듯한 미소를 지어 보였다. 그러고 나서 램프를 끄고는 방에서 나갔다.

한스 기벤라트는 싸움이 벌어지는 동안 내내 자기 자리를 뜨지 않고, 놀라움과 두려움이 뒤범벅된 심정으로 하일너를 힐끔 훔쳐보고 있었다. 십오 분가량이 지난 뒤, 그는 사라진 친구를 찾아 나서기로 마음먹었다. 하일너는 차갑고 어두운 침실의 낮은 창턱에 앉아 꼼짝도 않고 회랑을 내려다보고 있었다. 등 너머로 보이는 그의 어깨와 뚜렷이 눈에 띄는 가냘픈 머리는 어린애와는 사뭇 다른 진지한 분위기를 풍겼다. 한스가 다가와 창가에 멈추어 섰는데도 그는 전혀 몸을 움직이지 않았다. 잠시 뒤에 하일너는 고개를 돌리지도 않고, 쉰 목소리로 그에게 물었다.

"무슨 일이니?"

"나야." 한스는 수줍은 듯이 말했다.

"왜 그러는데?"

"아니, 그냥."

"그래? 그럼 가 봐."

한스는 몹시 마음이 상한 나머지 정말 가 버리려고 했다. 그때, 하일너가 그를 붙잡았다.

"잠깐 기다려 줘!" 그는 일부러 농담인 척하며 말했다. "그런 뜻으로 말한 게 아냐."

두 소년은 서로의 얼굴을 마주 보았다. 아마 이 순간에 처음으로 상대방의 얼굴을 진지하게 바라본 것 같았다. 젊음이

넘치는 매끄러운 생김새 뒤에 깃들어 있을지도 모를, 특유의
성향을 지닌 남다른 인간적인 생명과 나름대로의 특징적인
영혼을 마음속에 그려 보았다.

헤르만 하일너는 천천히 팔을 펴 한스의 어깨를 붙들었다.
그러고는 서로의 얼굴이 거의 닿을 만큼 한스를 끌어당겼다.
한스는 갑자기 상대방의 입술이 자기의 입에 닿는 느낌 때문
에 소스라쳐 놀라고 말았다.

한스의 심장은 이제까지 느껴 보지 못한 야릇한 감정을 이
겨 내지 못하고, 두근거리기 시작했다. 하일너와 어두운 침실
에 함께 있다는 것, 그리고 갑자기 서로 입맞춤을 나눈다는
것은 한스의 모험심을 충족시켜 주면서도 새롭고 위험천만한
일이었다. 만일 누군가에게 들키기라도 한다면, 그야말로 끔
찍스러운 꼴을 당하게 될지 모른다는 생각이 들었다. 왜냐하
면 다른 사람에게는 두 소년의 입맞춤이 방금 전에 하일너가
흘렸던 눈물보다 훨씬 더 우스꽝스럽고 치욕스럽게 여겨질 것
이 틀림없기 때문이었다. 한스는 아무 말도 할 수 없었다. 단
지 피가 머리 위로 솟구쳐 오르는 듯한 느낌을 받았을 뿐이었
다. 한스는 당장이라도 자리를 박차고, 도망치고 싶은 충동에
사로잡혔다.

만일 이 광경을 지켜본 어른이라면, 누구나 부끄러움 속에
서 어눌하게 표현된 이들의 사랑과 진지하고 갸름한 소년들의
얼굴에서 아마도 은밀한 기쁨을 느꼈을 것이다. 장래가 촉망
되는 귀여운 아이들의 얼굴은 아직 반쯤은 어린애다운 애교
를 간직하고 있었고 벌써 반쯤은 젊은이다운 아름다운 고집

을 담고 있었다.

차츰 젊은이들은 공동 생활에 익숙해져 갔다. 서로 사귀며, 서로의 내력을 이해하며, 또 서로에 대한 관념을 갖기 시작했다. 그 가운데 적지 않은 우정 관계가 싹트게 되었다. 함께 히브리어의 단어를 외우는 친구들이 있는가 하면, 함께 그림을 그리거나 산책을 하거나, 아니면 실러를 읽는 친구들도 생겨났다. 라틴어를 잘하면서 산수에 서투른 학생은 라틴어에는 서투르지만 산수를 잘하는 학생과 어울려 집단 학습의 결실을 맺었다.

뿐만 아니라 다른 형태의 계약과 재산 공유를 토대로 한 친분 관계도 있었다. 예를 들어, 주위의 부러움을 샀던 햄의 소유자는 슈탐하임에서 과수원을 하는 집안의 아들을 통하여 자신의 부족한 구석을 채울 수 있었다. 이 소년의 사물함에는 먹음직스러운 사과가 가득 채워져 있었다. 어느 날인가 햄을 먹던 소년은 목이 마른 나머지 과수원의 소년에게 사과 하나를 달라고 졸랐다. 그리고 이에 대한 대가로 햄을 주었다. 두 소년은 함께 자리를 잡고 앉아 조심스럽게 대화를 나누기 시작했다. 햄을 다 먹더라도 집에서 다시 부쳐 줄 수 있고, 사과도 마찬가지로 집에 저장되어 있으므로 겨울 내내 사과를 받을 수 있다는 사실을 알고 있었다. 그래서 매우 견실한 관계가 이루어진 것이다. 이것은 열정과 이상으로 맺어진 우정보다 더 오래 유지되었다.

끝까지 외톨이로 남는 경우도 있었다. 루치우스가 바로 그랬다. 예술에 대한 탐욕스러운 그의 사랑은 이 무렵 절정에 달해 있었다.

서로 어울리지 않는 친구 관계도 있었다. 가장 어울리지 않는 예로 헤르만 하일너와 한스 기벤라트를 꼽을 수 있었다. 그것은 방탕한 소년과 성실한 소년, 시인과 노력가와의 만남이었다. 물론 둘 다 영리하고 재능 있는 소년들로 손꼽히기는 했다. 하지만 하일너가 천재라는 반쯤 조롱 섞인 평판을 듣는 반면, 한스는 모범 소년이라는 명성을 얻고 있었다. 하지만 주위에서는 이들에게 거의 관심을 기울이지 않았다. 왜냐하면 모두들 자기 나름대로의 우정을 쌓기에 바빴고, 또한 그렇게 지내기를 바랐기 때문이었다.

이러한 개인적인 관심과 체험으로 인하여 소년들이 학교 생활을 소홀히하지는 않았다. 학교는 오히려 커다란 악장(樂章)이며 선율이었다. 이에 비하면 루치우스의 음악이나 하일너의 시, 사귀거나 다투는 일, 이따금 벌어지는 싸움질도 그저 심심풀이를 위한 사소한 놀이에 지나지 않았다.

무엇보다도 히브리어 때문에 학생들은 많이 애를 먹었다. 여호와를 찬양하는 이상야릇한 태고의 언어는 신비스럽게 살아 숨 쉬는 앙상한 나무와도 같았다. 마디를 가진 이 나무는 미지의 수수께끼처럼 젊은이들의 눈앞에서 자라났다. 눈에 띄는 가지들과 향내를 풍기는 희귀한 색깔의 꽃은 놀라움을 자아내기에 충분했다. 가지와 움푹 패인 줄기, 그리고 뿌리에는 수천 년 묵은 귀신들이 무섭게 혹은 정답게 자리 잡고 있었다. 끔찍하리만치 무서운 용, 소박하고 사랑스러운 동화 속의 요정, 주름살이 많아 더욱 엄숙해 보이는 마른 체격의 백발

노인, 아름다운 소년과 고요한 눈매를 지닌 소녀, 싸움을 즐겨 하는 부인들. 루터의 성경에서 아득한 꿈처럼 울려퍼지던 것이 이제는 거칠면서도 순수한 언어 속에서 자신의 피와 음성을 되찾았다. 그리고 섬뜩할 정도로 낡고 음산한 형체로 되살아났다. 적어도 하일너에게는 그랬다. 그는 모세 오경[11]을 매일, 그것도 거의 매시간마다 저주했다. 하지만 모든 어휘를 이해하고 뛰어난 독서력을 지닌, 끈질기게 배움에 전념하는 다른 학생들보다 그 안에서 더 많은 생명과 영혼을 발견하고, 또한 흡입했다.

이에 비해 신약 성서는 한층 부드럽고 밝았으며, 내면의 느낌이 살아 있었다. 그 언어는 연륜이나 깊이, 사상에 있어 부족하기는 했지만, 젊고 열정적인, 꿈이 넘치는 정신으로 충만해 있었다.

그리고 『오디세이』가 있었다. 힘찬 곡조로 세차게 굽이치는 균형 잡힌 시구들로부터 지금은 사라져 버린 행복한 인생에 대한 지식과 예감이 뚜렷하게 떠올랐다. 마치 하얗고 포동포동한 바다 요정의 팔과도 같이. 때로는 윤곽이 선명하고 꾸밈 없는 필치로 손에 잡힐 듯이 확실하게 나타나기도 하고, 때로는 두세 마디의 단어나 시구로부터 아름다운 꿈으로 어렴풋하게 가물거리며 나타나는 것이었다.

크세노폰이나 리비우스는 그만 자취를 감추고 말았다. 아

---

11) 구약 성서에 나오는 모세의 글. 『창세기』, 『출애굽기』, 『레위기』, 『민수기』, 『신명기』를 일컫는다.

니면 고작해야 빛을 잃고 흐릿한 형상으로 멀찌감치 서 있을 뿐이었다.

친구의 눈에는 모든 것이 전혀 다르게 보인다는 사실이 한스를 놀라게 만들었다. 하일너에게 추상적인 개념은 전혀 존재하지 않았다. 상상할 수 없거나 환상의 색깔로 그릴 수 없는 모든 것이 존재하지 않았다. 그는 자신과 관련이 없다고 여겨지는 모든 것에 싫증을 느끼고, 그냥 내팽개쳐 버렸다. 그에게 수학은 음흉한 수수께끼를 담고 있는 스핑크스에 지나지 않았다. 그 차갑고 악의에 찬 시선은 희생양들을 마법에 묶어 놓기 일쑤였다. 그래서 하일너는 이 괴물을 피해 멀찌감치 도망쳐 버렸다.

이 두 소년의 우정은 남다른 관계였다. 하일너에게는 사치스러운 오락이며, 기분 내키는 대로 할 수 있는 변덕스러운 즐거움이었다. 하지만 한스에게 그것은 자긍심으로 지켜 온 값진 보물인 동시에 감당하기 어려운 무거운 짐이기도 했다. 지금까지 한스는 저녁 시간이면 언제나 공부에 전념해 왔었다. 하지만 이제는 하일너가 공부에 싫증이 날 때마다 거의 매일 한스에게로 건너와 책을 빼앗고 함께 어울리기를 요구했다. 한스는 친구 하일너를 몹시 좋아했지만, 나중에는 그가 올까 봐 두려워 매일 밤마다 가슴을 졸이는 처지가 되고 말았다. 그리고 남들에게 뒤떨어지지 않기 위하여 정해진 자습 시간에는 곱절이나 열심히 책과 씨름했다. 급기야 하일너는 이러한 한스의 애처로운 노력조차 비웃기 시작했다. 그래서 한스는 더욱더 곤혹스러워졌다.

"이건 날품팔이에 지나지 않아. 넌 네가 하고 싶어서 하는 게 아니잖니. 그저 선생님과 부모님이 두려운 거겠지. 아니, 1 등을 하든 2등을 하든, 그게 도대체 너와 무슨 상관이란 말이 니? 그래, 난 겨우 20등이야. 그렇다고 너희 공부 벌레들보다 어리석진 않다고."

하일너가 교과서를 어떻게 다루는지 처음 알게 되었을 때, 한스는 그만 어안이 벙벙해지고 말았다. 언젠가는 한스가 깜 빡 잊고 책을 교실에 놔두었다. 그래서 다음 시간에 배울 지리 학을 미리 공부해 두기 위하여 하일너의 지도를 빌렸다. 하일 너의 책은 온통 연필로 휘갈겨 있었다. 그 책을 펼쳐든 순간, 한스는 소름이 오싹 끼칠 정도였다.

피레네 반도의 서해안은 기괴한 얼굴로 변해 있었다. 그 얼 굴에서 코는 포르토에서 리스본에 이르고, 피니스떼르 갑(岬) 을 에워싼 지역은 곱슬하게 주름을 잡은 머리카락처럼 꾸며 져 있었다. 반면에 성(聖) 빈센트 갑은 얼굴을 뒤덮고 있는 수 염이 매끄럽게 늘어진 꼴을 하고 있었다. 어느 페이지를 펼쳐 봐도 마찬가지였다. 하얀 색깔의 지도 뒷면에는 풍자화가 그려 져 있을 뿐 아니라, 대담하고 익살맞은 시구들이 적혀 있었다. 그리고 군데군데 잉크 자국이 눈에 띄었다. 한스는 이제까지 자신의 책들을 신성한 보물처럼 소중하게 다루어 왔었다. 하 지만 이제 그는 하일너의 무모하리만치 몰염치한 행위를 신전 모독에 비견할 만한, 심지어는 범죄적인 행위로까지 간주하면 서도, 동시에 그 안에서 영웅적인 인물의 위대성을 발견하고 있었다.

착하기만 한 기벤라트가 친구 하일너에게는 그저 손쉬운 장난감이나 집에서 애완용으로 기르는 고양이에 지나지 않는 것처럼 보일지도 모를 일이었다. 한스도 가끔 그렇게 느낄 때가 있었다. 하지만 하일너는 한스를 필요로 했고, 그래서 그에게 커다란 애정을 가지고 있었다. 하일너는 자신의 속마음을 털어놓을 수 있는, 자신에게 귀를 기울이고, 자신의 가치를 인정해 줄 누군가를 원했던 것이다. 학교와 인생에 대하여 가히 혁명적이라고 불릴 만한 과격한 이야기를 한다 하더라도, 자신의 말에 관심을 가지고 조용히 귀를 기울여 들어 줄 누군가가 필요했다. 또한 왠지 울적해질 때, 자신의 머리를 무릎 위에 올려놓고 자신을 위로해 줄 누군가가 필요했던 것이다.

젊은 시인에게는 이러한 성향을 지닌 사람들이 늘상 그러하듯이 가끔 헤아리기 힘든, 다소 어리광스러운 우울증이 발작을 일으키기도 했다. 그 이유는 어린 영혼으로부터의 조용한 이별, 그리고 목적도 없이 넘쳐 흐르는 젊음의 열기와 예감과 욕망 때문이었다. 또 다른 이유는 어른이 되어 가면서 나타나는 이해하기 힘든 어두운 충동이었다. 그럴 때면 하일너는 누군가로부터 동정과 귀여움을 받고 싶은 병적인 욕구를 느꼈다. 예전에 그는 어머니의 사랑을 받던 귀여운 아이였다. 하지만 아직 여자들의 사랑을 받을 만큼 성숙하지 않은 지금에는 온순한 친구만이 그를 위로해 줄 유일한 가능성이었다.

가끔 하일너는 저녁 무렵에 피곤에 지친 모습으로 한스를 찾아왔다. 그러고는 공부하고 있던 한스를 꾀어 함께 침실로 가자고 졸라 댔다. 침실의 차가운 방이나 황혼이 어슴푸레한 높은 기도실에서 두 소년은 나란히 거닐었다. 아니면 추위에 떨며 창가에 앉아 있기도 했다. 그럴 때면 하일너는 하이네를 읽는 서정적인 소년답게 온갖 애처로운 탄식을 내뱉으며, 어린 애 같은 슬픔의 구름에 휩싸이는 것이었다.

한스는 그것을 제대로 이해하지 못하면서도 커다란 감명을 받았다. 심지어 자신도 모르는 사이에 전염되고 말았다. 감수성이 예민한 시인 하일너는 특히 흐린 날에 발작을 일으켰다. 늦가을의 비구름이 하늘을 어두컴컴하게 뒤덮고, 구름 뒤로 달이 어슴푸레한 엷은 베일의 틈새를 비집고 모습을 드러내며 궤도를 그려 갈 때, 비탄에 젖은 그의 신음 소리는 언제나처럼 절정에 달하곤 했다. 그럴 때면 그는 오시안의 정조(情調)에 흠뻑 취하거나 몽롱한 우수에 젖어들었다. 그의 우울한 심정은 한숨이 되기도 하고, 이야기가 되기도 하고, 시구가 되기도 했다. 그러고는 아무 죄도 없는 한스에게 마구 퍼부어 대는 것이었다.

이러한 고뇌에 억눌리고 시달려 온 한스는 남은 시간을 최대한으로 활용하기 위하여 급한 마음으로 공부에 매달렸다. 하지만 공부는 점점 더 어려워져만 갔다. 예전에 앓던 두통이 다시 재발한 것도 놀라운 일은 아니었다. 하지만 아무런 일도 하지 않으면서 지친 몸으로 시간을 보내고 있는 현실이 몹시 마음에 걸렸다. 마땅히 해야 하는 필수적인 공부를 하기 위해서도 그는 자신을 채찍질하지 않으면 안 되었다. 이 기인(奇人)과의 우정이 한스를 지치게 만들었고, 때묻지 않은 자아의 순수한 존재를 병들게 했다. 그는 이 사실을 어렴풋하게나마 느끼고 있었다. 하지만 하일너가 울적해하고 슬퍼하면 할수록 더욱더 애처로운 생각이 들었다. 또한 자신이 친구에게 없어서는 안 될 존재라는 자각이 한스를 한층 정겹고 으쓱하게 만들었다.

더욱이 한스는 이 병적인 우울증이 불건전한 충동의 과도한 분출일 뿐이며, 자신이 감탄해 마지않는 하일너의 천성에 속하지 않는다는 사실을 알고 있었다. 친구가 자작시를 낭송하거나 시인의 이상에 대하여 이야기하거나 실러나 셰익스피어의 독백을 커다란 몸짓과 더불어 열정적으로 늘어놓을 때면, 그는 한스 자신에게 결핍되어 있는 마술의 힘으로 초월적인 자유와 불타는 열정을 지닌 채 호머의 천사처럼 날개를 단 발바닥으로 자신과 다른 친구들로부터 벗어나 하늘을 두둥실 떠돌아다니는 것 같았다. 이제까지 시인의 세계는 한스에게 잘 알려져 있지 않았고, 별로 중요하지도 않았다. 지금 그는 난생처음 아름답게 흘러나오는 언어와 사람을 홀리게 만드는 영상과 듣기 좋은 음율이 지닌 매혹적인 힘을 아무런 저항 없이 느끼게 되었다. 새로이 열린 세계에 대한 한스의 숭배는 친구를 향한 경탄과 더불어 하나의 감정으로 자라나고 있었다.

그러는 사이, 거센 바람이 휘몰아치는 어슴푸레한 11월이 다가왔다. 램프를 켜지 않고 공부할 수 있는 시간이 그리 많지는 않았다. 칠흑같이 어두운 밤에는 폭풍이 산더미 같은 구름을 어둠에 싸인 산정(山頂)으로 몰아대고, 낡은 수도원의 건물을 신음하듯이, 혹은 다투듯이 마구 두들겼다. 나무들은 이제 완전히 옷을 벗어던졌다. 단지 우거진 수풀의 제왕으로 불리는, 마디가 굵고 힘센 떡갈나무만이 시들어 가는 우듬지를 흔들어대며 다른 나무들보다 더 요란하게 불평섞인 소리를 늘어놓을 뿐이었다.

하일너는 몹시 우울해졌다. 그래서 그는 한스 곁을 떠나 다시금 멀리 떨어진 연습실에서 거친 악기 소리를 내며 홀로 바이올린을 켜거나 동료들에게 싸움을 걸었다.

어느 날 저녁, 하일너는 연습실에 갔다가 악보대 앞에서 연습에 열중하고 있는 억척꾼 루치우스를 발견했다. 하일너는 화가 난 나머지 그냥 밖으로 나왔다. 삼십 분 뒤에 다시 들어가 보았지만, 루치우스는 여전히 연습에 빠져 있었다.

"이젠 좀 그만하시지." 하일너가 욕설을 퍼부었다. "다른 사람들도 연습하고 싶어 하잖아. 네가 긁어 대는 소리 때문에 정말이지 괴로워 죽을 지경이라고."

루치우스도 물러서지 않았다. 그가 전혀 개의치 않고 다시 바이올린을 켜기 시작하자, 하일너는 약이 올라 악보대를 발로 걷어차 버렸다. 악보는 여기저기 흩어지고, 악보대는 루치우스의 얼굴을 후려쳤다. 루치우스는 악보를 줍기 위해 몸을 웅크렸다.

"교장 선생님께 이를 거야." 그는 단호하게 말했다.

"좋지." 하일너는 분에 겨워 소리를 질렀다. "내가 덤으로 궁둥이까지 걷어찼다고 말씀드리려무나." 그는 곧바로 루치우스를 걷어차려고 했다.

루치우스는 껑충 뛰어 옆으로 도망쳐서는 문어귀로 달아났다. 하일너가 그의 뒤를 쫓았다. 쫓고 쫓기는 숨가쁜 추격전이 시끌하게 벌어졌다. 복도와 강당을 가로질러 계단과 마루 위를 넘나들더니 급기야는 수도원에서 가장 멀리 위치한 측랑(側廊)에까지 이르렀다. 거기에는 적막이 감도는 우아한 교장의 저택이 자리 잡고 있었다. 그 서재의 문 앞에서 하일너는 도망자를 거의 따라잡았다. 루치우스가 문을 두드리고는 열린 문으로 막 들어서려는 순간, 약속처럼 하일너에게 한 방 걸어채이고 말았다. 그러고는 미처 문을 닫을 틈도 없이 지배자의 신성불가침한 공간으로 폭탄처럼 뛰어 들어갔다.

그것은 전대미문(前代未聞)의 사건이었다. 다음 날 아침, 교장 선생은 청소년의 탈선에 대해 멋들어진 연설을 했다. 루치우스는 속으로 박수 갈채를 보내면서도 생각에 잠긴 표정으로 귀를 기울이고 있었다. 하일너에게는 무거운 금고형이 내려졌다.

교장 선생은 하일너에게 호통을 쳤다. "수년 이래로 우리 학교에선 이런 일이 벌어진 적이 없었다. 난 네가 십 년이 지나도 이 일을 결코 잊지 않게끔 해 주겠다. 너희에겐 이 하일너가 무서운 본보기가 될 거다."

학생들은 모두 겁에 질린 채 하일너를 힐끗 훔쳐보았다. 그의 얼굴이 약간 창백해졌다. 하지만 그는 매우 거만한 자세를 보이며 반항이라도 하듯이 교장 선생의 시선을 피하려 하지 않았다. 학생들은 내심 하일너의 용기에 찬사를 보냈다. 훈시가 끝난 뒤에 아이들은 떠들썩한 소리로 복도를 가득 메우며 밖으로 나갔다. 하일너는 내버려진 나병 환자처럼 혼자가 되고 말았다. 지금 그의 편에 서기 위해서는 용기가 필요했다.

한스 기벤라트도 하일너의 편을 드는 것이 자신의 의무라고 느끼면서도 차마 용기를 내지 못했다. 그래서 한스는 자신의 비겁한 행동에 대한 죄책감에 사로잡혔다. 불행과 수치심으로 창가에 몸을 숨기고는 부끄러운 나머지 감히 고개를 들지 못했다. 친구를 찾아가고픈 마음은 간절했지만, 남의 눈에 띄지 않고 친구를 만나기 위해서는 꽤나 신경을 써야 할 판이었다. 수도원에서 무거운 금고형에 처해진 학생은 오랫동안 낙인이 찍힌 거나 다름없었다. 이제부터 그 학생이 남다른 주의를 받게 된다는 것은 누구나 잘 알고 있는 사실이었다. 그와 어울리는 일이 위험할 뿐 아니라, 자칫 잘못하면 자기도 나쁜 평판을 받게 된다는 사실 또한 분명했다. 자라나는 젊은이들에게 베풀어지는 국가의 자선에 걸맞게 학생들의 규율은 한 치의 어긋남도 없이 엄격해야 하는 것이다. 그것은 이미 입학식에서 행해진 장중한 연설에서도 분명히 드러났었다. 한스 또한 이러한 사실을 잘 알고 있었다.

그는 친구로서의 의무감과 학생으로서의 공명심 사이에서 갈등을 겪었다. 그러다가 끝내 지치고 말았다. 그가 지닌 미래의 이상은 남보다 앞서 나아가는 것, 시험에서 훌륭한 성적을 올리는 것, 그리고 나름대로의 주어진 역할을 잘 감당하는 것이었다. 물론 감상적이거나 위험한 역할은 아니었다. 한스는 두려움에 싸인 채 방구석에 틀어박혀 꼼짝도 않고 있었다. 지금이라도 자리를 박차고 일어나 용기를 내어 친구에게로 달려갈 수도 있었다. 하지만 시간이 지남에 따라 차츰 더 어려워지고 말았다. 급기야 자기도 모르는 사이에 그의 배신은 이미 굳어져 버린 것이다.

하일너는 한스의 배신을 충분히 짐작하고 있었다. 이 열정적인 소년은 모든 사람들이 자신을 멀리한다는 사실을 느끼고, 또 이해했다. 그래도 지금까지 한스만큼은 굳게 믿어 왔었다. 지금 느끼고 있는 비애와 분노에 견주어 볼 때, 이제까지 느껴 왔던 애절한 슬픔은 공허하고 우스꽝스럽게 여겨질 뿐이었다. 잠시 하일너는 기벤라트 곁에 멈추어 섰다. 그러고는 창백하면서 시건방진 모습으로 슬그머니 말을 던졌다. "넌 비열한 겁쟁이야, 기벤라트. 나쁜 놈!" 그러고는 바지 주머니에 두 손을 찔러넣은 채 나지막이 휘파람을 불며 사라져 버렸다.

젊은이들에게 생각할 일과 해야 할 일이 있다는 것은 참으로 다행스러운 노릇이었다. 그 사건이 일어난 지 얼마 되지 않아 갑자기 눈이 펑펑 쏟아졌다. 그러더니 맑게 개인 하늘 아래 추운 겨울 날씨가 시작되었다. 아이들은 눈싸움도 하고, 스케이트도 탈 수 있었다. 그리고 크리스마스와 겨울 방학이 바로 눈앞에 다가왔다는 사실을 불현듯 알아차리고는 너나없이 모두 함께 어우러져 이야기꽃을 함빡 피웠다. 이제 하일너는 별다른 관심을 끌지 못했다. 그는 건방진 표정에 머리를 곧게 세운 채 빠른 걸음걸이로 조용히 돌아다녔다. 어느 누구와도 이야기를 나누지는 않았다. 기회가 주어질 때마다 그는 자신이 가지고 다니는 수첩에 시를 적어 넣었다. 검은 납포(蠟布)로 된 표지에는 '어느 수도사의 노래'라는 제목이 적혀 있었다.

떡갈나무와 오리나무, 너도밤나무, 버드나무에는 서리와 얼어붙은 눈송이들이 매달려 부드럽고 이상야릇한 형체를 꾸미고 있었다. 연못에서는 투명한 얼음이 혹한을 이기지 못해 빠드득 소리를 내기도 했다. 회랑의 안뜰은 대리석으로 만들어진 정원처럼 적막했다. 축제 분위기에 휩싸여 방마다 흥분된 목소리들이 흘러나왔다. 크리스마스를 기다리는 기쁨은 심지어 근엄하기 짝이 없는 교수 두 명의 얼굴에서조차 부드럽고 즐겁게 빛나고 있었다. 크리스마스에 무덤덤한 선생들과 학생들은 하나도 없었다. 하일너의 찌푸린 얼굴도 다소 환하게 펴 있었다. 루치우스는 방학 때 어떤 책과 신발을 가지고 가야 할지 곰곰이 생각해 보았다. 집에서 오는 편지에는 가슴을 설레게 만드는 멋진 이야기들이 적혀 있었다. 어떤 선물을 가장 원하는지 묻는 질문, 언제 빵을 굽게 될지 알리는 기별, 머지않아 깜짝 놀라게 될 선물이 있으리라는 암시, 다시 만날 날을 손꼽아 기다린다는 기쁨에 들뜬 심정.

헬라스 방의 소년들뿐만이 아니라 모든 학생들은 방학 여행을 떠나기 전에 하나의 작은 사건을 체험하게 되었다. 어느 날 저녁, 가장 넓은 방 헬라스에서 열리기로 되어 있는 크리스마스 축제에 선생들을 모두 초대하기로 의견을 모았다. 축제를 위한 연설, 두 편의 시 암송, 그리고 플루트 독주와 바이올린 이중주가 마련되었다. 이에 곁들여 우스꽝스러운 순서 하나를 프로그램에 넣으려고 했다. 제안과 토론을 거듭해 보았지만, 좀처럼 좋은 생각이 떠오르지 않았다. 그때, 카를 하멜이 에밀 루치우스의 바이올린 독주가 가장 흥미로울 것이라고 무심결에 말했다. 모두들 그의 제안이 그럴듯하다고 생각했다. 그래서 루치우스에게 애걸하기도 하고, 약속을 늘어놓기도 하고, 또 그를 위협하기도 한 끝에 마침내 이 가련한 악사(樂士)의 동의를 얻는 데 성공하고야 말았다.

정중한 초대의 글과 함께 선생들에게 보내진 프로그램의 특별 순서난에 다음과 같이 쓰여 있었다. '고요한 밤, 바이올린을 위한 가곡, 실내악의 거장 에밀 루치우스의 연주.' 이것은 그가 멀리 떨어진 음악실에서 열심히 연습한 덕분에 붙여진 칭호였다.

교장 선생과 교수들, 복습 담당 지도 교사들, 음악 선생과 상임 조교들이 모두 초대되어 축제에 참석했다. 하르트너로부터 자락이 달린 검은 프록코트를 빌려 입은 루치우스가 다림질을 한 예복을 입고 머리를 빗질하고, 온화하고 겸손한 미소를 띠며 무대에 올라섰다. 음악 선생의 이마에는 땀방울이 맺히기 시작했다. 청중은 루치우스가 인사하는 모습만 보고도 벌써 웃음을 터뜨리는 것이었다. 가곡 「고요한 밤」은 그의 손가락 아래서 애절한 탄식이 되고, 신음과 고통에 싸인 고뇌의 노래가 되었다. 그는 두 번씩이나 다시 시작해 보았다. 하지만 고작해야 선율이나 찢어뜨리고, 마구 부수어 버릴 뿐이었다. 그때마다 다시금 발로 박자를 맞추며 혹한의 날씨에 숲에서 일하는 나무꾼처럼 식은 땀을 흘리는 것이었다.

음악 선생은 화가 머리끝까지 치밀어 오른 나머지 얼굴이 창백해져 버렸다. 교장 선생은 재미있다는 듯이 그를 향하여 고개를 끄덕여 보였다.

루치우스는 세 번째로 다시 시작해 보았다. 하지만 이번에도 또다시 꼼짝달싹 못하고 제자리에 멈추어 버렸다. 그제서야 그는 바이올린을 내리고는 청중에게 몸을 돌려 변명을 늘어놓았다. "잘되질 않는군요. 전 지난가을부터 바이올린을 켜기 시작했거든요."

"잘했다, 루치우스." 교장 선생이 소리쳤다. "우린 네가 보여 준 노력에 대해 고맙게 생각하고 있다. 계속 그렇게 열심히 배우도록 해라. 별에 다다르기 위해선 땀을 많이 흘려야 하는 법이니까."

12월 24일은 새벽 3시부터 침실마다 떠들썩하게 활기가 넘쳤다. 유리창에는 고운 나뭇잎 무늬를 한 성에가 두껍게 피어 있었다. 욕실의 물은 꽁꽁 얼어붙었고, 수도원의 안뜰에는 살을 에는 듯한 매서운 바람이 불어 대고 있었다. 하지만 어느 누구도 이에 아랑곳하지 않았다. 식당에서는 커피를 끓이는 커다란 통이 증기를 내뿜고 있었다. 마침내 외투와 목도리를 휘감은 학생들이 날이 밝기도 전에 무리를 지어 고향길에 오르기 시작했다. 희미하게 반짝이는 하얀 들판을 넘고, 고요한 숲을 가로질러 멀리 떨어진 기차역을 향하여 발걸음을 옮겨 놓았다.

모두 재잘거리며 농담을 던지기도 하고, 큰 소리로 웃기도 했다. 각자의 마음속에는 숨겨진 바람이나 기쁨, 기대가 가득 담겨 있었다. 널리 주 전체에 걸쳐 도시나 시골이나, 한적한 농가에서도 마찬가지였다. 크리스마스 장식을 한 따뜻한 방에서 부모와 형제자매들이 애타게 기다리고 있다는 사실을 모르는 학생은 하나도 없었다. 대다수 학생들에게는 처음 머나먼 낯선 땅으로부터 고향으로 돌아오는 크리스마스였다. 가족들은 애정과 자부심을 가지고 아이들을 기다렸다.

눈으로 뒤덮인 숲의 한가운데 위치한 자그마한 역에서 학생들은 혹독한 추위와 싸우며 기차를 기다렸다. 모두가 이처럼 한마음으로 어우러져 흥겨워했던 적은 일찍이 없었다. 기차가 도착했을 때, 하일너만이 입을 꼭 다문 채 멀찌감치 혼자 서 있었다. 그는 동료들이 기차에 오르기를 기다린 뒤에 마지막으로 혼자 다른 칸에 올라탔다. 다음 역에서 갈아탈 때에 한스는 그를 다시 한번 쳐다보았다. 하지만 부끄럽고 아쉬운 감정도 고향에 돌아간다는 흥분과 기쁨으로 이내 뒤덮여 버렸다.

집에서는 아버지가 만족스러운 미소를 지으며 그를 기다리고 있었다. 그리고 선물 꾸러미가 산더미처럼 쌓인 책상이 그를 반겨 주었다. 물론 기벤라트의 집에 축제다운 크리스마스는 없었다. 노래도 축제 분위기도 어머니도 잣나무도 없었다. 아버지 기벤라트는 어떻게 축제를 즐기는지 전혀 알 수가 없었다. 하지만 그는 자기 아들을 무척이나 자랑스럽게 여겼고, 선물을 장만하기 위하여 돈도 아끼지 않았다. 아무튼 한스는 이런 크리스마스에 익숙해져 있었다. 그래서 그에게는 전혀 부족함이 없었다.

마을 사람들은 한스가 좋아 보이지 않는다고 입을 모았다. 몸이 너무 야위고, 얼굴이 너무 창백해 보인다고 말했다. 수도원의 식사가 그렇게 형편없는지 묻기도 했다. 한스는 아니라고 딱 잘라 말했다. 잘 지내는데 가끔 머리가 아플 뿐이라고 했다. 그러자 마을 목사는 자기도 젊었을 때 그랬었다며 한스를 위로해 주었다. 이렇게 그 문제는 일단락되었다.

강물이 매끄럽게 얼어붙어 있었다. 크리스마스 축제일에는 스케이트를 타는 사람들로 발 디딜 틈도 없이 붐볐다. 한스는 거의 하루 온종일 밖으로 나돌아 다녔다. 새 옷을 차려입고, 녹색의 신학교 모자를 쓰고서. 그는 예전에 함께 학교를 다녔던 친구들이 부러워하는 아주 높은 세계에 우뚝 올라선 것이었다.

4장

사 년에 걸친 수도원 생활에서 각 학년에 걸쳐 한두 명쯤
은 올바른 길에서 벗어나게 마련이다. 누군가가 죽게 되면, 장
송곡과 더불어 땅에 묻히거나 친구들에 의해 고향으로 호송
되기도 한다. 때로는 제멋대로 수도원에서 도망치는 학생이 있
는가 하면, 학칙에 어긋나는 엄청난 죄를 지어 퇴학 처분을 받
는 학생도 있다. 매우 드문 경우이기는 하지만, 상급 학년에서
는 청춘의 고뇌에 빠진 젊은이가 헤어날 수 없는 방황 끝에
권총의 방아쇠를 당기거나 물에 뛰어들어 자살함으로써 짧고
어두운 출구를 찾기도 하는 것이다.

한스 기벤라트의 학년에서도 여러 동료 학우들이 사라져갔
다. 더구나 우연치고는 너무 이상하리만치 모두가 헬라스 방
의 학우들이었다.

이 방에 거처하는 학생들 가운데 키가 작고 소심한 금발의

소년이 있었다. 그 아이의 이름은 힌딩어였다. 그리고 힌두라는 아명으로 불렸다. 그는 알고이 지방의 어느 마을에서 온 양복점 주인의 아들이었다. 워낙 얌전한 성격인지라 그가 사라지고 나서야 비로소 얼마간 사람들의 이야깃거리가 되었다. 하지만 그것도 별로 대단한 것은 아니었다. 그는 구두쇠로 소문이 난 실내악의 대가 루치우스와 책상을 나란히 썼었다. 그래서 다른 학우들보다는 루치우스와 어느 정도 더 가깝게 지냈다. 그 외에는 달리 친한 친구가 없었다. 힌딩어가 곁에서 사라진 뒤에야 비로소 헬라스 방의 학우들은 자기들이 그를 좋아했다는 사실을 새삼 깨달았다. 한 마디의 불평도 없는 선량한 이웃으로서, 그리고 간혹 격앙되기 쉬운 공동 생활에서의 쉼터로서.

1월의 어느 날, 힌딩어는 연못으로 스케이트를 타러 가는 친구들과 함께 길을 나섰다. 스케이트가 없었기 때문에 그냥 구경만 할 작정이었다. 하지만 이내 견디기 힘든 추위를 느낀 나머지 몸을 녹이기 위하여 발을 동동 구르며 연못 주위를 서성거렸다. 그러다 내닫기 시작했는데 그만 길을 잘못 들어 들판 너머에 있는 또 하나의 자그마한 호수에 다다랐다. 그곳에는 따스한 물이 제법 세차게 솟아오르고 있었기 때문에, 물 위에만 살짝 얼음이 얼어 있었다. 그는 갈대를 헤치고 그리로 들어갔다. 그는 몸집이 작고 가벼웠지만, 기슭 가까이에서 그만 얼음이 깨지고 말았다. 그는 발버둥을 치며 잠시 소리를 질러 보았다. 하지만 남의 눈에 띄지도 않은 채 어둡고 차가운 물속에 빠지고 말았다.

2시에 오후 수업이 시작되었다. 사람들은 그제서야 그가 없어진 사실을 알아차렸다.

"힌딩어는 어디 있지?" 복습을 담당하는 교사가 물었다.

아무도 대답하지 못했다.

"헬라스 방을 뒤져 보도록 해라!"

하지만 거기서도 그의 흔적은 발견되지 않았다.

"지각인 게로구만. 뭐, 그럼 그냥 시작하지. 74쪽 7구절을 배울 차례야. 아무튼 다신 이런 일이 없길 바란다. 시간은 꼭 지키도록 해!"

3시를 알리는 종소리가 울려도 여전히 힌딩어는 나타나지 않았다. 불안해진 선생은 학생을 보내 교장 선생에게 이 사실을 알렸다.

교장 선생은 즉시 교실로 달려왔다. 그리고 짐짓 위엄 있는 질문을 던지고는 상임 조교와 복습 교사의 인솔 아래 학생 열 명을 실종자의 수색에 나서게 했다. 교실에 남아 있는 학생들은 받아쓰기 연습을 했다.

4시에 복습 교사가 노크도 없이 교실로 들어와 교장 선생에게 귓속말로 보고를 했다.

"조용!" 교장 선생의 불호령이 떨어졌다. 학생들은 숨을 죽인 채 꼼짝도 않고 의자에 앉아 교장 선생을 빤히 쳐다보았다.

"여러분의 동료 힌딩어는" 그는 목소리를 약간 낮추어 말을 이어 갔다. "연못에 빠진 것 같다. 이제 여러분은 그를 함께 찾아야 한다. 마이어 교수님께서 여러분을 인솔할 테니 한 마디도 어김없이 그분 말씀을 따르도록 해라. 제멋대로 행동해선 안 된다!"

겁에 질린 학생들은 서로 수군거리며 교수 뒤를 따라나섰
다. 마을에서는 몇몇 어른들이 밧줄과 널빤지, 막대기 등을 가
지고 나와 서둘러 학생들과 합류했다. 매우 추운 날씨였다. 태
양은 숲의 가장자리에 기울어 있었다.

마침내 뻣뻣하게 굳어 버린 소년의 자그마한 시체가 발견되
어 눈 덮인 갈대숲에서 들것에 실렸을 때에는 이미 어둠이 짙
게 깔린 뒤였다. 신학교 학생들은 놀란 새처럼 불안에 떨며 시
체의 주위에 몰려들었다. 그리고 두 눈을 크게 뜨고 시체를
쳐다보며 파랗게 곱은 손가락을 문지르고 있었다.

물에 빠져 죽은 친구의 주검이 앞서 실려 가고, 학생들은
그 뒤를 따라 눈 덮인 들판을 묵묵히 걷기 시작했다. 그들의
답답한 가슴은 갑자기 전율에 휩싸였다. 마치 노루가 자신의
적을 냄새 맡듯이 이 소년들도 무서운 죽음의 존재를 어렴풋
이 느끼게 되었다.

슬픔과 추위에 떠는 일행 가운데 한스 기벤라트는 우연하
게도 친구 하일너와 나란히 걷고 있었다. 두 소년은 울퉁불퉁
한 들판길을 걷다가 그만 발이 걸려 넘어질 뻔했다. 그제서야
서로의 존재를 알아차릴 수 있었다. 죽음의 광경에 소스라친
한스는 잠시만이라도 부질없는 이기심을 떨쳐 버리려고 했을
지 모른다. 아무튼 뜻하지 않게 친구의 창백한 얼굴을 가까이
서 대하고 보니 말할 수 없이 처절한 마음의 고통이 느껴졌다.
그래서 일시에 치솟는 감정을 억누를 길이 없어 자기도 모르
게 친구의 손을 잡으려고 했다. 하지만 하일너는 화를 내며 한

스의 손을 뿌리치고는 기분이 상한 듯이 시선을 다른 데로 돌리는 것이었다. 그리고 이내 몸을 돌리더니 대열의 맨 뒤쪽으로 사라져 버렸다.

모범 소년 한스는 가슴이 저리는 듯한 슬픔과 부끄러움을 느꼈다. 얼어붙은 들판길을 걸어 비틀거리며 계속 앞으로 나아갔다. 추위에 새파래진 뺨을 타고 하염없이 쏟아져 내리는 눈물을 주체할 수가 없었다. 그는 잊을 수도 없고, 또 후회해도 돌이킬 수 없는 죄악과 태만이 있다는 사실을 깨달았다. 재단사의 아들이 아닌, 바로 자신의 친구 하일너가 맨 앞에서 높이 들린 들것 위에 실려 가는 것처럼 여겨졌다. 마치 한스의 배신에 대한 고통과 분노를 한 몸에 지고 또 다른 세계로 떠나가듯이. 성적이나 시험이나 성공에 의해서가 아니라, 양심의 순결이나 오욕(汚辱)에 의하여 인간이 평가되는 그러한 세계로.

마침내 일행은 국도에 다다랐다. 그리고 황급히 수도원 안으로 들어섰다. 거기서 교장 선생을 앞세우고 모든 교사들이 죽은 힌딩어를 맞이했다. 만일 그가 살아 있었다면, 이러한 명예는 생각도 못 할 일이었다. 선생들은 언제나 죽은 학생을 살아 있는 학생과는 전혀 다른 눈으로 바라본다. 잠시나마 돌이킬 수 없는 모든 삶과 젊음에 내재하는 소중한 가치를 가슴 깊이 되새겨 보는 것이다. 평소에는 아무렇지도 않게 소년의 가슴에 상처를 입히면서도.

그날 저녁, 그리고 그다음 날에도 하루 온종일 눈에 보이지 않는 시체가 곁에 있다는 사실이 마술과 같은 효력을 나타내었다. 학생들의 모든 행위와 언어를 부드럽게 하기도 하고, 어루만져 주기도 하고, 또 살며시 에워싸기도 했다. 이 짧은 기간에는 싸움이나 노여움, 야단법석이나 웃음도 모두 자취를 감추어 버렸다. 마치 잠시 수면 위로 사라진 물의 요정처럼, 생명체도 숨을 죽이고 있는 듯한 잔잔한 물속으로.

죽은 학우에 대하여 이야기를 나눌 때, 학생들은 언제나 그의 본명을 불렀다. 왜냐하면 힌두라는 별명이 아무래도 죽은 사람의 품위를 손상시키는 것처럼 생각되었기 때문이다. 살아 있을 때에는 무리에 끼여 눈에 띄지도 않고, 아무도 반기지 않던 힌두가 이제는 자신의 이름과 죽음으로 커다란 수도원 전체를 가득 메우고 있었다.

이튿날, 힌딩어의 아버지가 도착했다. 그는 자기 아들이 누워 있는 방에서 혼자 두세 시간을 보내고 난 뒤, 교장 선생으로부터 차를 대접받고는 별장 '사슴'에서 하룻밤을 묵었다.

장례식을 치르는 날이 되었다. 관은 침실에 안치되어 있었고, 알고이에서 온 힌딩어의 아버지는 그 옆에 서서 모든 진행 과정을 물끄러미 쳐다보고 있었다. 몸집으로 보아 그는 정말이지 영락없는 재단사였다. 몹시 마르고, 날카로워 보이는 힌딩어의 아버지는 초록빛이 도는 검은 프록코트를 걸치고, 통이 좁은 남루한 바지를 입고, 손에는 다 낡아 빠진 예식용 모자를 들고 있었다. 우수에 젖은 그의 작고 수척한 얼굴은 마치 바람에 흔들리는 1크로이처[12]짜리 촛불처럼 초라하고 나

---

12) 옛날 독일과 이탈리아의 화폐 단위. 13세기에 티롤(Tirol)에서 주조된 것으로 이중의 십자가 무늬가 있다.

약해 보였다. 그는 내내 교장 선생과 다른 교사들에 대한 당혹감과 존경심을 감추지 못하고 있었다.

관이 들어 올려지기 바로 전, 슬픔에 잠긴 자그마한 덩치의 재단사는 다시 한번 앞으로 걸어 나와 머뭇거리며 애정 어린 몸짓으로 관의 뚜껑을 어루만졌다. 그러고 나서는 어찌할 바를 모르고 그냥 제자리에 선 채 눈물을 보이지 않기 위하여 애를 쓰고 있었다. 적막이 감도는 커다란 공간의 한가운데 겨울날의 고목처럼 서 있었다. 그는 모두에게 버림받은, 아무 희망도 없는 듯한, 그리고 체념한 듯한 모습을 하고 있었다. 그래서 보는 이들의 마음을 너무나도 아프게 했다. 목사는 그의 손을 잡고 곁에 서 있었다. 잠시 뒤에 재단사는 괴상망측하게 휘어진 모자를 머리에 쓰고, 맨 앞에 서서 관을 따라나섰다. 계단을 내려와 수도원 뜰과 낡은 문을 지나 눈 덮인 하이얀 들판 너머로 묘지의 낮은 담을 향하여 걸어갔다.

무덤가에 모인 대다수의 학생들은 음악 선생의 지휘에 맞추어 합창곡을 부르면서도 지휘자의 손을 주시하지 않았다. 그 대신에 양복점 주인의 외롭고 초라해 보이는 모습을 쳐다보고 있었다. 그래서 음악 선생은 울컥 화가 치밀어 올랐다. 슬픔에 잠긴 재단사는 추위에 떨며 눈 속에 서 있었다. 그는 고개를 숙인 채 목사와 교장 선생, 최우등생의 조사(弔辭)에 귀를 기울였다. 그리고 합창하는 학생들을 향하여 아무 생각 없이 그저 고개를 끄덕이고 있었다. 이따금 왼손으로 저고리 자락에 숨겨 놓은 손수건을 만지작거리기는 했지만, 정작 그 것을 끄집어내지는 않았다.

나중에 오토 하르트너가 말을 꺼냈다. "'저분 대신에 우리 아빠가 그 자리에 서 계셨더라면 어땠을까' 하고 생각하게 되더라고." 그러자 모두들 입을 모아 동감을 나타냈다. "그래, 나도 그런 생각을 했었어."

장례식을 치른 뒤, 교장 선생은 힌딩어의 아버지와 함께 헬라스 방으로 들어왔다. "너희 가운데 죽은 힌딩어와 특히 친했던 사람이 누구지?" 교장 선생은 방에 있는 학생들을 둘러보며 물었다.

처음에는 아무도 대꾸하지 않았다. 힌두의 아버지는 처량한 얼굴로 불안한 듯이 어린 학생들의 얼굴을 둘러보았다. 이때, 루치우스가 앞으로 나섰다. 힌딩어의 아버지는 그의 손을 잡더니 잠시 꼭 붙들고 있었다. 하지만 무슨 말을 해야 좋을지 몰라 계면쩍게 고개만 끄덕이더니 이내 밖으로 나가버렸다. 그러고 나서 기차에 몸을 싣고 먼 길을 떠났다. 눈으로 뒤덮인 겨울 산천을 하루 종일 달려 고향에 이르게 되면, 지금 카를 힌딩어가 어디에 묻혀 있는지 부인에게 이야기해 줄 수 있을 것이다.

얼마 가지 않아 수도원에는 마법의 주문이 풀리기 시작했다. 또다시 선생들의 야단치는 소리가 들리고, 학생들이 쾅 하고 문을 닫는 소리도 커져 갔다. 이미 사라진 헬라스 방의 옛 친구 힌두도 차츰 기억 속에서 멀어져 갔다. 몇몇 아이들은 슬픔에 젖은 그 연못가에서 너무 오래 있었기 때문에 감기에 걸리고 말았다. 그 가운데 더러는 가만히 병실에 누워 있거나,

아니면 털로 짠 슬리퍼를 신고 목에는 붕대를 감은 채 이리저리 돌아다녔다.

한스 기벤라트는 목이나 발에 아픈 데가 전혀 없었다. 하지만 불행한 그날 이후로 더욱 진지하고 성숙해 보였다. 아마도 그의 내면에서 커다란 변화가 일어난 것 같았다. 이제 그는 소년에서 청년으로 변해 있었다. 이렇게 다른 세계로 옮겨진 그의 영혼은 낯선 환경에 제대로 적응하지 못하고, 불안에 휩싸인 채 이리저리 방황하며 아직 편히 쉴 곳을 발견하지 못한 것이다. 그것은 죽음에 대한 두려움이나 선량한 힌두를 잃은 슬픔이 아니었다. 단지 갑작스럽게 되살아난 하일너에 대한 죄책감 때문이었다.

하일너는 다른 두 명의 학우들과 함께 병실에 누워 뜨거운 차를 마셨다. 거기서 그는 힌딩어의 죽음으로 인하여 얻은 인상을 차근히 적고, 뒷날의 시작(詩作)을 위하여 인상을 가다듬을 시간을 가졌다. 하지만 이것도 그에게는 별로 중요해 보이지 않았다. 오히려 그는 처량하고 고통스러운 표정을 짓고 함께 병실에 있는 학우들과는 거의 말 한 마디 나누지 않았다. 금고형에 처해진 뒤로 그에게 강요된 고독은 늘상 누군가에게 말하지 않으면 배겨 내지 못하던 그의 예민한 감수성에 쓰라린 상처를 입히고 말았다.

선생들은 하일너를 불만에 가득 찬 혁명적인 인물로 낙인찍었다. 그리고 엄중한 감시의 눈초리를 늦추지 않았다. 학우들은 슬그머니 그를 피했고, 상임 조교는 그에게 조롱 섞인 알량한 친절을 베풀었다. 하일너의 정신적인 친구인 셰익스피어와 실러, 레나우는 자신을 억누르고 있는 굴욕적인 세계와는 또 다른 보다 강력하고 위대한 세계를 그에게 보여 주었다. 처음에 하일너의 시 「수도사의 노래」는 그저 은둔자 같은 우울한 음조를 띠고 있었다. 하지만 차츰 수도원과 교사들, 그리고 동료 학우들에 대한 증오심에 가득한 쓰디쓴 시구로 변해 버렸다. 그는 고독 속에서 쓰디쓴 순교자의 향락을 마음껏 누렸다. 그리고 아무에게도 이해받지 못하는 자신의 현실을 오히려 만족스럽게 받아들였다. 가혹하리만치 모멸적인 수도사의 시를 쓰며 그는 마치 자신이 어린 유베날리스[13]가 되기라도 한 듯이 여기고 있었다.

장례식이 끝난 뒤 일주일이 지났다. 두 명의 동료 학우들은 완쾌되어 나가고, 하일너 혼자 병실에 누워 있었다. 이때, 한스가 그에게 병문안을 왔다. 한스는 멋쩍게 인사를 하고는 의자를 침대 가까이로 가져갔다. 그리고 거기에 앉은 뒤, 환자의 손을 잡으려고 했다. 하일너가 불쾌한 나머지 등을 돌려 벽 쪽으로 누워 버렸기 때문에, 그에게 쉽게 접근할 수가 없었다. 하지만 한스는 이에 물러서지 않고, 무슨 수를 써서라도 옛 친구가 자기를 보게 만들려고 했다. 그래서 힘을 주어 손을 꽉 쥐었다. 친구는 화를 내며 입술을 삐죽 내밀었다.

"도대체 왜 이러는 거야?"

한스는 그의 손을 놓아주지 않았다.

---

13) 고대 로마의 풍자 시인. 예순 살이 될 때까지 사람들에게 인정받지 못하다가 만년에 가서야 비로소 자신의 명예를 얻었다.

"내 말 좀 들어 봐." 한스가 말했다. "그때 난 겁쟁이였어. 널 그냥 모르는 척했지. 하지만 내가 어떤 사람이란 걸 넌 잘 알고 있잖니. 난 여기 신학교에서 좋은 성적을 유지하고, 가능하다면 최우등생이 되려고 다짐해 왔어. 넌 그걸 공부벌레나 하는 짓이라고 비웃었지. 그래, 나도 네 말이 옳다고 생각해. 하지만 어차피 그건 내가 품고 있던 이상이었어. 난 이것보다 더 나은 게 있으리라고는 생각해 본 적이 없었단 말이야." 하일너는 지그시 눈을 감았다. 한스는 아주 나지막한 목소리로 말을 이어 갔다. "여길 좀 봐. 정말 미안해. 네가 다시 내 친구가 되어 줄지 모르지만, 어쨌든 제발 날 용서해 줘!"

하일너는 그냥 눈을 감은 채 묵묵히 듣고 있었다. 그의 마음속에는 기쁨과 정직한 미소가 친구를 향하여 넘치고 있었다. 하지만 하일너는 외롭고 무뚝뚝해 보이는 자신의 역할에 익숙해져 있었기 때문에, 적어도 지금 이 순간만큼은 자신의 얼굴에서 가면을 벗으려고 하지 않았다.

한스는 물러서지 않았다.

"하일너, 제발! 네 주위를 이렇게 계속 맴도느니 차라리 꼴찌를 하는 편이 나을 거야. 너만 좋다면 우린 다시 친구가 될 수 있어. 다른 아이들 따위는 우리 안중에도 없다는 걸 보여 주자고."

그때서야 하일너는 한스의 손을 꼭 쥐며 눈을 떴다.

며칠 뒤에 하일너도 병실을 나섰다. 수도원에서는 새로이 맺어진 우정에 대하여 적지 않은 흥분이 일어났다. 이제 두 소년에게는 놀라운 나날이 계속되었다. 물론 전혀 색다른 경험은 아니었지만, 그래도 서로의 존재에 대한 야릇한 행복감과 은밀한 무언(無言)의 일체감이 넘치는 그런 나날들이었다. 아무튼 예전과는 달라졌다. 오랫동안 서로 떨어져 있는 사이에 두 소년은 다른 모습으로 변해 있었다. 한스는 한층 부드럽고, 온화하고, 열정적으로 바뀌었다. 하일너는 더욱 강인하고, 남성다운 기질을 띠게 되었다. 그동안 두 소년 모두 서로를 무척 그리워해 왔다. 그래서 이들의 재결합은 하나의 커다란 체험이며 값진 선물과 같았다.

조숙한 두 소년은 그들의 우정 속에서 가슴 벅찬 수줍음을 지닌 채 자신도 모르는 사이에 첫사랑의 달콤한 비밀을 다른 학우들에 앞서 맛본 것이다. 더욱이 이들의 '동맹'은 성숙해 가는 남성다움의 거친 매력을 지니고 있었다. 또한 다른 학우들에 대한 반항심을 양념처럼 간직하고 있었다. 이들은 하일너를 꺼리고, 한스를 이해하지 못했다. 이들의 숱한 우정은 아직도 순박한 소년의 소꿉장난에 지나지 않았다.

하일너와의 우정이 깊어지고, 즐거워져 갈수록 학교는 한스에게 점점 더 낯설게만 여겨졌다. 새로운 행복감이 싱싱한 포도주처럼 용솟음치며 한스의 피와 사상을 꿰뚫고 퍼져 나갔다. 이에 비하면, 리비우스나 호머는 빛바랜 하찮은 미물(微物)에 지나지 않았다. 지금까지 나무랄 데 없던 모범 학생 기벤라트가 수상쩍은 하일너의 몹쓸 영향 때문에 문제 학생으로 전락해 버린 사실에 대하여 선생들 모두 경악을 금치 못했다.

선생들이 가장 두려워하는 것은 청년의 발효(醱酵)가 시작되는 위험하기 짝이 없는 시기에 조숙한 소년의 기질에서 나타나게 되는 기이한 현상이다. 애당초 선생들에게는 하일너의 남다른 천재적 기질이 어쩐지 섬뜩하기만 했다. 예로부터 천재와 선생들 사이에는 깊은 심연이 있게 마련이다. 학교에서 보이는 그런 학생들의 몸가짐은 처음부터 선생들에게는 혐오의 대상이다. 천재들은 선생들에게 전혀 존경심을 보이지 않는 불량한 학생들에 다름 아니다. 열네 살에 담배를 피우기 시작하고, 열다섯 살에 사랑에 빠지고, 열여섯 살에는 술집에 드나들게 된다. 그리고 금지된 책을 읽으며, 몰염치한 작문을 쓰고, 이따금 선생들을 조롱 어린 눈으로 뚫어지게 쳐다보기도 한다. 그래서 선생들의 수첩에 금고형을 받게 될 후보자나 선동가로 기록되는 것이다.

학교 선생은 자기가 맡은 반에 한 명의 천재보다는 차라리 여러 명의 멍청이들이 들어오기를 바라게 마련이다. 어찌 보면 당연한 일인지도 모른다. 왜냐하면 선생에게 주어진 과제는 무절제한 인간이 아닌, 라틴어나 산수에 뛰어나고, 성실하며 정직한 인간을 키워 내는 것이기 때문이다. 하지만 누가 더 상대방 때문에 감당하기 힘든 고통을 겪게 되는가! 선생이 학생 때문인가, 아니면 그 반대로 학생이 선생 때문인가! 그리고 누가 더 상대방을 억누르고, 괴롭히는가! 또한 누가 상대방의 인생과 영혼에 상처를 입히고, 더럽히는가! 이러한 문제를 곰곰이 생각해 볼 때마다 누구나 분노와 수치를 느끼며 자신의 어린 시절을 돌아보게 될 것이다. 하지만 그것은 여기서 우리가 문제 삼을 일이 아니다.

진정한 천재들의 상처가 아물고, 학교 선생들에게 보란 듯이 오히려 훌륭한 작품을 만들어 내는 모습에서 우리는 마음의 위안을 얻는다. 또한 훗날 이들은 죽은 뒤에 저 멀리서 비쳐 오는 유쾌한 후광에 둘러싸인다. 그래서 마침내 학교에서 다른 세대의 젊은이들에게 하나의 걸작품 내지 고귀한 모범으로 소개되는 것이다.

이렇듯이 학교마다 법규와 정신의 싸움판이 자꾸 되풀이되고 있다. 국가나 학교가 해마다 새롭게 자라나는 보다 귀중하고 심오한 젊은이들을 뿌리째 뽑아 버리기 위하여 혈안이 되어 있다는 사실을 우리는 목격하게 된다. 더욱이 선생들에게 미움이나 벌을 받은 학생들, 학교에서 도망치거나 내쫓긴 학생들, 바로 이들이 후세에 우리 민족의 정신적인 재산을 풍요롭게 만든다는 것도 변함없는 사실이다. 하지만 더러는 무언의 반항심과 더불어 자신을 소모하고, 마침내 파멸하기에 이르기도 한다. 과연 이들의 숫자가 얼마나 되는지 누가 알겠는가!

남과는 다른 두 젊은 소년들의 행위를 위험하다고 여긴 학교 선생들은 이들에게 사랑을 베푸는 대신 오랫동안 유지되어 온 학교 규칙에 따라 곱절이나 엄하게 다스렸다. 히브리어에 가장 열심이었던 한스를 자랑거리로 여겨 온 교장 선생만이 그를 구제하기 위하여 허튼 시도를 해 보았다. 그는 한스를 자신의 집무실로 불러들였다. 그림처럼 아름다운 그 방은 예전에는 수도원장이 기거하던 저택의 어느 구석방이었다. 전해 내려오는 이야기에 의하면, 가까운 이웃 마을 크니틀링엔 태생의 파우스트 박사가 여기 와서 가끔 엘펑어 포도주를 마셨다고 한다.

교장 선생은 비범한 인물이었다. 식견이나 실무 능력에 있어서도 어느 누구에게 뒤떨어지지 않았다. 자기 학생들에 대해서는 일종의 인간적인 호의를 가지고 있었기 때문에, 즐겨 반말을 쓰기도 했다. 그의 치명적인 결점은 지나친 허영심이었다. 그래서 그는 강단에서 종종 허풍투성이의 곡예에 빠져들기도 하고, 자신의 권력과 권위가 조금이라도 의심받는 것을 절대 용납하지 않았다. 또한 다른 사람들의 이의를 받아들이거나 자신의 잘못을 솔직하게 털어놓지도 않았다. 하지만 아무 생각도 없고, 성실하지도 못한 학생들은 교장 선생과 더할 나위 없는 유대 관계를 맺을 수 있었다. 반면에 기백이 넘치고 정직한 학생들에게는 적잖은 어려움이 도사리고 있었다. 누군가가 이의를 제기하려고만 하면, 교장 선생은 즉시 펄쩍 뛰며 흥분하는 것이었다. 하여튼 그는 용기를 북돋아 주는 눈빛과 호소력 있는 목소리로 아버지와도 같이 자상한 친구의 역할만큼은 노련하게 감당해 왔다. 지금도 교장 선생은 자신의 역할을 잘 엮어 내고 있다.

"자리에 앉게, 기벤라트." 그는 수줍은 듯이 주춤거리며 들어서는 소년의 손을 힘주어 쥐고는 친근하게 말했다.

"자네와 잠깐 얘기 좀 하고 싶은데, 반말 해도 괜찮겠지?"

"그럼요, 교장 선생님."

"기벤라트! 자네 스스로도 느끼고 있겠지만, 요즘 들어 자네 성적이 조금 떨어졌다네. 적어도 히브리어에선 말이야. 아마 지금까진 자네가 우리 학교에서 히브리어에 가장 뛰어난 학생이었을 거야. 그래서 자네 성적이 갑자기 떨어지는 게 나로선 무척이나 유감이라네. 자네 혹시 히브리어에 아예 흥미를 잃어버린 게 아닌가?"

"그럴 리가 있나요, 교장 선생님."

"잘 생각해 보게! 그럴 수도 있으니까. 아니면 혹시 다른 과목을 집중적으로 공부하고 있나?"

"아네요, 교장 선생님."

"정말인가? 그래, 그렇다면 다른 데서 원인을 찾아야 하겠지. 그걸 찾게끔 날 좀 도와줄 수 있겠나?"

"모르겠어요. 전 항상 숙제를 꼬박꼬박 해 왔거든요."

"물론이지, 물론 그래. 하지만 겉으로 보기엔 같아도 차이는 있게 마련이야. 지금까지 자넨 숙제를 잘해 왔어. 그게 또한 자네 의무이기도 하니까. 하지만 이전엔 성적이 더 좋았고, 노력도 더 많이 했잖아. 어쨌든 지금보단 더 많은 관심을 보여왔지. 왜 갑자기 자네 학구열이 식어 버렸는지 궁금하기만 하네. 자네 혹시 어디 아픈 거 아냐?"

"아니요."

"그럼 두통이 있나? 썩 건강해 보이질 않아."

"예, 가끔 머리가 아프긴 해요."

"하루 일과가 좀 벅찬가?"

"아니요, 전혀 그렇지 않아요."

"자네 혹시 개인적으로 책을 많이 읽는 건 아닌가? 솔직히 말해 보게나!"

"아네요. 책은 거의 읽질 않아요, 교장 선생님."

"그렇다면 난 정말이지 짐작할 수 없네. 어딘가에 문제가 있긴 있을 텐데 말야. 자네 앞으로 열심히 공부하겠다고 나한테 약속해 주겠나?"

한스는 권력자가 내민 오른손에 자신의 손을 얹어 놓았다. 교장 선생은 그를 엄숙하면서도 부드러운 눈길로 쳐다보았다.

"그럼, 그래야지. 아무튼 지치지 않도록 해야 하네. 그러지 않으면 수레바퀴 아래 깔리게 될지도 모르니까."

그는 힘주어 한스의 손을 잡았다. 한스는 안도의 한숨을 내쉬며 문 쪽으로 걸어갔다. 그때, 교장 선생이 한스를 다시 불렀다.

"하나만 더 얘기하지, 기벤라트. 요즘 자네 하일너와 가깝게 지내지, 안 그래?"

"예, 무척 가까운 편이에요."

"다른 친구들보다 훨씬 더 가깝게 지내는 것 같던데. 그렇지 않은가?"

"예, 맞아요. 그애는 제 친구거든요."

"어째서 그렇게 된 거지? 자네들은 원래 성격도 전혀 다르잖아."

"저도 잘 모르겠어요. 그애는 그냥 제 친구일 뿐이에요."

"내가 그 친구를 별로 좋아하지 않는다는 건 자네도 잘 알고 있겠지. 그 아이는 불만투성이에다 정서도 불안정해. 재능이 있기야 하지만, 전혀 노력하는 기미가 보이질 않아. 더군다나 자네한텐 좋지 않은 영향을 끼칠 뿐이라네. 난 자네가 그 아이를 좀 더 멀리하길 바라. 자네 생각은 어떤가?"

"그럴 순 없습니다, 교장 선생님."

"그럴 수 없다고? 아니, 왜?"

"그 아이는 제 친구인걸요. 전 제 친구를 그냥 내버려 둘 수 없어요."

"음, 하지만 자넨 다른 친구들과 좀 더 가깝게 지낼 수도 있잖아? 자네 혼자만 하일너의 나쁜 영향권에 빠져 있단 말이야. 우린 벌써 그 결과를 훤히 눈앞에 보고 있다네. 도대체 그 아이가 뭐길래 자네 마음을 끄는 거지?"

"저도 모르겠어요. 하지만 우린 서로 좋아하고 있습니다. 그 친구를 저버리는 건 비겁한 일 같아요."

"그래, 그래. 자네에게 강요하진 않겠어. 하지만 차츰 그 아이를 멀리하길 바라. 그럼 좋겠어. 그럼 난 더 바랄 게 없겠네."

교장 선생의 마지막 이야기에는 앞서 보여 주었던 부드러움이 전혀 남아 있지 않았다. 아무튼 한스는 교장 선생의 방을 나설 수가 있었다.

이때부터 한스는 새로이 공부에 전념하기 시작했다. 물론 예전처럼 그리 쉽게 진도가 나가지는 않았다. 그저 너무 뒤로 처지지 않으려고 힘겹게 따라갈 뿐이었다. 이 모두가 우정 때문이라는 사실을 한스 자신도 잘 알고 있었다. 하지만 이 일로 손해를 보았다거나 방해를 받았다고 생각하지는 않았다. 오히려 지금까지 소홀하게 대한 모든 것을 보상해 주는 값진 보물처럼 여겼다. 그것은 이전의 무미건조한 의무적인 삶과는 비교할 수조차 없을 만큼 깊은 온정이 깃든 고귀한 삶이었다. 거기서 한스 자신은 사랑에 빠진 젊은 연인처럼 느끼고 있었다.

위대한 영웅 행위가 아닌, 지겹고도 무의미한 공부는 더 이상 감당하기 어려웠다. 그래서 그는 절망 섞인 한숨을 내쉬며 자꾸 자신을 속박하는 것이었다. 하일너에겐 대충 공부를 하고서도 필요한 부분을 재빨리 외워 자신의 지식으로 만드는 능력이 있었다. 하지만 그런 능력이 한스에게는 주어지지 않았다. 친구 하일너는 하루가 멀다 하고 틈이 나는 대로 한스를 유혹했다. 한스는 아침에 한 시간씩 일찍 일어나 공부하느라 진땀을 흘려야 했다. 마치 적과 싸움이라도 하듯이 히브리어 문법을 집중적으로 공부했다. 한스는 이제 호머와 역사에만 관심을 가졌다. 어둠을 헤쳐 나가는 듯한 기분으로 호머의 세계를 이해하기 위하여 다가갔다. 역사 속에서 영웅들은 단순한 이름이나 숫자로 남기를 거부하며 타오르는 눈빛으로 바로 앞에서 쳐다보고 있었다. 이들은 모두 살아 있는 붉은 입술과 얼굴, 그리고 손을 가지고 있었다. 어떤 이는 붉고 두툼하고 거친 손을, 또 어떤 이는 차분하고 차갑고 딱딱한 손을, 다른 이는 가늘고 뜨겁고 핏줄이 선명한 손을.

그리스어로 쓰인 복음서를 읽을 때에도 한스는 거기에 나오는 인물들의 모습이 너무나 가깝고 분명하게 느껴진 나머지 놀라움과 두려움에 떨기까지 했다. 『마가복음』 6장에서 예수가 제자들과 함께 배에서 내리는 장면이 특히 그랬다. "그들은 예수를 곧 알아보고, 그리로 달려가니라." 이 대목에서 한스도 배에서 내리는 인간의 아들 예수를 보았다. 몸이나 얼굴에서가 아니라, 빛이 충만한 크고 빛나는 사랑의 눈에서, 그리고 가볍게 흔드는 가냘프고 아름다운 갈색의 손에서 그를 알아보았다. 그의 손은 섬세하면서도 강렬한 영혼에 의해 만들어진 손, 바로 그 영혼이 살아 숨 쉬는 손이었다. 그쪽으로 오라고 부르는 듯하기도 하고, 반갑게 반기는 듯하기도 했다. 파도가 일렁이는 호수의 가장자리와 무거워진 어선의 뱃머리가 잠시 한스의 눈앞에 떠올랐다. 그러고는 겨울철에 연기처럼 내뿜어지는 입김과도 같이 모두 사라져 버렸다.

이따금 이러한 일들이 반복되어 나타났다. 책 속에서 동경과 갈망에 사무친 인물이나 역사의 한 부분이 불쑥 튀어나왔다. 그러고는 다시 한번 살아나 자신의 시선이 생동하는 눈망울에 맺히기를 간절히 바라는 것이었다. 한스는 놀라워하면서도 있는 그대로의 마음을 쏟았다. 홀연히 나타났다가 순식간에 사라져 버리는 현상들을 바라보며 한스는 자신이 심오한 변화를 겪은 듯한 이상야릇한 착각에 빠져들기도 했다. 마치 자신이 검은 대지를 투명한 유리처럼 꿰뚫어 보거나, 혹은 신이 자기를 쳐다보기라도 하듯이. 이런 귀중한 순간들은 예기치 않게 다가왔다가 하소연할 틈도 없이 얼른 사라져 버렸다. 낯설고 거룩한 그 무엇이 감도는 순례자나 친근한 손님처럼. 이들에게 말을 걸거나 억지로 머물게 할 수도 없는 노릇이었다.

한스는 이러한 체험들을 혼자 간직하기로 마음먹었다. 그래서 하일너에게조차 한 마디 말도 하지 않았다. 하일너는 예전에 앓던 우울증이 점점 더 심해져 불안한 심정으로 신경을 곤두세우고 있었다. 그는 수도원이나 선생들, 그리고 동료 학우들뿐 아니라, 심지어 날씨나 인간적인 삶, 신의 존재에 대해서도 서슴없이 비판을 가했다. 때로는 싸움질을 하기도 하고,

느닷없이 어리석은 장난을 치기도 했다. 아무튼 다른 학우들로부터 고립되고, 또한 이들과 대립하게 된 뒤로는 졸렬한 자부심을 내세우기에 급급했다. 그러다가 마침내 반항적이고 적대적인 대립 관계에 빠져 버렸다. 기벤라트는 하일너의 행동을 막으려고 하지 않았다. 오히려 자신도 거기에 함께 말려들고 말았다. 그래서 이 두 소년은 질투의 눈으로 바라보는 학우들로부터 멀리 외딴 섬처럼 떨어져 있었다.

시간이 지나면서 한스는 즐겁지 않은 주위의 변화에 대하여 점점 관심을 잃어 갔다. 그리고 교장 선생이라도 없어졌으면 하고 은근히 바랄 뿐이었다. 한스는 그 앞에서 막연한 두려움을 느끼고 있었다. 한때는 촉망받는 학생이었던 한스가 이제는 교장 선생의 냉대와 고의적인 경멸을 감수해야만 했다. 특히 교장 선생의 전공 과목인 히브리어에 대하여 차츰 흥미를 잃어 가고 있었다.

몇 달이 지났다. 소수의 학생들을 제외하고는 40여 명에 달하는 학생들의 몸과 마음이 모두 달라져 버렸다. 그런 모습을 바라보는 것만도 즐거운 일이었다. 학생들 대부분은 몸집에 어울리지 않게 키가 부쩍 자라 있었다. 그래서 이들의 팔과 다리가 함께 자라지 못한 옷자락을 비집고 희망에 넘쳐 길게 뻗어 나왔다. 사라져 가는 소년의 모습과 수줍게 가슴을 펴기 시작하는 남성의 모습 사이에서 온갖 명암(明暗)이 이들의 얼굴 위에 교차되고 있었다. 매끄러운 이마에는 성장 시기에 나타나는 선이 굵은 골격이 드러나 있지 않았다. 하지만 적어도 모세의 성서 연구를 통하여 얻어진 의젓한 어른다움이 일시

적이나마 새겨져 있었다. 이제는 통통한 뺨을 가진 소년들을 찾아보기가 어렵게 되었다.

한스 또한 변해 있었다. 키나 덩치는 하일너와 비슷했지만, 나이는 오히려 더 들어 보였다. 예전에는 투명할 정도로 부드럽게 빛나던 이마의 가장자리가 지금은 뚜렷한 윤곽을 드러내고 있었다. 눈이 움푹 들어가고, 얼굴에는 병색이 완연했다. 그리고 손발과 어깨는 뼈만 앙상할 정도로 말라 있었다.

한스는 학교 성적에 대한 불만이 쌓일수록 하일너의 영향을 받아 학우들로부터 차츰 더 멀어져 갔다. 이제 그는 더 이상 모범 학생이나 장래의 최우등생이 아니었기 때문에 다른 학우들을 내려다볼 수도 없었다. 자만심이란 단어가 그에게는 어울리지 않았다. 하지만 누군가 그에게 그런 눈치를 주거나, 아니면 자기 자신이 마음속으로 그렇게 느낄 때면 한스는 견딜 수 없이 괴로웠다. 특히 흠잡을 데 없는 하르트너와 참견하기 좋아하는 오토 벵어와는 여러 차례 다툰 일이 있었다.

어느 날, 벵어가 또다시 비웃으며 약을 올려 댔다. 한스는 이를 참지 못하고 그에게 주먹을 휘둘렀다. 그래서 서로 치고받는 지독한 싸움이 벌어지고 말았다. 원래 겁쟁이인 벵어라 하더라도 나약한 상대 하나쯤은 손쉽게 해치울 수가 있었기 때문에, 한스에게 가차 없이 주먹질을 가한 것이다. 하일너는 그 자리에 없었다. 다른 아이들은 한가로이 싸움판을 바라보며 한스가 '징계당하는' 꼴을 고소하게 여기고 있었다. 한스는 정신을 못 차릴 정도로 실컷 두들겨 맞았다. 코에서는 피가 터져 흘렀고, 갈빗대는 어디 하나 성한 구석이 없었다. 밤새도록 수치와 고통과 분노에 싸여 잠을 이루지 못했다. 친구 하일너에게는 이 사건을 비밀에 붙이기로 작정했다. 이때부터 한스는 독한 마음을 먹고 주위와의 모든 관계를 끊어 버렸다. 같은 방의 동료들과도 거의 말 한 마디 나누지 않았다.

자주 비가 내리고 저녁에는 황혼이 길어진 탓이었을까! 봄을 맞이하여 수도원에서는 새로운 움직임이 일기 시작했다. 피아노를 잘 치는 학생과 플루트를 잘 부는 학생 두 명이 거처하는 아크로폴리스 방에서는 정기적인 음악의 밤을 벌써 두 차례나 열었다. 게르마니아 방에서는 희곡 독서회가 열렸다. 그리고 몇몇의 젊은 경건주의자들은 성경 공부반을 만들어 매일 밤마다 주석을 곁들인 칼브[14]의 성서를 한 장씩 읽어나갔다.

하일너는 게르마니아 방의 독서회에 가입하려고 신청해 보았지만 허사였다. 그는 끓어오르는 분노를 도저히 참을 수가 없었다. 그래서 이번에는 앙갚음을 할 심산으로 성경반에 들어가려고 했다. 하지만 거기서도 누구 하나 그를 반겨 주지 않았다. 그런데도 하일너는 점잖은 기독 학생들의 소모임에 억지로 밀고 들어가 이들의 경건한 대화 속에 끼어들었다. 그리고는 신성 모독의 날카로운 독설로 불화와 논쟁을 야기시켰다. 오래지 않아 이러한 장난에도 싫증이 났다. 하지만 그의 언어 습관에는 진지하면서도 비아냥거리는 말투가 오래도록 배어

---

14) 슈바르츠발트의 북동쪽에 위치한 바덴 뷔르템베르크의 도시로 헤세의 고향이기도 하다.

있었다.

아무튼 그것은 거의 주위의 관심을 끌지 못했다. 학생들은 모두 새로운 개척 정신에 흠뻑 빠져 있었다.

스파르타 방에 기거하는 한 학생이 가장 많이 화제에 오르내렸다. 재능이 뛰어나고, 기지가 넘치는 소년이었다. 그의 주된 목적은 우선 개인적인 명성을 얻는 것이었다. 다음으로는 자신이 거처하는 방에 활기를 불어넣고, 온갖 우스꽝스러운 장난으로 단조로운 학교 분위기에 적지 않은 변화를 가져오려고 했다. '둔스탄'이라는 별명으로 불리던 이 학생은 동료 학우들의 관심을 끌고, 자신의 이름을 날릴 만한 기발한 방법을 고안해 냈다.

어느 날 아침, 침실에서 나온 학생들은 세면장 입구에 붙어 있는 종이 한 장을 발견했다. 거기에는 '스파르타에서 보낸 여섯 가지의 경구(警句)'라는 제목과 더불어 일부러 골라낸 유별난 학우들과 이들의 어리석은 행동과 장난, 우정 등이 이행시(二行詩)로 신랄하게 풍자되어 있었다. 기벤라트와 하일너도 일격을 당하고 말았다. 이 자그마한 집단에 엄청난 흥분이 일어났다. 마치 세면장이 무슨 극장이라도 되거나 하듯 모두들 그리로 몰려들었다. 학생들은 떠들썩하게 서로 뒤엉켜 밀쳐대고 야단이었다. 마치 한 떼의 꿀벌들처럼. 하지만 그들의 여왕벌은 지금 막 날아오르려고 하는 참이었다.

다음 날 아침, 방문마다 온통 경구와 풍자시가 나붙었다. 반박하거나 동조하는 시구들, 그리고 새로이 공격을 가하는 시구들이었다. 하지만 정작 이 소동의 장본인은 또다시 여기에 끼어들 만큼 어리석지 않았다. 곡물 창고에 부싯 장작을 집어넣으려는 그의 목적은 이루어졌다. 이제 그는 느긋하게 손을 비벼 대며 그저 물끄러미 바라볼 뿐이었다. 거의 모든 학생들이 며칠 내내 이 풍자시의 소용돌이에 휘말려들었다. 그들은 이행시를 만들어 내기 위하여 애쓰며 생각에 깊이 잠긴 채 이리저리 돌아다녔다. 주위에서 벌어지고 있는 소동에 전혀 구애받지 않고, 이전과 다름없이 공부에 매달린 학생은 아마 루치우스 하나뿐이었을 것이다. 급기야 어느 선생이 그 사실을 알아차리고는 수도원을 난장판으로 만들어 버린 이 불순한 유희를 금지시키기에 이르렀다.

약삭빠른 둔스탄은 자신이 얻은 월계관 위에서 편히 쉬고 있을 인물이 아니었다. 그사이에도 벌써 그는 또 다른 결전을 치를 준비에 골몰해 왔다. 마침내 신문의 창간호를 발행한 것이다. 이 신문은 아주 작은 크기의 초고 용지에 복사되었다. 신문 발행을 위해 둔스탄은 몇 주일 전부터 애써 자료를 모았다. '가시다람쥐'라는 이름을 붙인 이 신문은 익살맞은 기사를 주로 다루고 있었다. 『여호수아』서의 저자와 마울브론 신학교의 어느 학생이 나누는 우스꽝스러운 가상의 대화는 창간호의 특종감이었다.

그 성공은 가히 압권이었다. 둔스탄은 시간에 쫓기는 편집인과 발행인다운 얼굴 표정과 행동거지를 보였다. 그리고 고대 베네치아 공화국의 그 유명한 아레티나와도 흡사한, 비난과 칭송이 어우러진 미묘한 명성을 여기 이 수도원에서 즐기고 있었다.

적극적으로 편집에 참여한 헤르만 하일너가 둔스탄과 더불어 꽤나 날카로운 풍자를 곁들인 검열을 펼쳤을 때는 모두들 놀라움을 금치 못했다. 하일너에게는 그러한 역할을 감당할 수 있는 재치나 기질이 충분했다. 거의 한 달이 넘게 이 자그마한 신문은 수도원 전체를 흥분의 도가니로 몰아넣었다.

한스는 친구가 하는 대로 그냥 내버려 두었다. 한스 자신에게는 그 일을 하고 싶은 관심이나 할 수 있는 재능이 없었다. 더군다나 부쩍 바빠진 하일너가 요즈음 거의 저녁마다 스파르타에서 시간을 보내고 있다는 사실조차 미처 알아차리지 못하고 있었다. 그것은 한스가 얼마 전부터 다른 일에 관심을 쏟고 있었기 때문이었다. 한스는 넋이라도 나간 사람처럼 맥없이 어깨를 늘어뜨린 채 돌아다녔다. 별로 내키지 않는 공부는 진척되는 기미가 보이지 않았다. 어느 날, 리비우스 시간에 이상한 일이 벌어지고 말았다.

선생은 번역을 시키기 위하여 한스의 이름을 불렀다. 한스는 제자리에 앉아 있었다.

"이게 어찌 된 일이야? 자넨 왜 일어나지 않는 거지?" 선생은 화를 내며 버럭 고함을 질렀다.

한스는 꼼짝도 하지 않았다. 몸을 곧게 펴고 의자에 앉아 고개를 약간 수그린 채 눈을 반쯤 감고 있었다. 선생의 고함 소리에 어렴풋이 꿈에서 깨어나기는 했지만, 그 소리는 아주 먼 곳에서 들려오는 것만 같았다. 옆자리에 앉은 친구가 한스의 옆구리를 쿡쿡 찌르고 있다는 사실을 느끼기는 했다. 하지만 자기와는 아무런 관계가 없는 것 같았다.

그는 다른 사람들에게 둘러싸여 있었다. 다른 손들이 그를 더듬고, 다른 목소리들이 그에게 말을 건네었다. 나지막하게 아주 가까이서 들려오는 낮은 목소리였다. 그것은 입에서 내뱉는 단어가 아니라, 샘에서 솟아나 깊고 부드럽게 흘러나오는 물소리 같았다. 그리고 수많은 시선들이 그를 바라보고 있었다. 이들의 커다란 눈망울이 낯설기는 했지만, 예감으로 가득 빛나고 있었다. 그것은 아마 한스가 지금 막 리비우스를 읽으며 찾아낸 로마 군중의 눈인지도 모른다. 아니면 그가 꿈에서 보았거나 언젠가 그림에서 본 적이 있는 낯선 사람들의 눈일 것이다.

"기벤라트!" 선생이 소리를 질렀다. "도대체 자고 있는 거니?"

천천히 눈을 뜬 학생은 의아하다는 듯이 선생을 뚫어지게 쳐다보고는 고개를 흔들었다.

"자네 졸고 있었구만! 그렇지 않다면 지금 우리가 어딜 배우고 있는지 한 번 말해 줄 수 있겠나? 응?"

한스는 손가락으로 책의 한 부분을 가리켰다. 그는 어디를 배우고 있는지 잘 알고 있었다.

"지금이라도 일어서는 게 어떻겠나?" 선생은 빈정대며 물었다. 그제서야 한스는 자리에서 일어섰다.

"도대체 뭘 하고 있는 거야? 날 쳐다보게!"

한스는 고개를 들어 선생을 쳐다보았다. 하지만 선생은 한스의 시선이 마음에 들지 않았는지 의아한 표정을 지으며 고개를 설레설레 흔들었다.

"어디 아픈가, 기벤라트?"

"아녜요, 선생님."

"다시 앉거라. 그리고 수업이 끝나는 대로 내 방으로 오도록 해."

한스는 자리에 앉아 자신의 리비우스 위로 몸을 내던졌다. 이제 그는 잠에서 깨어나 제정신으로 돌아왔다. 그리고 모든 것을 이해할 수 있을지도 모른다고 생각했다. 하지만 이와 동시에 한스의 내면에 자리 잡고 있는 또 다른 눈은 수많은 낯선 인물들의 발자취를 쫓고 있었다. 이들은 아득히 먼 미지의 세계로 서서히 사라져 갔지만, 머나먼 안개 속으로 가라앉아 버릴 때까지도 번뜩이는 시선을 끊임없이 한스에게로 향했다. 동시에 선생의 목소리와 번역하는 동료 학우의 목소리, 그리고 강의실 여기저기서 웅성대는 나지막한 목소리들도 점점 가까이 들려왔다. 그러더니 마침내는 다시 여느 때처럼 생생하고 현실감 있게 들리는 것이었다. 의자나 강단, 칠판 역시 예전처럼 그 자리에 서 있었다. 벽에는 나무로 만든 커다란 콤파스와 삼각자가 걸려 있었다. 주위에는 동료 학생들이 한스를 둘러싸고 앉아 있었다. 이들 가운데 적지 않은 아이들이 호기심 어린 뻔뻔스러운 눈초리로 한스를 힐끗힐끗 훔쳐보고 있었다. 그제서야 한스는 깜짝 놀라 정신을 차렸다.

"수업이 끝나는 대로 내 방으로 오도록 해!"라고 선생이 그에게 이야기하지 않았던가. 하느님, 맙소사. 도대체 무슨 일이 벌어진 걸까?

수업이 끝난 뒤에 선생은 눈짓으로 한스를 불렀다. 그리고는 뚫어지게 쳐다보는 학우들 사이로 한스를 데리고 나갔다.

"자, 말해 보렴. 도대체 어떻게 된 일이니? 자고 있었던 게 아니란 말이지?"

"예."

"그럼 내가 자네 이름을 불렀을 때 왜 일어나지 않았지?"

"저도 모르겠어요."

"혹시 내 말을 제대로 듣지 못한 건 아닌가? 자네 귀가 어둡지 않나?"

"아네요. 저도 선생님이 부르시는 소릴 들었어요."

"그런데도 일어나지 않았단 말이지? 게다가 나중에는 눈빛도 이상해지더군. 자넨 도대체 무슨 생각을 하고 있었나?"

"전 아무 생각도 안 했어요. 정말 일어나려고 했었단 말예요."

"그런데 왜 일어나지 않은 거야? 역시 몸이 좋지 않은 거로구나."

"그렇진 않아요. 제가 왜 그랬는지 잘 모르겠어요."

"머리가 아픈 건 아니니?"

"아네요."

"그래, 좋다. 이제 가 보도록 해라."

식사를 하기 전에 한스는 다시 침실로 불려 갔다. 거기에서 교장 선생이 마을 의사와 함께 그를 기다리고 있었다. 의사는 한스를 진찰하고 나서 꼬치꼬치 캐물었지만, 확실한 병세를 발견하지는 못했다. 그래서 그는 호의적인 미소를 보이며 한스의 증세가 대수롭지 않다는 결론을 내렸다.

"이건 흔히 나타나는 경미한 신경 쇠약입니다, 교장 선생님." 의사는 소리를 죽여 여유 있게 웃어 보였다. "일시적인 쇠약 증세이지요. 가벼운 현기증이라고나 할까요. 어쨌든 이 젊은이는 매일 바깥 바람을 쐬야 합니다. 두통을 없애 주는 물약을 조금 처방해 주겠습니다."

이때부터 한스는 매일 식사를 마친 뒤 한 시간씩 산책을 나가지 않으면 안 되었다. 한스가 그것을 반대할 이유는 없었다. 단지 한스의 산책길에 하일너가 동행하지 못하게 한 교장 선생의 단호한 금지령이 마음에 걸릴 뿐이었다. 하일너는 화가 치밀어 욕설을 퍼부어 댔지만 어쩔 도리가 없었다. 한스는 언제나 혼자 산책에 나섰다. 거기서 그는 나름대로의 즐거움을 찾을 수 있었다.

봄이 성큼 다가오는 계절이었다. 둥글게 굽어진 아름다운 언덕 위로 이제 막 싹트기 시작한 푸른 초목들이 마치 맑고 얇은 물결처럼 일렁이고 있었다. 나무들은 윤곽이 뚜렷한 갈색의 그물과도 같은 겨울의 형상을 벗어 던졌다. 그러고는 어린 잎사귀들과의 유희를 즐기며 함께 어우러졌다. 그래서 살아 숨 쉬는 신록의 파도가 끝없이 넘쳐 흐르는 시골의 색깔을 띠는 것이었다.

예전에 라틴어 학교를 다니던 시절, 한스는 지금과는 다른 눈으로 봄을 바라보았다. 그때에는 생기발랄한 호기심으로 자연의 세계를 낱낱이 들여다보았다. 철새들이 돌아오는 차례와 나무들이 꽃을 피우는 차례를 종류에 따라 관찰했다. 그리고 5월이 다가오기가 무섭게 낚시하러 강으로 내달렸다. 하지만 이제는 새들의 종류를 구별한다거나 움트는 싹을 통하여 관목의 종류를 식별하려고 애쓰지 않았다. 단지 자연의 커다란 움직임과 여기저기서 싹트는 색깔을 지켜볼 뿐이었다. 한스는 어린 잎사귀들의 향내음을 맡으며 부드럽게 피어오르는 산들바람을 느꼈다. 그리고 자연에 대한 놀라움에 사로잡힌 채 들판을 거닐었다.

한스는 곧 피곤해졌다. 그래서 당장이라도 드러누워 잠들고 싶은 욕구에 자꾸 빠져들었다. 그는 거의 내내 자신을 둘러싸고 있는 현실과는 다른 숱한 형상들을 보고 있었다. 한스 자신은 그것들의 정체를 알지 못했을 뿐 아니라, 생각하려고 하지도 않았다. 그것은 밝고, 부드럽고, 색다른 꿈들이었다. 마치 초상(肖像)처럼, 낯선 나무들이 줄지어 있는 가로수처럼 그를 둘러싸고 있었다. 그렇다고 거기서 무슨 일이 일어나지는 않았다. 단지 바라보기 위하여 존재하는 순수한 그림들이었다. 하지만 이 그림들을 바라보는 것이 곧 한스에게는 하나의 체험이었다.

다른 공간과 다른 인간들에게 내맡겨진 느낌이었다. 낯선 대지, 밟기 편안한 부드러운 땅 위를 걷는 듯한 느낌이었다. 또한 가볍고 잔잔한, 꿈으로 가득 찬 향료가 스며든 낯선 공기를 호흡하는 느낌이기도 했다. 이러한 그림들 대신에 때로는 어두우면서도 따뜻한 감정이 북받쳐 올랐다. 마치 가벼운 손길이 그의 몸을 부드럽게 어루만지듯이.

책을 읽거나 공부를 할 때, 한스는 정신을 집중하기 위하여 무진 애를 썼다. 그가 전혀 흥미를 느끼지 않는 책들은 그림자처럼 그의 손에서 미끄러져 내렸다. 수업 시간에 히브리어의 단어를 잊어버리지 않기 위해서는 수업이 시작되기 삼십 분

전에 예습을 시작해야 했다. 구체적인 관조(觀照)의 순간들이 자주 나타나기도 했다. 책을 읽고 있노라면, 그 안에 서술된 사물들이 갑자기 눈앞에 나타나 움직이는 것이었다. 그들은 바로 옆에 있는 사물보다도 훨씬 더 생동감이 넘치고, 현실에 가까웠다. 한스는 자신의 기억력이 전혀 말을 듣지 않을 뿐 아니라, 하루가 다르게 점점 더 느슨해지고, 희미해지고 있다는 사실을 알고 난 뒤에는 절망감에 빠지고 말았다. 하지만 이따금 낡은 기억들이 무서우리만치 생생하게 그를 엄습하기도 했다. 그럴 때마다 한스는 놀라움과 두려움에 떨었다.

수업을 받거나 책을 읽다가도 가끔 아버지나 늙은 안나, 혹은 예전의 학교 선생이나 학교 친구 가운데 누군가가 떠오르곤 했다. 그 영상들은 바로 한스의 눈앞에서 형체를 드러내고 잠시 동안 한스의 주의력을 송두리째 빼앗아 버리기 일쑤였다. 슈투트가르트에 머무를 때의 일이나 주 정부의 시험을 치를 때의 일, 그리고 방학 때의 일들도 다시금 되살아났다. 낚싯대를 드리우고 강가에 앉아 햇빛을 머금은 강물의 내음을 맡던 때도 있었다. 동시에 한스가 꿈에 그리던 그 세월들이 마치 옛날이야기처럼 아득하기만 했다.

후텁지근하고 을씨년스러운 어느 날 저녁, 한스는 하일너와 함께 침실에서 어슬렁거리고 있었다. 그는 하일너에게 고향과 아버지에 대한 이야기, 낚시질에 대한 이야기, 학교에 대한 이야기를 늘어놓았다. 한스의 친구는 눈에 띄게 말이 없었다. 그저 한스가 이야기하는 대로 듣고만 있었다. 그러다가 가끔 고개를 끄덕이는 게 고작이었다. 그러고는 생각에 잠긴 채

하루 종일 장난감처럼 가지고 노는 자그마한 잣대로 몇 번이
고 허공을 쳐 대는 것이었다. 시간이 지나면서 한스도 할 말
이 없어지고 말았다. 어느새 밤이 깊었다. 두 소년은 창턱에
걸터앉았다.

"얘, 한스!" 마침내 하일너가 입을 열었다. 그의 목소리는 흥
분에 겨워 떨리고 있었다.

"응?"

"아냐, 아무것도."

"뭔데, 말해 봐!"

"그냥 생각해 봤어. 네가 이야길 많이 하니까."

"도대체 무슨 말을 하려고?"

"좋아, 한스. 너 혹시 여자 뒤를 쫓아다닌 적 있니?"

잠시 침묵이 흘렀다. 여지껏 두 소년은 이런 이야기를 나누
어 본 적이 한 번도 없었다. 한스는 두려운 생각이 들었다. 하
지만 이 수수께끼와도 같은 신비의 세계가 마치 동화에 나오
는 정원처럼 그를 끌어당겼다. 한스는 자신의 얼굴이 붉어지
는 것을 느꼈다. 그의 손가락은 떨리고 있었다.

"딱 한 번." 한스는 속삭이듯이 말했다. "그땐 아직 멍청한
어린애였지."

다시 침묵이 흘렀다.

"……그런데 넌, 하일너?"

하일너는 한숨을 내쉬었다.

"에이, 그만두자! 이런 이야긴 꺼내지 말았어야 하는 건데.
정말이지 쓸데없는 것이라고."

"아냐. 그렇지 않아."

"······난 좋아하는 여자가 있어."

"네가? 정말이야?"

"고향의 이웃집 아가씨야. 올겨울에 난 그녀한테 키스를 해 줬어."

"키스라고?"

"응, 그래. 그땐 벌써 어두웠었거든. 저녁 무렵 얼음판 위에 서였어. 그녀가 스케이트 벗는 걸 내가 도와주었지. 그때 입을 맞춘 거야."

"그 여잔 아무 말도 하지 않았니?"

"응, 아무 말도 없이 그냥 도망쳐 버렸어."

"그다음엔?"

"그다음엔! 그게 전부야."

하일너는 다시 한숨을 내쉬었다. 한스에게는 그가 마치 금 단(禁斷)의 정원에서 나타난 영웅처럼 보였다.

때마침 종이 울렸다. 잠자리에 들어야 할 시간이었다. 등불 이 꺼지고, 주위가 온통 적막에 싸였다. 한스는 침대에 누워서 도 한 시간이나 잠을 이루지 못한 채 하일너가 여자 친구에게 한 입맞춤을 상상해 보았다.

다음 날, 한스는 조금 더 물어보고 싶었지만, 어쩐지 창피 하다는 생각이 들어 그만두었다. 하일너는 한스가 물어오지 않았기 때문에, 자기 쪽에서도 이야기를 꺼내지 않았다.

한스의 학교 생활은 시간이 흐르면서 점점 더 엉망진창이 되어 갔다. 선생들은 불쾌한 표정을 지으며 이상한 눈초리로 한스를 흘겨보았다. 몹시 기분이 상한 교장 선생의 얼굴에도 어두운 그림자가 드리워져 있었다. 한스의 동료들은 그가 너무나도 성적이 떨어진 나머지 결국 최우등생이 되려는 목표를 포기했다는 사실을 벌써부터 감지하고 있었다. 단지 하일너만이 아무것도 눈치채지 못했다. 애당초 하일너에게는 학교라는 존재가 그다지 중요하지 않았다. 한스 자신도 무슨 일이 일어나든지, 또 어떻게 변해 가든지 별로 신경을 쓰지 않았다. 그저 되어 가는 대로 내버려 둘 뿐이었다.

그러는 사이, 하일너는 신문을 편집하는 일에도 싫증이 났다. 그래서 다시 친구에게로 완전히 돌아와 버렸다. 교장 선생의 금지령을 무시한 채 여러 차례에 걸쳐 한스를 따라 산책길에 나섰다. 한스와 함께 양지바른 언덕에 드러누워 몽상에 젖기도 하고, 소리 내어 시를 읽기도 하고, 교장 선생을 희롱하는 이야기를 늘어놓기도 했다. 한스는 날마다 하일너가 연애담을 털어놓았으면 하고 은근히 바라고 있었지만, 하일너는 끝내 입을 열지 않았다. 시간이 지날수록 한스 쪽에서 먼저 말을 꺼내기가 점점 더 어려워졌다.

동료 학우들 사이에서 두 소년은 여전히 따돌림을 받고 있었다. 하일너가 신문 《가시다람쥐》에서 이들에게 심술궂은 농담을 퍼부었기 때문에, 어느 누구도 그를 믿으려고 하지 않았다.

신문은 그사이에 폐간되어 버렸다. 그래도 무척 오래 버틴 셈이었다. 애당초 이 신문은 겨울과 봄 사이의 지루한 몇 주일을 염두에 두었을 뿐이었다. 이제 바야흐로 아름다운 계절이 시작되었다. 식물을 채집하거나, 산책을 하거나, 아니면 야외에서 놀이를 하면서 얼마든지 즐거운 시간을 가질 수 있었다. 점심 때에는 체조하는 아이들, 씨름하는 아이들, 달리기하는 아이들, 그리고 공놀이를 하는 아이들의 활기찬 고함 소리가 수도원의 안뜰을 가득 메웠다.

그때 다시금 엄청난 소동이 벌어지고 말았다. 그 장본인은 역시 발길에 채이는 돌 같은 존재인 헤르만 하일너였다.

교장 선생은 마치 자기가 내린 금지령을 비웃기라도 하듯이 하일너가 거의 매일 기벤라트와 함께 산책하고 있다는 사실을 알게 되었다. 이번에는 한스를 그냥 내버려 두고, 자신과 오랜 적대 관계에 있는 주범 하일너를 집무실로 불러들였다. 교장 선생은 하일너에게 반말을 하려고 했다. 하지만 하일너는 반말을 쓰지 말라고 단호히 요구했다. 교장 선생은 그의 항명에 대하여 엄하게 꾸짖었다. 하일너는 한스가 자신의 친구라는 사실을 새삼 밝혔다. 그리고 어느 누구에게도 자기들의 교제를 금지할 권리는 없다고 대들었다. 심한 논쟁이 벌어졌고, 그 결과 하일너는 여러 시간 동안이나 감금되었다. 이에 덧붙여 당분간은 기벤라트와 함께 외출해서는 안 된다는 엄중한 금지령이 떨어졌다.

다음 날, 한스는 '공식적인' 혼자만의 산책길에 나섰다. 2시에 학교로 돌아와 다른 학우들과 함께 강의실에 들어갔다. 수업이 시작될 즈음에 하일너가 없어진 사실이 밝혀졌다. 예전에 힌두가 없어졌을 때와 너무나도 똑같았다. 단지 이번에는 아무도 지각이라고 생각하지 않았다. 3시에 모든 학생들이 세 명의 선생들과 함께 실종된 학우를 찾아 나섰다. 여러 조로 나뉘어 숲속을 뛰어다니며 하일너의 이름을 소리 내어 불렀다. 적지 않은 학생들과 두 명의 선생까지도 어쩌면 하일너가 자살했을지도 모른다는 불길한 예감에 사로잡혔다.

5시에는 이 지방의 모든 파출소에 전보가 들어갔다. 저녁에는 하일너의 아버지에게 속달 편지가 배달되었다. 밤이 깊도록 아무런 단서도 발견되지 않았다. 밤새 모든 침실에서 속삭이는 소리와 소곤거리는 소리가 들려왔다. 학생들 사이에서는 하일너가 물에 뛰어들었을지도 모른다는 추측이 난무했다. 또 다른 학생들은 하일너가 그냥 집으로 돌아갔을 뿐이라고 말하기도 했다. 하지만 실종자 하일너는 돈을 한 푼도 지니고 있지 않았다.

모두들 틀림없이 한스가 이 일에 대하여 알고 있으리라고 믿었다. 하지만 그렇지 않았다. 오히려 이 일로 인하여 가장 많이 놀라고 걱정한 사람은 다름 아닌 한스였다. 한스는 밤에 침실에서 다른 동료들이 서로 묻는 소리를 엿듣고 있었다. 또한 아이들이 나름대로 추측하고, 허튼소리를 지껄이기도 하고, 빈정거리기도 하는 소리를 모두 귀담아들었다. 그러고는 침대로 기어가 이불을 푹 뒤집어쓴 채 친구를 걱정하고, 또 괴로워하며 길고도 힘든 시간을 보내야만 했다. 하일너가 두 번다시 돌아오지 않을지도 모른다는 불길한 예감이 그의 가슴을 더욱 불안에 떨게 만들었다. 마침내 한스는 슬픔과 두려움에 사로잡혀 기진맥진한 나머지 잠이 들었다.

이 시각, 하일너는 몇 마일 떨어진 숲속에 누워 있었다. 너무 추워 잠을 이룰 수는 없었지만, 가슴 깊은 곳에서 우러나오는 자유를 만끽하며 차가운 공기를 마음껏 들이마셨다. 그러고는 마치 비좁은 새장에서 빠져나온 한 마리 새처럼 팔다리를 쭉 뻗어 보았다. 하일너는 점심 때부터 지금까지 내내 걸었다. 크니틀링엔에서 얻은 빵을 이따금 한 입씩 뜯어먹으며 봄날의 맑은 나뭇가지들 사이로 밤의 어둠과 별들과 분주하게 떠도는 구름을 쳐다보았다. 그에게는 어디로 가느냐가 중요하지 않았다. 하일너는 적어도 지긋지긋한 수도원에서 도망쳐 나온 것이며 자신의 의지가 그 어떤 지시나 금지령보다 강하다는 사실을 교장 선생에게 보여 준 것이다.

다음 날도 사람들이 하루 종일 그를 찾아다녔지만 헛일이었다. 하일너는 마을 가까이 들녘에 쌓아 둔 짚더미 속에서 두 번째 밤을 보냈다. 아침에는 다시 숲속으로 들어갔다. 저녁 무렵에 마을로 들어가려다가 순찰 중이던 경찰의 손에 붙들리고 말았다. 경찰은 다정스런 농담을 해 가며 그를 읍사무소로 데리고 갔다. 거기서 하일너는 익살과 애교로 읍장의 환심을 샀다. 읍장은 하일너가 하룻밤을 묵을 수 있도록 자기 집으로 데리고 갔다. 잠자리에 들기 전에 하일너는 푸짐하게 햄과 달걀을 얻어먹었다. 그 이튿날, 이미 수도원에 와 있던 아버지가 그를 데리러 왔다.

탈주자 하일너가 붙잡혀 왔을 때, 수도원에는 엄청난 흥분이 일었다. 그는 고개를 꼿꼿하게 쳐들고 다녔다. 짧았던 천재다운 여행을 뉘우치는 기색은 조금도 보이지 않았다. 그는 잘못을 시인하고 용서를 빌라는 요구를 거절했다. 교수 회의의 비밀 재판에서는 전혀 주저하는 기색도 없이 매우 불손하게 행동했다. 선생들은 하일너를 붙들고자 했으나 그는 이미 도를 넘어 버렸다. 그는 명예스럽지 못한 퇴교 처분을 받고, 저녁에 아버지와 함께 두 번 다시 돌아오지 않을 머나먼 길을 떠났다. 친구 기벤라트와는 단지 악수를 나누며 이별을 아쉬워했을 뿐이었다.

거역과 타락으로 물든 이 '극악한' 사건에 대하여 교장 선생은 격한 감정을 쏟아 가며 멋들어진 연설을 했다. 슈투트가르트의 상급 관청으로 보낸 보고서는 훨씬 억제되고, 엄정하며, 한층 부드러운 문체로 쓰여 있었다. 학생들에게는 학교에서 쫓겨난 괴짜 하일너와의 서신 왕래가 금지되었다. 한스는 그저 미소를 지어 보였다. 학생들 사이에서는 하일너와 그의 도주를 놓고 몇 주일씩이나 이야기가 끊이지 않았다. 더욱더 멀리 떨어지고, 시간이 점점 더 많이 흘러가면서 학생들의 판단은 달라지기 시작했다. 그 당시에는 겁에 질려 피해 다니던 도망자 하일너를 이제는 마치 자유를 찾아 날아간 독수리처럼 부러워하는 학생들도 적지 않았다.

헬라스 방에는 빈 책상이 두 개나 놓여 있었다. 나중에 없어진 학생은 먼저 없어진 학생처럼 그렇게 빨리 잊히지 않았다. 단지 교장 선생만이 두 번째 사건도 잘 처리되어 잠잠해지기를 바랄 뿐이었다. 하지만 하일너는 수도원의 평화를 깨뜨릴 만한 어떤 짓도 하지 않았다. 그의 친구 한스가 목이 빠지도록 기다려 보았지만, 하일너에게서는 아무 소식도 오지 않았다. 하일너는 떠났고, 또 사라져 버렸다. 이 인물과 탈주 사건은 차츰 지난날의 이야기가 되어 갔고, 급기야는 하나의 전설로 남게 되었다. 이 열정적인 소년은 천재다운 시도와 방황을 거듭한 끝에 삶의 고뇌를 거쳐 엄격하고 정숙한 규율을 몸에 익혔으리라. 그래서 비록 위대한 인물은 아니라 하더라도, 남에게 뒤지지 않을 어엿한 인물이 되었으리라.

뒤에 남은 한스에게는 하일너의 도주를 알고 있었으리라는 의혹의 눈초리가 따라다녔다. 이로 인하여 한스에 대한 선생들의 호의도 이제는 완전히 사라져 버렸다. 심지어 수업 시간에 어느 선생은 한스가 질문에 제대로 대답을 하지 못하자, 이렇게 말하는 것이었다. "자넨 왜 그 잘난 친구 하일너와 함께 가지 않았나?"

교장 선생은 한스를 그냥 내버려 두었다. 그리고 마치 바리새인이 세리(稅吏)에게 그러했듯이 경멸에 가득 찬 동정심으로 그를 쳐다보았다. 이제 기벤라트는 더 이상 학생들의 무리에 끼어들지 못했다. 그는 문둥병자나 다름없는 존재가 되어 버린 것이다.

5장

들쥐가 저장해 둔 먹이로 살아가듯이 한스는 예전에 익혀 둔 지식으로 얼마간 버텨 나갔다. 하지만 그것마저 바닥이 난 뒤에는 궁핍한 나날이 시작되었다. 비록 무기력하나마 다시금 새로이 땀을 흘려 곤경에서 잠시 벗어나 보기도 했지만, 전혀 희망이 없는 절박한 상황 앞에서는 한스 자신도 허탈한 웃음을 지을 수밖에 없었다.

이제 그는 부질없이 애쓰는 일을 그만두었다. 모세오경 다음에는 호머를, 크세노폰 다음에는 대수를 포기해 버렸다. 선생들 사이에서 자신의 평판이 자꾸 떨어지는 현실도 별다른 흥분 없이 물끄러미 바라볼 뿐이었다. 그의 성적은 '수'에서 '우'로, '우'에서 '미'로, 급기야는 '가'로 내려앉고 말았다. 한스의 두통은 일상사처럼 되어 버렸다. 그러지 않을 때에는 헤르만 하일너를 생각하기도 하고, 눈을 커다랗게 뜬 채 가벼운 몽상에 잠기기도 하고, 몇 시간이고 멍하니 허공을 바라보기도 했다.

점점 늘어 가는 선생들의 질책에 대하여 한스는 비굴하리만치 알량한 미소를 지을 뿐이었다. 복습 지도를 맡고 있는 자상한 젊은 교사 비드리히 단 한 사람만이 궁색한 한스의 미소를 바라보며 마음 아파했다. 그리고 궤도에서 이탈한 소년 한스를 동정과 관용으로 따뜻하게 대해 주었다. 다른 선생들 모두는 한스에게 화가 나 있었다. 수업을 마친 뒤에도 교실에 남아 자습을 하도록 한스에게 벌을 주곤 했다. 때로는 그의 잠들어 버린 공명심을 일깨우기 위하여 넌지시 비꼬기도 했다.

"자네 지금 자고 있지 않다면, 이 문장을 한번 읽어 보는 게 어떻겠나?"

누구보다도 분에 겨워 한 사람은 교장 선생이었다. 허영심에 사로잡힌 교장 선생은 자기 시선이 미치는 엄청난 힘에 대하여 커다란 자부심을 느껴 오던 터였다. 그래서 그는 무서우리만치 위협적인 눈을 부릅뜨고 한스를 쳐다보았지만, 한스는 언제나처럼 비굴한 미소를 지을 뿐이었다. 그럴 때마다 교장 선생은 벌컥 화가 치밀어 올라 제정신이 아니었다. 한스의 미소가 교장 선생의 신경을 곤두세우고 만 것이다.

"그런 미련한 얼굴로 멍청하게 웃지 말게. 엉엉 소리 내어 울어도 시원찮을 텐데."

한스에게는 아버지의 편지가 더 큰 상처가 되었다. 교장 선생이 보낸 편지를 읽고 너무 놀란 한스의 아버지는 아들의 마음을 바로잡기 위하여 한스에게 애걸하는 투의 편지를 썼다.

한스에게 보낸 아버지의 편지에는 견실한 인간이 구사할 수 있는 모든 격려와 도덕적인 분노를 담은 상투적인 문구들이 빠짐없이 적혀 있었다. 비록 의도하지는 않았다 하더라도, 거기서 애절한 호소의 눈물이 구구절절 흘러나와 아들의 마음을 무척 아프게 했다.

교장 선생으로부터 아버지, 그리고 교사들과 복습 교사들에 이르기까지, 어린 소년들을 키우는 의무에 충실한 지도자들은 자신들의 바람을 가로막는 장애물이 한스의 내면에 자리 잡고 있다는 사실을 알아차렸다. 그래서 이 오기와 타성에 젖은 성향을 억지로라도 다시 올바른 길로 이끌어야 한다고 생각하고 있었다. 아마 그 동정심 많은 복습 교사를 제외하고는, 어느 누구도 야윈 소년의 얼굴에 비치는 당혹스러운 미소 뒤로 꺼져 가는 한 영혼이 수렁에 빠져 헤어나지 못하고, 불안과 절망에 싸인 채 주위를 두리번거리는 모습을 보지 못했다.

학교와 아버지, 그리고 몇몇 선생들의 야비스러운 명예심이 연약한 어린 생명을 이처럼 무참하게 짓밟고 말았다는 사실을 생각한 사람은 하나도 없었다. 왜 그는 가장 감수성이 예민하고 상처받기 쉬운 소년 시절에 매일 밤늦게까지 공부를 해야만 했는가? 왜 그에게서 토끼를 빼앗아 버리고, 라틴어 학교에서 같이 공부하던 동료들로부터 멀어지게 만들었는가? 왜 낚시하러 가거나 시내를 거닐어 보는 것조차 금지했는가? 왜 심신을 피곤하게 만들 뿐인 하찮은 명예심을 부추겨 그에게 저속하고 공허한 이상을 심어 주었는가? 왜 시험이 끝난 뒤에도 응당 쉬어야 할 휴식조차 허락하지 않았는가? 이제 지칠 대로 지친 나머지 길가에 쓰러진 이 망아지는 아무 쓸모도 없는 존재가 되어 버린 것이다.

여름이 시작될 무렵, 마을 의사는 다시 한번 한스를 진찰해 보았다. 그리고 성장기에 흔히 나타나는 신경 쇠약 증세라고 진단을 내렸다. 방학이 시작되기만 하면, 충분한 휴식과 식사, 그리고 숲속에서의 충분한 산책이 그의 병세를 낫게 할 것이라고 말했다.

하지만 유감스럽게도 거기에 이르지 못했다. 방학이 시작되기 삼 주 전의 일이었다. 오후 수업 시간에 한스는 선생으로부터 심한 꾸지람을 들었다. 선생이 계속 욕설을 퍼부어 대자, 한스는 그만 의자에 털썩 주저앉아 버렸다. 그리고는 겁에 질려 부들부들 떨더니 하염없이 흐느껴 울기 시작했다. 수업은 완전히 중단되고, 한스는 반나절이나 침대에 누워 있었다.

그다음 날, 수학 선생은 벽에 걸려 있는 칠판에 기하 도형(幾何圖形)을 그리고 나서 이 도형을 증명하도록 한스를 호명했다. 한스는 그만 칠판 앞에서 현기증을 일으키고 말았다. 백묵과 잣대를 들고 아무렇게나 칠판 위에 휘갈겨 쓰다가 필기 도구를 떨어뜨렸다. 그것을 주우려고 몸을 굽혀 바닥에 무릎을 꿇고는 다시 일어나지 못했다.

마을 의사는 자신이 돌보는 환자가 이런 어처구니없는 일을 당했다는 사실에 몹시 화를 내었다. 그는 한스가 즉시 요양을 위해 휴가를 떠나야 한다고 말했다. 그리고 이제는 신경 전문의와의 상담이 필요하다는 의견을 조심스럽게 내놓았다.

"저 아이는 분명 무도병(舞蹈病)15)에 걸리고 말 거예요." 마을 의사는 교장 선생에게 귓속말로 이야기했다. 고개를 끄덕이던 교장 선생은 무자비하리만치 화난 표정을 아버지처럼 자상하고 동정 어린 표정으로 바꾸는 것이 좋겠다고 생각했다. 그것이 교장 선생에게는 그리 어려운 일은 아니었다. 오히려 잘 어울리기조차 했다.

마을 의사와 교장 선생은 각기 한스의 아버지에게 쓴 편지를 소년의 호주머니 속에 넣고 그를 집으로 돌려보냈다. 교장 선생의 분노는 어두운 근심으로 바뀌어 있었다. 바로 얼마 전에 벌어진 하일너 사건으로 인하여 떠들썩해진 교육청이 또다시 터진 이 불행한 사건을 어떻게 받아들일 것인가?

놀랍게도 교장 선생은 이 사건에 대하여 당연히 해야 할 말을 하지 않았다. 그리고 한스가 고향에 돌아가기 얼마 전쯤부터는 섬뜩할 정도로 그를 다정하게 대해 주었다. 교장 선생은 한스가 요양을 위한 휴가를 떠나면 다시는 돌아오지 않으리라는 것을 너무나도 잘 알고 있었다. 또한 혹시 완쾌된다 하더라도, 이미 한참 뒤로 처진 학생이 그 사이에 태만하게 보낸 몇 개월은커녕 몇 주일의 공부조차도 따라잡을 수 없다는 것을 알고 있었다. 물론 교장 선생은 헤어지면서 한스의 힘을 북돋아 주기 위하여 "또 만나세."라는 말을 덧붙였다. 하지만 헬

---

15) 불안한 심리적인 요인으로 인하여 생기는 병. 얼굴이나 손발이 제멋대로 움직인다. 원래는 중세의 이상군중심리에서 비롯되었으며, 병의 치유를 위하여 성(聖) 파이트에게 기원을 올렸다. 축제일에 모두들 몰려나와 춤을 추었기 때문에 붙여진 병명이다.

라스 방에 들어가 텅 빈 세 개의 책상을 볼 때마다 마음이 더욱 무거워졌다. 천부적인 재능을 지녔던 두 소년과의 이별에 대한 책임의 일부가 혹시라도 자신에게 있지나 않은지, 자못 우울한 생각에 빠져들었다. 하지만 교장 선생은 담력이 세고 도덕적으로 강인한 인물이었다. 그래서 자신에게 전혀 이롭지 않은 암울한 의구심을 마음속으로부터 떨쳐 버릴 수 있었다.

자그마한 여행 가방을 들고 떠나가는 신학교 학생의 뒤로 교회와 문, 박공지붕, 그리고 탑들과 더불어 수도원이 그 모습을 감추고, 숲과 언덕도 시야에서 사라졌다. 그 대신에 바덴의 국경 지대에 있는 비옥한 과수원이 모습을 드러내기 시작했다. 그러고 나서 포르츠하임이 나타나고, 곧바로 검푸른 잣나무들이 늘어선 슈바르츠발트의 산이 나타났다. 수많은 계곡 사이로 냇물이 흐르고 있었다. 작열하는 여름날의 태양 아래 더욱 푸르러 보이는 숲은 여느 때보다도 시원스러운 그림자를 한층 짙게 드리우고 있었다. 소년은 고향의 정취가 물씬한 풍경으로 바뀌어 가는 창밖을 내다보며 다시금 즐거운 기분에 젖어 들었다.

하지만 고향 마을이 가까워지면서 문득 아버지의 모습이 떠올랐다. 아버지의 마중을 눈앞에 둔 당혹스러운 두려움이 자그마한 여행의 기쁨마저 송두리째 짓밟아 버렸다. 시험을 치르기 위하여 슈투트가르트로 갔던 일, 신학교에 입학하기 위하여 마울브론으로 떠났던 일, 이러한 추억들이 그때의 긴장과 불안스러운 기쁨과 더불어 또다시 살아나기 시작했다. 도대체 무엇 때문에 그 모든 일들을 해야만 했는가?

교장 선생뿐 아니라, 한스도 자신이 두 번 다시 수도원으로 돌아가지 않으리라는 것을 잘 알고 있었다. 신학교니 학문이니 야심에 찬 희망이니 하는 것들도 이제는 모두 끝나 버리고 말았다. 하지만 한스가 그것 때문에 슬퍼하는 것은 아니었다. 한스의 마음은 실망스럽게도 아버지의 바람을 저버렸다는 죄책감 때문에 우울하고 어두워졌다. 지금 한스는 그저 쉬고 싶은 생각뿐이었다. 푹 자고, 마음껏 울고, 한없이 꿈에 잠기고 싶었다. 그리고 이 모든 번민과 고통으로부터 벗어나 혼자 있고 싶었다. 하지만 아버지 집에서는 그러한 희망이 실현되지 못하리라는 생각을 떨쳐 버릴 수가 없었다.

기차 여행이 거의 끝나갈 무렵, 한스는 머리가 아파 오기 시작했다. 어린 시절에 신나게 뛰놀던 언덕과 숲이 있는 정든 땅을 지나오면서도 더 이상 창밖을 내다보지 않았다. 그래서 하마터면 낯익은 고향의 기차역에서 내리지 못할 뻔했다.

드디어 한스는 우산과 여행 가방을 들고 고향의 흙에 발을 디뎠다. 아버지는 아들을 찬찬히 훑어보았다. 아들의 비행(非行)에 대하여 실망과 분노를 느끼던 아버지는 교장 선생이 보낸 마지막 편지를 읽고 나서는 당혹스러운 두려움에 싸여 있던 터였다. 그는 수척하고 비참한 한스의 몰골을 상상하고 있었다. 마르고 쇠약해 보이는 한스는 그래도 여전히 혼자 걸을 수 있을 만큼 건강한 상태였다. 그래서 아버지는 적이 안심이 되었다.

무엇보다도 아버지는 교장 선생과 의사가 보낸 편지를 통해 알게 된 아들의 신경병에 대하여 남모르는 불안감을 심각하게 느끼고 있었다. 지금까지 그의 가족들 가운데 어느 누구도 신경병으로 고생한 사람은 없었다. 그런 병자에 대한 이야기가 나올 때면, 언제나 이해심이 결여된 조소와 경멸 섞인 동정으로 정신병자를 대하듯이 이야기를 거들곤 했다. 그런데 지금 아들 한스가 이런 끔찍스러운 질병을 안고 집으로 돌아온 것이다.

집에서의 첫날, 한스는 아버지의 꾸지람을 듣지 않아 무척이나 기뻤다. 얼마 지나지 않아 한스는 그것이 짐짓 꾸며진 아버지의 의도라는 사실을 알아차렸다. 아버지는 걱정과 불안을 몰래 감추며 한스를 자상하게 대하려고 무진 애를 썼다. 이따금 아버지는 이상하게 기분이 나쁘리만치 호기심 어린 염탐꾼의 시선으로 그를 바라보았다. 그리고 일부러 누그러뜨린 목소리로 이야기를 건네면서 한스 몰래 동정을 살폈다. 한스는 점점 더 움츠러들었다. 그리고 자신의 처지에 대한 막연한 불안감이 그를 괴롭히기 시작했다.

맑은 날에는 밖으로 나가 몇 시간이고 숲속에 누워 있었다. 그럴 때면 한스는 상쾌한 기분을 느낄 수 있었다. 거기서는 이따금 소년 시절의 행복했던 순간들이 한스의 상처 입은 영혼에 희미한 여운(餘韻)을 남기며 스쳐 지나갔다. 꽃이나 풍뎅이를 들여다보기도 하고, 새들이 지저귀는 소리를 듣기도 하고, 산짐승들의 발자취를 쫓기도 했다. 하지만 그것도 언제나 잠시뿐이었다. 대부분은 나른한 몸으로 이끼 위에 누워 아픈 머리를 감싸쥐고는 무언가를 생각해 내려고 안간힘을 써 보지만, 아무런 소용이 없었다. 끝내는 미지의 꿈들이 다시 한스에게 다가와 그를 머나먼 다른 공간으로 데려가는 것이었다.

언젠가는 이런 꿈을 꾼 적도 있었다. 한스는 친구 헤르만 하일너가 죽은 채로 들것 위에 누워 있는 모습을 보고, 그에게로 다가가려고 했다. 교장 선생과 여러 선생들이 황급하게 그를 밀쳐 냈다. 그들은 한스가 다시 다가서려고 할 때마다 아플 정도로 세게 때리는 것이었다. 신학교의 교사들뿐 아니라, 라틴어 학교의 교장 선생과 슈투트가르트의 시험관들도 모두 화난 표정으로 거기에 모여 있었다. 순식간에 장면이 바뀌었다. 들것 위에는 물에 빠져 죽은 힌두가 누워 있었다. 우스꽝스러워 보이는 그의 아버지는 슬픔에 잠긴 채 통이 높은 비단 모자를 쓰고, 구부러진 다리로 그 옆에 서 있었다.

또 다른 꿈을 꾸었다. 한스가 도망친 하일너를 찾아 숲을 뒤지고 있었다. 그런데 멀리 나무들 사이로 하일너가 걸어가고 있는 모습이 눈에 띄었다. 하지만 한스가 그를 부르려 할 때마다 순식간에 사라지고 마는 것이었다. 마침내 멈추어 선 하일너는 한스를 가까이 오게 한 뒤에 다음과 같이 말했다. "얘, 난 여자 친구가 있다고." 그리고 나서는 큰 소리로 껄껄 웃더니 숲속으로 사라져 버렸다.

한스는 약간 말라 보이는 아름다운 남자가 배에서 내리는 광경을 보기도 했다. 그 남자는 고요하고 거룩한 눈과 어여쁘고 평화로운 손을 가지고 있었다. 한스가 그에게로 달려갔을 때, 또다시 모든 것이 사라져 버렸다. 한스는 '도대체 이게 무슨 뜻일까.' 하고 곰곰이 생각해 보았다. 마침내 복음서의 한 구절이 갑자기 머릿속에 떠올랐다. "그들은 예수를 곧 알아보고, 그리로 달려가니라."

이제 한스는 'pepiedpamon'가 어떤 변화형인지 알아내기 위해 골머리를 앓았다. 또한 이 동사의 현재형과 부정형, 완료형, 미래형, 나아가 단수와 양수(兩數), 복수일 때의 변화형을 하나하나 생각해 내지 않으면 안 되었다. 이것들이 서로 뒤엉켜 막힐 때마다 조바심이 나고, 식은땀이 흘렀다. 얼마 뒤에 다시 정신을 차려 보니 머릿속이 온통 상처로 얼룩진 느낌이었다. 그리고 자신도 모르는 사이에 한스의 얼굴은 체념과 죄의식에 사로잡힌, 졸린 듯한 미소로 일그러져 있었다. 바로 그때, 교장 선생의 목소리가 들려왔다. "도대체 그 멍청한 웃음은 뭔가? 자넨 지금 울어도 시원찮을 텐데!"

이따금 호전된 기미가 보이기도 했지만, 아무튼 한스의 건강 상태는 나아지기는커녕 오히려 자꾸 악화되어 가는 것만 같았다. 한스의 가정의(家庭醫)는 얼굴을 찌푸린 채 자신의 진찰 소견을 하루하루 뒤로 미루고 있었다. 그는 예전에 한스의 어머니를 진찰하고, 어머니에게 사망 진단을 내렸었다. 그리고 지금도 가끔 재발하는 관절통으로 고생하는 아버지를 살펴 주고 있었다.

한스는 이제 비로소 지난 이 년 동안의 라틴어 학교 시절에 친구를 한 명도 제대로 사귀지 못했다는 사실을 깨달았다. 그 당시의 동료 학우들은 이미 고향을 떠나 버렸거나, 아니면 견습공이 되어 분주하게 돌아다니고 있었다. 한스는 이들 가운데 어느 누구와도 친분을 맺지 못했다. 그들에게 도움을 청할 수도 없었고, 그들 또한 한스에게 전혀 관심을 기울이지 않았다.

고작해야 늙은 교장 선생이 두 번 정도 다정스럽게 몇 마디 말을 건넨 적이 있었다. 라틴어 선생과 마을 목사도 길거리에서 한스를 만날 때에는 친근한 얼굴로 고개를 끄덕여 주었다. 하지만 한스는 그들에게 실상 무가치한 존재에 지나지 않았다. 무언가를 가득 채워 넣을 수 있는 그릇도 아니었고, 다양한 종류의 씨앗을 뿌릴 수 있는 논밭도 아니었다. 한스를 위하여 시간을 낸다거나 관심을 보인다는 것은 부질없는 일이 되고 말았다.

마을 목사가 조금이라도 애정을 가지고 한스를 돌보아 주었다면, 한스를 위해서는 참으로 다행이었을 것이다! 하지만 마을 목사가 과연 무엇을 해 줄 수 있단 말인가? 그가 줄 수 있는 학문, 혹은 적어도 학문을 추구하는 자세 따위는 벌써 오래전에 한스에게 남김없이 주었다. 그 이상은 마을 목사에게 남아 있지 않았다. 그는 자신의 라틴어 실력에 대하여 어느 누구라도 타당한 근거를 내밀며 반박하는 것을 인정하려고 하지 않았다. 또한 그는 모두가 익히 알고 있는 성경을 설교를 위한 출처로 삼지 않았다. 그는 역경에 처한 사람들이 기꺼이 찾아갈 수 있는 그런 부류의 목사는 결코 아니었다. 왜냐하면 그에게는 온갖 고뇌를 덜어 줄 수 있는 선량한 시선과 다정한 언어가 결여되어 있었기 때문이다. 아버지 기벤라트 역시 한스에 대한 실망감을 감추기 위하여 나름대로 무진 애를 쓸 뿐, 한스의 친구나 위로자가 되지는 못했다.

사랑마저 빼앗기고 모두에게 버림받은 한스는 자그마한 정원에 앉아 햇볕을 쬐거나 숲속에 누워 몽상에 젖었다. 때로는 괴로운 상념에 쫓겨다니기도 했다. 독서는 그다지 도움이 되지 않았다. 책을 펴기가 무섭게 머리와 눈이 아파 오기 시작했다. 어느 책에서나 수도원 시절과 그 당시의 두려운 악령이 다시 되살아났다. 그리고 숨 막힐 듯이 무시무시한 꿈의 한 모퉁이로 한스를 데려가서는 이글거리는 눈빛으로 그를 거기에 꽉 붙들어 놓는 것이었다.

이렇듯 고통과 고독에 내맡겨진 병든 소년 한스에게 위로자의 가면을 쓴 또 다른 유령이 다가왔다. 그리고 점차 그와 친숙하게 되어 급기야는 자신과 떼어 놓을 수 없는 존재가 되어 버렸다. 그것은 다름 아닌 죽음에 대한 생각이었다. 권총을 구한다거나 숲속 어딘가에 밧줄을 매단다거나 하는 일은 물론 어렵지 않았다. 이러한 생각은 거의 매일같이 한스의 산책 길을 따라다녔다. 한스는 조용하고 외딴 장소를 찾아 이리저리 헤매던 끝에 편히 죽음을 맞이할 수 있는 곳을 발견하고는 죽음의 보금자리로 정해 놓았다. 그리고 시간이 있을 때마다 거기에 찾아갔다. 머지않아 사람들이 여기서 자신의 시체를 발견하게 되리라는 상상을 하며 이상야릇한 쾌감을 느끼기도 했다.

밧줄을 매달 나뭇가지도 마음속으로 정해 놓았다. 그리고 자신의 몸무게를 충분히 지탱할 수 있는지도 시험해 보았다. 이제는 한스의 가는 길에 아무런 장애물도 놓여 있지 않았다. 시간을 두고 아버지에게 보내는 짧은 편지와 헤르만 하일너에게 보내는 무척 긴 편지를 썼다. 나중에 이 편지들은 한스의 주검 옆에서 발견될 것이다.

이제 모든 준비가 확실하게 갖추어졌기 때문에 한스에게는 여느 때와는 달리 평안이 깃들이기 시작했다. '숙명적인' 나뭇가지 아래 앉아 있노라면, 여지껏 그를 짓누르던 압박감은 어느새 자취도 없이 사라져 버리고, 기쁨에 넘치는 환희가 그에게로 몰려들었다.

왜 진작 저 나뭇가지에 목을 매달지 않았던가! 그의 생각은 돌처럼 굳어졌고, 이미 죽음의 주사위는 던져졌다. 한스는 얼마 동안이나마 마음의 평안을 누릴 수 있었다. 그리고 누구라도 먼 여행길을 떠나기 전에 기꺼이 그러하듯이, 이 마지막 날들의 아름다운 햇빛과 고독한 몽상을 마음껏 맛보려고 했다. 언제라도 떠날 수 있도록 모든 것이 완벽하게 갖추어져 있었다. 예전부터 낯익은 주위 환경에 여전히 머물면서 자신의 위험천만한 결심을 전혀 눈치채지 못하고 있는 사람들의 얼굴을 바라보는 일은 남다른 쓰라린 쾌감을 주었다. 의사를 만날 때마다 한스는 마음속으로 이렇게 생각했다. '자, 두고 보라니까.'

운명의 여신은 한스로 하여금 자신의 암울한 구상을 마음껏 즐기도록 내버려 두었다. 그리고 한스가 날마다 죽음의 잔을 들이켜며 몇 방울의 환희와 생의 의욕을 마시는 모습을 지켜보았다. 상처 입은 불구의 젊은 영혼 하나쯤이야 그다지 대수로운 문제가 아니겠지만, 그래도 어쨌거나 그 영혼은 자신의 원을 끝까지 그려야만 하는 것이다. 그리고 자신이 세운 계획을 포기해서는 안 된다. 아직 삶의 쓰디쓴 맛을 느끼기 전까지는.

벗어날 수 없는 고통스러운 상념이 점차 사라지더니 그 대신에 나른하면서도 편안한 체념의 기분이 들기 시작했다. 한스는 하루하루 흘러가는 세월을 그저 멍하니 바라보기도 하고, 애착이나 관심도 없이 푸른 하늘을 쳐다보기도 했다. 때로는 몽유병자나 어린아이처럼 보이기도 했다.

어느 날, 한스는 나른하고 울적한 심정으로 정원에 있는 잣나무 아래 앉아 있었다. 그리고 지금 막 머릿속에 시구 하나가 떠올랐다. 그는 라틴어 학교 시절에 배운 오래된 시구를 제대로 알지도 못하면서 자꾸 흥얼거렸다.

아, 나는 피곤합니다.
아, 나는 지쳤습니다.
지갑에는 돈 한 푼 없고,
주머니에도 없습니다.

그는 기억 속에 남아 있는 선율에 맞춰 아무 생각도 없이 스무 번씩이나 이 시구를 주절거렸다. 때마침 창가에 서 있던 아버지는 이 노래를 듣고는 소스라치게 놀라고 말았다. 단조로운 가락에 무의미해 보이는 이런 노래가 감정이 메마른 아버지에게 전혀 이해되지 않는 것은 어쩌면 당연한 일인지도 몰랐다. 아버지는 한숨을 내쉬며 아들의 증세를 정신 박약의 불치병으로 받아들이게 되었다. 이때부터 아버지는 점점 더 불안한 심정으로 아들을 관찰하기 시작했다. 물론 이 사실을 알아차린 한스는 무척 괴로웠다. 하지만 아직 저 튼튼한 나뭇가지에 밧줄을 매달 시기가 오지는 않았다.

그사이에 세월은 흘러 무더운 계절이 다가왔다. 주 시험과 여름 방학 이래로 벌써 한 해가 지나가 버렸다. 한스는 가끔 지난날들의 추억을 더듬어 보았다. 하지만 이미 그의 감수성은 무뎌질 대로 무뎌져 버렸기 때문에 별다른 감동이 일어나지 않았다. 다시 낚시질을 하고는 싶었지만, 감히 아버지에게 이야기를 꺼낼 엄두를 내지 못했다. 물가에 서 있을 때마다 괴로운 상념들이 한스를 괴롭혔다. 이따금 그는 어느 누구의 눈길도 닿지 않는 강기슭에 한참이나 머물러 있었다. 그러고는 희미하게 모습을 드러내며 무리 지어 헤엄치는 물고기들을 향하여 애달픈 시선을 보내는 것이었다.

매일 저녁 무렵이면 수영을 하기 위하여 강을 거슬러 상류로 걸어갔다. 그때마다 언제나처럼 검사관 게슬러의 자그마한 집을 지나지 않으면 안 되었다. 우연하게도 한스는 자신이 삼 년 전에 무척 좋아하던 엠마 게슬러가 집에 돌아와 있다는 사실을 알게 되었다. 그래서 호기심 어린 눈으로 두세 차례 그녀를 쳐다보았는데 그녀는 예전과 같지 않았다. 예전에 그녀는 나긋나긋한 몸매를 지닌 매우 아리따운 아가씨였다. 하지만 지금은 다 큰 처녀가 되어 있었다. 투박해 보이는 걸음걸이와 아이답지 않게 유행을 따른 머리 스타일은 그녀의 분위기를 완전히 망쳐 놓았다. 길게 늘어뜨린 의상도 그녀에게는 어울리지 않았다. 그리고 짐짓 여성답게 보이려고 애쓰는 그녀의 태도 또한 꼴불견이었다. 한스에게는 그녀의 이런 모습들이 우스꽝스럽게 여겨졌다. 하지만 그녀를 볼 때마다 말로 표현할 수 없는 감미로움과 따스함이 느껴졌던 그 시절의 추억이 떠올라 서글프기도 했다.

그 당시에는 모든 것들이 지금과는 사뭇 달랐다. 훨씬 더 아름답고, 즐거웠으며, 활기가 넘쳐흘렀다. 벌써 오래전부터 한스는 라틴어와 역사, 그리스어와 시험, 신학교, 그리고 두통 이외에는 아무것도 알지 못했다. 하지만 그 시절에는 동화책도 있었고, 도둑 이야기가 적힌 책도 있었다. 자그마한 정원에는 한스가 손수 매달아 놓은 절구 물레방아가 돌고 있었다. 그리고 저녁 무렵이면 나숄트 집안의 현관 앞에 모여 리제의 모험담을 듣기도 했다. 그때는 가리발디라고 불리던 이웃집의 늙은 할아버지 그로스요한을 오랫동안 강도 살인범이라고 생각하며 꿈을 꾸기도 했다.

일 년 내내 한 달에 한 번꼴로 애타게 기다려지던 일들이 있었다. 풀을 말리는 일, 토끼풀을 베는 일, 첫 낚시질에 나서는 일, 가재를 잡는 일, 호프를 거둬들이는 일, 나무를 흔들어 자두를 따는 일, 불을 지펴 감자를 굽는 일, 그리고 곡식 타작을 시작하는 일 등이었다. 그 사이에도 틈틈이 즐거운 일요일과 축제일이 있었다.

또한 신비스러운 마법의 힘으로 한스를 끌어당기는 것들이 헤아릴 수 없을 만큼 많이 있었다. 집이나 골목길, 계단, 곡물 창고의 바닥, 분수, 울타리, 그리고 사람들이나 갖가지 동물들이 그에게는 모두 사랑스럽고, 친숙하게 여겨졌다. 이것들은 한스를 수수께끼에 둘러싸인 비밀의 세계로 유혹했다. 호프를 딸 때는 같이 거들어 주었다. 그리고 다 큰 처녀들이 부르는 노랫소리에 귀를 기울이며 그 노랫말들을 외우려고 애썼다.

대부분의 가사들은 지나치게 익살스러운 나머지 웃음이 나올 지경이었지만, 더러는 몹시 애절한 내용을 담고 있기도 했다. 그런 노래를 듣고 있자면 저절로 목이 메었다.

이 모든 일들이 어느 틈엔가 한스도 모르는 사이에 하나 둘씩 사라져 버렸다. 처음에는 저녁 무렵 리제 곁에 앉아 이야 기를 듣는 일이 없어지고, 일요일 아침에 고기 잡는 일이 없어 지더니 그다음에는 동화책을 읽는 일도 없어지고 말았다. 그 러다가 마침내는 호프를 따는 일과 정원에서 절구가 달린 물 레방아를 지켜보는 일도 그만두게 되었다. 아, 이 모든 추억들 이 어디로 사라져 버렸단 말인가?

조숙한 소년 한스는 이제 병든 나날 속에서 현실과는 동떨 어진 또 하나의 유년기를 체험하게 되었다. 잃어버린 어린 시절 을 아쉬워하는 그의 동심(童心)은 지금 갑자기 끓어오르는 동 경과 더불어 저 꿈결같이 아름다운 시절을 향하여 다시 줄달 음쳤다. 그리고 마치 마법에라도 걸린 듯이 추억의 숲을 헤매 고 다녔다. 그 추억은 지나치리만치 강하고 뚜렷한 나머지 병 적이기까지 했다. 한스는 자신이 직접 몸으로 체험했던 과거에 못지않은 애정과 열정으로 이 모든 것들을 다시 받아들였다. 기만과 억압에 짓눌린 한스의 소년 시절은 마치 오랫동안 막혀 있던 샘물이 터져 나오듯이 그의 마음속에서 솟구쳐 올랐다.

줄기를 잘라 낸 나무는 뿌리 근처에서 다시 새로운 싹이 움 터 나온다. 이처럼 왕성한 시기에 병들어 상처 입은 영혼 또한 꿈으로 가득 찬 봄날 같은 어린 시절로 되돌아가기도 한다. 마 치 거기서 새로운 희망을 찾아내어 끊어진 생명의 끈을 다시금 이을 수 있기라도 한 듯이. 뿌리에서 움튼 새싹은 하루가 다르게 무럭무럭 자라나지만, 그것은 단지 겉으로 보여지는 생명에 불과할 뿐, 결코 다시 나무가 되지는 않는다.

한스 기벤라트도 그랬다. 그런 탓에 어린이 나라에서 그가 꿈꾸어 온 발자취를 한번 더듬어 볼 필요가 있다.

오래된 돌다리에서 가까운 기벤라트의 집은 두 개의 서로 다른 골목길의 한쪽 모퉁이를 차지하고 있었다. 한스의 집이 속해 있는 거리는 마을에서 가장 길고, 넓고, 멋지게 뻗어 있었다. 이 거리는 '게르버 거리'라고 불렸다. 언덕을 따라 급경사를 이루고 있는 또 다른 거리는 짧고 좁을 뿐 아니라, 무척이나 초라했다. 이 거리는 '매의 거리'라고 불렸다. 그것은 이미 오래전에 문을 닫은 어느 음식점의 간판에 그려진 송골매에서 따온 이름이었다.

게르버 거리에는 집집마다 선량하고 견실한 토박이 시민들이 살고 있었다. 이들은 자신의 집과 묘터, 그리고 정원을 가지고 있었다. 정원은 집 뒤의 언덕을 타고 가파른 경사를 이루며 길게 늘어져 있었고, 그 울타리는 70년에 지어진, 노란 금작화로 뒤덮여 있는 철길 둑과 맞닿아 있었다. 게르버 거리와 품위를 견줄 만한 곳은 마을 광장 하나뿐이었다. 거기에는 교회당과 지방청, 법원, 시청, 그리고 교구청이 들어서 있어 도회지풍의 깔끔한 분위기를 물씬 풍기고 있었다. 게르버 거리에는 공공건물 하나 없었지만, 어엿한 현관문이 달린 주택들과 고풍스러운 목조 건물, 그리고 산뜻하고 밝은 색깔의 박공지붕들이 줄지어 있었다. 한쪽으로만 늘어선 집들은 친근하고 편안하고 밝은 느낌을 주었다. 그것은 길 건너편에 난간이 달린 성벽 아래로 강이 흐르고 있기 때문이었다.

넓직하게 죽 뻗은 게르버 거리는 산뜻하며 고상한 분위기를 풍기고 있었다. '매의 거리'는 그 반대였다. 이곳에는 쓰러져 가는 어두침침한 가옥들이 빽빽하게 들어서 있었다. 담벼락에는 얼룩진 회칠이 부서져 떨어지고, 박공지붕은 앞으로 삐죽 튀어나오고, 여러 군데 균열이 생긴 현관문과 창문은 덧대어 붙여 놓았다. 또한 굴뚝은 기울어지고, 홈통은 파손되어 있었다. 집들은 앞을 다투어 공간과 햇빛을 더 많이 차지하려고 했다. 골목길은 좁은 데다 기이하게 굽어져 있어 하루 종일 베일에 싸인 듯이 어두컴컴했다. 비가 올 때나 해가 진 뒤에는 물안개가 낀 암흑의 세계로 바뀌었다.

어느 창문 할 것 없이 장대와 줄마다 하루도 빠짐없이 빨래가 잔뜩 널려 있었다. 협소하고 누추한 골목길에는 수많은 식구들이 옹기종기 모여 살고 있었다. 세 들어 사는 사람이나 하룻밤을 묵고 가는 사람을 제외하더라도 말이다. 허물어져 가는 집 구석마다 발 디딜 틈도 없이 사람들로 가득 차 있었다. 그런 곳에서는 언제나 가난과 범죄, 질병이 들끓게 마련이었다. 티푸스가 발병하거나 살인이 벌어져도 항상 그곳이 문젯거리였다. 마을에 절도 행각이 벌어져도 가장 먼저 '매의 거리'를 뒤졌다. 떠돌이 상인들은 거기서 짐을 풀고, 하룻밤을 묵었다. 이들 가운데에는 우스꽝스러운 마분(磨粉) 장수 호테호테와 가위를 가는 아담 히텔도 있었다. 마을 사람들은 히텔이 온갖 범죄와 부도덕한 짓을 벌이며 다닌다고 수군거렸다.

학교에 들어간 지 처음 한두 해 동안 한스는 '매의 거리'에 자주 놀러 갔었다. 누더기 옷을 걸친 옅은 금발의 아이들은 함께 어울리며 미심쩍어 보이는 집단을 이루고 있었다. 한스도 이 무리 틈에 끼여 악명 높은 로테 프로뮐러가 들려주는 살인 이야기를 즐겨 들었다. 로테 아주머니는 어느 여인숙 주인과 함께 살다가 헤어진 뒤로 오 년 동안이나 감옥 생활을 하기도 했다. 한때는 소문난 미인이었던 이 여자는 공장 노동자들 가운데 적지 않은 애인을 두고 있었다. 그래서 가끔 추문(醜聞)이 일어나기도 하고, 때로는 칼부림이 벌어지기도 했다. 지금 혼자 살고 있는 그녀는 저녁 무렵 공장이 문을 닫은 뒤, 커피를 끓이며 이야기 보따리를 풀어놓았다. 그녀의 문은 활짝 열려 있었다. 아낙네들과 젊은 노동자들뿐 아니라, 이웃에 사는 아이들도 문지방에 둘러앉아 놀라움과 두려움에 떨며 그녀의 이야기에 귀를 기울였다. 검게 그을린 돌화로 위에는 주전자의 물이 끓고 있었다. 그 옆에는 기름 촛대가 푸른빛이 감도는 석탄불과 더불어 이상스럽게 깜빡거리며, 구경꾼들로 붐비는 을씨년스러운 방 안을 비추고 있었다. 그리고 벽과 천장 위로 마치 귀신의 움직임 같은 구경꾼들의 그림자를 커다랗게 드리우고 있었다.

거기서 여덟 살 난 한스는 핑켄바인 형제와 알게 되어 아버지의 엄격한 금지령에도 불구하고 이들과 일 년 가까이 사귀었다. 마을에서도 가장 약삭빠른 부랑아인 이들 형제의 이름은 돌프와 에밀이었다. 이들은 과일을 훔치거나 작은 산짐승의 밀렵(密獵)으로 악명이 자자했다. 잔재주나 장난에 있어서는 이 아이들을 따를 사람이 하나도 없을 정도였다. 이들은 틈틈이 새알이나 연탄(鉛彈), 어린 까마귀 새끼, 찌르레기와 토끼들을 몰래 내다팔기도 했다. 더욱이 밤낚시가 금지된 줄 알면서도 거침없이 낚싯대를 드리우곤 했다. 마을 정원은 어디나 할 것 없이 자기 집을 드나들듯이 들락거렸다. 울타리가 아무리 뾰족하고, 담장에 유리 조각이 촘촘이 박혀 있다 하더라도 전혀 힘들이지 않고 뛰어넘는 것이었다.

하지만 한스가 누구보다도 가깝게 지낸 친구는 '매의 거리'에 사는 헤르만 레히텐하일이었다. 부모 없이 고아로 자란 헤르만은 병약한 몸에 어딘지 남다른 데가 있는 조숙한 아이였다. 그는 한쪽 다리가 너무 짧아 언제나 목발을 짚고 다녀야 했기 때문에, 골목길에서 벌어지는 아이들의 놀이에도 끼지 못했다. 마르고 창백한 얼굴에는 고뇌의 흔적이 역력했다. 그리고 나이에 걸맞지 않게 굳어져 버린 입과 지나치게 뾰족한 턱이 눈에 띄었다. 헤르만은 매우 뛰어난 손재주를 가지고 있었다. 특히 낚시에 대한 뜨거운 열정은 한스에게로 전해지게 되었다.

그 당시에 레히텐하일은 아직 낚시 허가증을 가지고 있지 않았다. 그래도 이 두 소년은 남의 눈에 잘 띄지 않는 곳에서 몰래 낚시질을 하곤 했다. 낚시질이 하나의 즐거움이라면, 남들의 이목을 피하여 숨어서 하는 낚시질은 보다 커다란 즐거움이라는 것쯤은 누구나 잘 알고 있는 사실이다.

절름발이 레히텐하일은 낚싯대를 알맞게 자르는 일, 말총을 꼬는 일, 낚싯줄을 물들이는 일, 실을 올가미처럼 매는 일, 그리고 낚싯바늘을 뾰족하게 가는 일 등을 한스에게 가르쳐 주었다. 또한 날씨와 강물을 보는 일, 쌀겨를 풀어 물을 흐리게 하는 일, 알맞은 미끼를 고르는 일, 그리고 그 미끼를 바늘에 다는 일 등을 가르치기도 했다. 레히텐하일은 물고기의 종류를 구별하는 법이나 미끼에 달려드는 물고기들의 헤엄치는 소리를 듣는 법, 낚싯줄을 적당한 깊이에 늘어뜨리는 법도 알려 주었다. 그는 아무 말도 하지 않았다. 한스 앞에서 몸동작과 손동작을 실제로 보여 주면서 낚싯줄을 당기거나 늦추거나 할 때의 호흡하는 요령과 섬세한 느낌을 전해 주었다. 레히텐하일은 낚시 가게에서 살 수 있는 멋들어진 낚싯대나 코르크, 유리 줄, 이 모든 인위적인 낚시 도구들을 매우 우습게 생각했다. 또한 손수 만든 낚시 도구를 쓰지 않고서는 고기를 낚을 수 없다는 것을 한스가 믿게 만들었다.

한스는 펑켄바인 형제와는 다툰 끝에 헤어졌다. 하지만 말이 없는 절름발이 레히텐하일은 한스와 싸우지 않았는데도 그의 곁을 떠나 버렸다. 2월 어느 날, 그는 옷을 벗어 둔 의자 위에 목발을 올려놓고는 초라한 침대에 드러누웠다. 그런데 갑자기 열이 나기 시작하더니 잠시 뒤에 숨을 거두고 말았다. 그는 조용히 저 머나먼 나라로 떠나가 버린 것이다. '매의 거리'는 레히텐하일을 이내 잊어버렸다. 단지 한스만이 그를 아름다운 추억으로 오래도록 간직하고 있었다.

'매의 거리'에는 레히텐하일 말고도 유별난 주민들이 적지 않았다. 음주벽이 너무 심한 나머지 결국 해고당하고 만 뢰텔러를 모르는 사람이 있을까! 그는 두 주일에 한 번꼴로 술에 만취되어 길거리에 쓰러져 있거나 한밤중에 소동을 일으켰다.

하지만 보통 때에는 어린아이와도 같이 순박한 사람이었다. 얼굴에는 언제나 다정스러운 미소를 띠고 있었다. 그는 한스에게 타원형의 담배통에서 나는 냄새를 맡게 하기도 하고, 때로는 한스가 가져다주는 물고기를 버터에 구워 함께 먹기도 했다. 그리고 유리 눈알이 박힌 박제된 말똥가리새와 가냘프고 고운 음색으로 고풍스러운 춤곡을 들려주는 아주 오래된 시계를 가지고 있었다.

또한 맨발로 걸어 다니더라도 커프스 단추는 꼭 달아야 하는 늙은 기계공 포르슈를 누가 모르겠는가! 그의 아버지는 전통이 오랜 초등학교에서 학생들을 가르치는 엄격한 교사였다. 포르슈는 성경을 절반이나 외우고, 격언이나 도덕적인 금언(金言)도 매우 많이 외우고 있었다. 하지만 이런 지식이나 노령의 백발에도 불구하고, 아무 여자나 쫓아다니며 술을 마구 퍼마셨다. 조금 취기가 돈다 싶으면, 기벤라트 집의 모퉁이에 걸터앉아서는 지나가는 사람들의 이름을 불러 대며 장황하게 격언을 늘어놓기 일쑤였다.

"한스 기벤라트 2세, 사랑하는 아들아, 내 말 좀 들어 보거라! 지라하[16])가 뭐라고 이야기하든가? 남에게 그릇된 충고를 하지도 않고, 또한 이로 인해 나쁜 마음을 품지도 않는 사람은 복이 있나니! 그것은 마치 아름다운 나무에 달린 푸른 잎사귀와 같으니라. 어떤 잎은 떨어지고, 어떤 잎은 다시 자라나느니. 사람들의 인생도 이와 같으니라. 어떤 이는 죽고, 어떤

---

16) 구약 성서의 잠언을 쓴 현인. 기원전 2세기경 예루살렘에서 살았다.

이는 태어나느니. 자, 이젠 집에 가도 좋다. 이 바다표범 같은 녀석아."

포르슈 노인은 경건한 격언 이외에도 유령 이야기나 무시무시한 전설들을 잔뜩 알고 있었다. 그는 유령이 떠돌아다니는 장소를 알고 있으면서도 자기 자신이 들려주는 이야기에 대하여 의구심을 떨쳐 버리지는 못했다. 대개는 자신이 하는 이야기나 자신의 이야기를 듣는 사람들을 비웃기라도 하듯이 회의와 과장이 섞인 내뱉는 듯한 어투로 이야기를 시작했다. 그러다가 이야기를 진행하면서 겁에 질린 사람처럼 점점 목을 움츠려 가며 목소리를 낮추었다. 급기야는 소름이 끼치는 나지막한 목소리로 이야기하는 것이었다.

아련히 한스를 유혹하는 무시무시한 추억들이 이 초라하고 비좁은 골목길에 얼마나 많이 숨겨져 있던가! 자물쇠 장수 브렌들레도 여기에 살고 있었다. 그의 일터는 문을 닫은 뒤로 아무렇게나 방치되어 황폐하게 변해 버렸다. 그는 반나절이나 창가에 앉아서 활기가 넘쳐흐르는 골목길을 침울하게 바라보곤 했다. 그러다가 가끔 세수도 하지 않은 채 누더기 옷을 걸치고 돌아다니던 동네 아이들이 하나라도 그의 손에 잡히기만 하면, 무척 고소한 표정으로 귀와 머리를 잡아채고는 온몸이 파랗게 멍들 정도로 마구 꼬집어 대는 것이었다.

어느 날, 그는 아연(亞鉛) 줄로 목을 맨 채 층계에 매달려 있었다. 그 모습이 너무나도 끔찍했기 때문에 어느 누구 하나 그에게 다가가지 못했다. 한참 뒤에야 늙은 기계공 포르슈가 뒤로 다가가 생철을 자르는 가위로 목이 매달려 있는 철사 줄을 끊어 버렸다. 그러자 혀를 내민 시체는 계단을 굴러 두려움에 떠는 구경꾼들 한가운데 떨어지고 말았다.

밝고 넓은 게르버 거리를 나와 음침하고 습기에 찬 '매의 거리'에 발을 들여놓을 때마다 이상하리만치 숨 막히는 공기와 더불어 즐겁고도 무시무시한 압박감이 한스를 내리눌렀다. 그것은 호기심과 두려움, 양심의 가책과 모험에 대한 행복한 기대감이 뒤섞인 복합 감정과도 같았다. '매의 거리'는 지금이라도 동화나 기적, 전대미문(前代未聞)의 도깨비 이야기가 실제로 일어날 수 있는 유일한 곳이었다. 마술이나 유령의 존재가 그럴 듯하게 여겨지는 장소이기도 했다. 이곳에서 사람들은 전설이나 추잡한 로이틀링의 통속 문학을 읽을 때처럼 달콤한 고뇌의 전율을 느꼈던 것이다. 이 책은 선생들에 의하여 강제로 빼앗기게 마련이었다. 거기에는 존넨비르틀레라든지 쉰더한네스, 혹은 메서카를레라든지 포스트미헬 같은 인물들, 그리고 이들과 비슷한 암흑가의 영웅들, 중범죄자들, 모험가들의 행각과 형벌이 적나라하게 적혀 있었다.

여느 동네와는 다른 곳이 '매의 거리' 이외에도 아직까지 하나 남아 있었다. 눈으로 보거나 귀로 들을 수 있는, 어두컴컴한 다락이나 이상스러운 방 안에서 자신을 잊을 수 있는 그런 특별한 공간이었다. 그것은 근처에 있는 커다란 피혁 공장의 낡고 거대한 건물이었다. 어두침침한 다락에는 커다란 가죽들이 걸려 있었고, 지하실에는 은폐된 굴과 금지된 통로가 있었다. 저녁이면 리제가 아이들에게 아름다운 동화를 들려준 곳도 바로 여기였다.

여기는 건너편에 있는 '매의 거리'보다 더 조용하고, 친밀감과 인간미가 넘쳐흘렀다. 하지만 '매의 거리' 못지않은 수수께끼가 가득 숨겨져 있었다. 굴이나 지하실, 무두질하는 뜰이나 시멘트가 깔린 바닥에서 일하는 피혁 견습공들의 모습은 어딘가 모르게 기이하고 독특해 보였다. 하품이라도 하듯이 크게 입을 벌리고 있는 무척 커다란 방들은 공포와 매력을 간직한 채 적막에 싸여 있었다. 사람을 잡아먹는 식인종처럼 거칠고 무뚝뚝해 보이는 집주인은 모두가 싫어하는 두려운 존재였다. 리제는 이 괴상망측한 집에서 요정처럼 이리저리 돌아다녔다. 정감이 넘쳐 흐르는 그녀는 모든 아이들과 새들, 고양이들과 강아지들의 보호자이자 어머니였다. 그리고 동화나 노래 가사도 많이 외우고 있었다.

벌써 오래전에 낯설게 되어 버린 이 세계에서 지금 소년 한스의 생각과 꿈들이 움직이고 있었다. 심한 환멸과 절망으로부터 도망쳐 이미 흘러가 버린 아름다운 시절로 돌아온 것이다. 그때는 희망에 가득 차 있었고, 자기 앞에 놓인 세계를 매우 거대한 마법의 숲으로 보았었다. 그 숲은 소름 끼치는 위험과 마법에 걸린 보물, 그리고 에머랄드의 성들을 아무도 볼 수 없게 깊숙이 숨겨 놓았었다. 한스는 이 야생의 숲으로 발을 들여놓기는 했지만, 기적이 나타나기도 전에 금세 지쳐버렸다. 지금 그는 수수께끼에 둘러싸인 어두컴컴한 입구에 서 있었다. 하지만 이번에는 어느 정도의 호기심을 채우려는 국외자일 뿐이었다.

두세 차례에 걸쳐 한스는 '매의 거리'를 다시 찾아갔다. 바

로 여기에 예전과 다름없는 희뿌연 어둠과 역겨운 냄새, 구석
진 모퉁이와 햇빛이 들지 않는 계단이 그대로 남아 있었다. 예
전과 마찬가지로 늙은 남자와 여자들이 문 앞에 앉아 있었고,
몸을 씻지도 않은 옅은 금발의 아이들이 소리를 질러 대며 뛰
놀고 있었다. 기계공 포르슈는 이제 너무 나이가 들어 한스를
알아보지 못했다. 한스가 수줍은 듯이 인사를 보냈지만, 그는
그저 비아냥거리며 불평을 늘어놓을 뿐이었다. 가리발디라고
불리던 그로스요한은 이미 세상을 떠난 뒤였다. 로테 프로필
러도 마찬가지였다. 우편배달부 뢰텔러는 아직도 거기에 살고
있었다. 그는 아이들이 음악 소리가 나는 시계를 망가뜨려 버
렸다고 투덜거리더니 한스에게 냄새 맡는 담배를 권하고 나서
는 그에게 구걸을 하는 것이었다. 마지막으로 뢰텔러는 핑켄바
인 형제에 대한 이야기를 들려주었다. 담배 공장에 다니는 녀
석은 벌써 어른처럼 술을 퍼마신다고 했다. 또 다른 녀석은 교
회 축성식에서 칼부림을 벌인 뒤로 도망간 지 벌써 일 년이 넘
었다고 했다. 이 모든 일들이 한스에게 참담하고 우울한 인상
을 풍겼다.

어느 날 저녁, 한스는 안채로 이르는 길을 따라 걸었다. 그
리고 습기에 찬 뜰을 지나 피혁 공장으로 가 보았다. 마치 이
커다란 낡은 집에 이미 사라져 버린 수많은 즐거운 추억과 더
불어 자신의 어린 시절이 숨겨져 있기라도 한 듯이.

굽어진 층계와 돌을 깐 문어귀를 지나 어두컴컴한 계단으
로 내려갔다. 그리고 가죽이 널려 있는 다듬이터를 손으로 더
듬어 보았다. 거기서 그는 코를 찌르는 가죽 냄새와 더불어 갑

자기 솟구치는 추억의 뭉게구름을 들이마셨다. 다시 계단을 내려와 뒤뜰로 가 보았다. 거기에는 무두질을 하는 굴과 가죽의 찌꺼기를 말리는 건조대가 있었다. 높이 세워진 그 건조대 위에는 좁은 지붕이 덮여 있었다. 아니나 다를까, 벽 앞의 의자에는 리제가 앉아 있었다. 그녀는 감자 바구니를 앞에 놓고는 껍질을 벗기고 있었다. 그녀의 주위에는 여러 명의 아이들이 귀를 기울이며 둘러앉아 있었다.

한스는 어두컴컴한 문턱에 서서 그쪽으로 귀를 기울였다. 아늑한 평화가 저물어 가는 피혁 공장의 뜰에 가득 차 있었다. 뜰의 담장 너머로 흐르는 강물의 가냘픈 속삭임 이외에는 감자 껍질을 벗기는 그녀의 칼소리와 아이들에게 들려주는 이야기 소리만이 들릴 뿐이었다. 아이들은 거의 꼼짝하지도 않고 얌전하게 웅크리고 앉아 있었다. 그녀는 한밤중에 어린아이의 음성이 강 건너편에서 들려왔다고 전해지는 성(聖) 크리스토포루스[17]의 이야기를 하고 있었다.

한스는 잠시 귀를 기울이고 있다가 어두컴컴한 현관을 살그머니 빠져나와 집으로 돌아갔다. 다시는 어린아이가 될 수 없다는 것, 그리고 이제는 저녁 무렵 피혁 공장의 뜰에서 리제 곁에 앉아 있을 수 없다는 것을 깨달았다. 그는 두 번 다시 피혁 공장이나 '매의 거리'에 가지 않기로 마음먹었다.

---

17) 3세기경의 성인. 아기 예수를 어깨에 받들고 있는 상(像)이 있다.

6장

가을이 깊어 가고 있었다. 검푸른 잣나무 숲에서는 여기저기 흩어져 있는 활엽수들이 횃불처럼 노랗게, 혹은 빨갛게 불타고 있었다. 골짜기에는 벌써 짙은 안개가 자욱이 끼여 있었고, 아침에는 차가운 강물에서 아지랑이가 피어올랐다.

예전에 신학교 학생이었던 한스는 여전히 창백한 얼굴로 날마다 밖으로 돌아다녔다. 마음만 먹으면 언제라도 이웃과 어울릴 수 있었지만, 그는 전혀 내키지도 않았고, 몸도 무척이나 피곤했기 때문에 일부러 교제를 피했다. 의사는 그의 건강을 위해 물약, 간유(肝油), 달걀과 냉수욕을 권했다.

하지만 무엇 하나 한스에게 도움이 되지 못했다. 그것은 그리 놀라운 일이 아니었다. 건강한 삶에는 나름대로의 내용과 목적이 있어야 하는데, 젊은 기벤라트의 삶에서는 이미 그 목적과 내용이 사라져 버렸기 때문이다. 아버지는 한스를 서기나 기능공으로 만들려고 마음먹었다. 하지만 한스가 아직 허약한 상태였기 때문에 우선 조금이라도 기력을 회복해야만 했다. 이제 진지하게 그의 앞날을 생각해 볼 때가 온 것이다.

처음에 느꼈던 혼란스러운 상념들도 차분하게 가라앉고, 한스 자신도 더 이상 자살을 염두에 두지 않게 되었다. 그 뒤로 한스는 변덕스러운 흥분과 불안 상태로부터 잔잔한 우울증에 빠져들기 시작했다. 마치 부드러운 늪 속으로 가라앉기라도 하듯이 한스는 아무런 저항도 하지 않은 채 서서히 그 속으로 가라앉아 버렸다.

지금 그는 가을의 들판을 돌아다니며 계절의 힘 앞에 굴복하고 말았다. 저물어 가는 가을, 고요히 떨어지는 낙엽, 갈색으로 물든 초원, 새벽의 짙은 안개, 그리고 너무 익은 나머지 이제는 지쳐 버린 식물들의 말라 가는 모습. 이런 것들이 한스를 여느 병자처럼 절망에 싸인 무거운 기분으로 몰아갔다. 그는 이것들과 함께 소멸하고, 잠들고, 또한 죽음에 이르고 싶었다. 하지만 자신의 젊음이 이러한 바람에 반기를 들고, 은근히 생에 집착하고 있다는 사실이 그를 괴롭혔다.

한스는 노랗게 물들고, 갈색을 띠고, 그러다가 마침내 벌거숭이가 되고 마는 나무들을 바라보았다. 또한 숲속에서 피어오르는 우윳빛의 안개와 마지막 과일 수확이 끝난 뒤 생명을 잃어버린 채 이제는 아무도 쳐다보지 않는, 시들어 가는 과꽃이 있을 뿐인 정원을 바라보았다. 그리고 헤엄이나 낚시철이 지난 뒤 마른 잎새에 뒤덮인 강물을 바라보았다. 그 싸늘한 강가에는 피혁 공장의 억센 직공들만이 버티고 있었다. 며칠

전부터는 헤아릴 수 없이 많은 과즙 찌꺼기들이 강물에 떠내려가고 있었다. 압착장(壓搾場)이나 물레방앗간은 어디나 할 것 없이 모두 과즙 짜기에 한창 바빴기 때문이다. 시내 어느 거리에서나 천천히 발효하기 시작한 과즙의 향내가 그윽히 풍겨 나고 있었다.

아랫마을 물레방앗간에서는 플라이크 씨도 자그마한 압착기를 빌려와 한스를 과즙 짜기에 초대했다.

방앗간의 앞뜰에는 크고 작은 압착기, 달구지, 과일을 가득 담은 바구니와 자루, 손잡이가 달린 통, 등에 지는 통, 대야, 나무로 만든 통, 산더미같이 쌓인 과일 찌꺼기, 나무로 만든 지렛대, 손수레, 빈 운반 도구 등이 널려 있었다. 압착기가 움직이면서 삐걱거리기도 하고, 찍찍하는 소리, 신음하는 듯한 소리, 떨리는 소리를 내고 있었다. 대부분의 물건들은 녹색으로 칠해져 있었다. 이 녹색은 과일 찌꺼기의 황갈색과 사과 바구니의 색깔, 담록색의 강물과 맨발로 뛰노는 어린이들, 그리고 맑은 가을 하늘의 햇빛과 어우러져 보는 이들에게 기쁨과 삶의 즐거움, 풍요로움을 띠는 매혹적인 인상을 풍기고 있었다. 사과가 으스러지면서 내는 소리는 떫으면서도 식욕을 돋우었다. 그곳에 와서 그 소리를 듣는 사람이라면, 얼른 사과 하나를 집어 들고 덥석 물지 않을 수 없었다. 대롱 속에는 갓 짜낸 달콤한 과즙이 적황색을 띤 채 햇살 아래 미소 지으며 한 줄기 흘러나왔다. 그곳에 와서 그 광경을 보는 사람이라면, 한 잔을 청해 재빨리 들이켜지 않을 수 없을 것이다. 그러고는 그 자리에 멈춰 서서 촉촉히 젖은 눈망울을 글썽이며 달콤한 행복감의 물결이 자신의 몸속을 흘러내리는 것을 느꼈다. 이 감미로운 과즙은 즐겁고 상큼한 향내를 저 멀리까지 가득히 채웠다.

이 향기야말로 한 해를 통틀어 가장 멋들어진, 성장과 결실의 정수(精髓)인 것이다. 다가오는 겨울에 앞서 이런 향기를 들이마실 수 있다는 것은 좋은 일이다. 그럼으로써 사람들은 감사하는 마음으로 헤아릴 수 없이 많은 기쁘고, 멋진 일들을 기억하게 되기 때문이다. 포근한 5월의 비, 쏴 하는 소리를 내며 쏟아지는 여름 비, 신선한 가을의 아침 이슬, 부드러운 봄날의 햇살, 따갑게 내리쬐는 여름의 뙤약볕, 하얗게 또는 새빨갛게 빛나는 꽃망울, 수확하기 전의 잘 익은 과일나무가 보여 주는 적갈색의 윤기, 계절과 함께 찾아오는 모든 아름다운 것들과 즐거운 것들.

그것은 누구에게나 빛나는 나날이었다. 부유하고 거만한 사람들도 체면치레를 하지 않고 손수 나와서 살진 사과를 손에 들고 무게를 가늠해 보기도 하고, 열 개가 넘는 사과 포대를 세어 보기도 하고, 은으로 만든 휴대용 잔으로 맛을 보기도 했다. 그리고 자신들의 과즙에는 한 방울의 물도 들어가지 않는다고 주위를 둘러보며 말하기도 했다. 가난한 사람들은 단 한 자루의 사과 포대밖에 없었지만, 유리잔이나 질그릇으로 맛을 보기도 하고, 과즙을 짜 넣은 통 속에 물을 타기도 했다. 그렇다고 해서 이들의 자긍심이나 행복감이 다른 사람들보다 덜하지는 않았다. 어떤 이유로든 과즙을 짜지 못하게 된 사람들은 친지나 이웃들의 압착기를 찾아다니며 한 잔씩

얻어 마시기도 하고, 과일을 한 개씩 주머니에 집어넣기도 했다. 이들은 전문가다운 어휘를 구사하며 자기들도 이 분야에 남 못지않은 지식이 있다는 것을 입증하려 애썼다.

가난한 집 아이들이나 부잣집 아이들이나 할 것 없이 모두 자그마한 잔을 들고 이리저리 돌아다녔다. 아이들의 손에는 베어 먹은 사과와 빵 한 조각이 들려 있었다. 과즙을 짜면서 빵을 실컷 먹어 두면, 나중에 배가 전혀 아프지 않다는 근거 없는 전설이 예로부터 전해져 내려오기 때문이었다.

아이들의 떠들어 대는 소리는 접어 두고라도 어른들의 고함 소리가 서로 뒤섞여 정신을 못 차릴 지경이었다. 무척 분주하게 오가는 이 목소리들은 흥분과 기쁨으로 들떠 있었다.

"한스야, 이리 오너라! 여기 이쪽으로! 딱 한 잔만 마셔 보렴!"

"정말 고맙습니다. 하지만 전 벌써 배가 부른걸요."

"자네 50킬로그램에 얼마나 주었나?"

"4마르크. 그래도 최고급품이라고. 한번 맛 좀 보게나."

이따금 예기치 않은 소동이 벌어지기도 했다. 사과를 담은 포대 한 자루가 너무 일찍 터져, 사과들이 그만 땅바닥에 나뒹굴고 말았다.

"이런, 제기랄. 내 사과! 여러분, 좀 도와주시오!"

곁에 있던 사람들이 모두 나서서 사과를 주웠다. 단지 몇몇의 개구쟁이 녀석들만이 그사이에 사과를 슬쩍 주머니에 집어넣으려고 했다.

"야, 이놈들아, 주머니에 넣지 마! 네놈들 먹고 싶은 대로 먹는 건 좋지만, 주머니에 숨기진 말아라. 잠깐, 거기 놔두지 못하겠니!"

"이봐, 이웃 양반! 그렇게 재지만 말고, 내 것도 한번 드셔 보시게!"

"꿀맛이구만! 정말 꿀맛이야. 대체 얼마나 만들었수?"

"두 통밖에 안 되지만, 짭짤하게 재미를 본 셈이라고."

"한창 무더울 때 짜지 않은 게 천만다행이구만. 그랬더라면 그냥 다 마셔 버렸을 거라고."

올해에도 어김없이 서너 명의 까다로운 늙은이들이 모습을 드러냈다. 비록 과즙 짜기를 그만둔 지 오래되었지만, 모르는 게 없을 정도로 경험과 지식이 풍부했다. 이들은 과일을 거저 얻다시피 했던 시절의 이야기를 늘어놓곤 했다. 그때는 모든 것이 지금보다 훨씬 값싸고, 품질도 좋았으며, 더군다나 설탕을 과즙에 넣는 따위는 생각조차 하지 못했다는 둥 그 당시에는 나무에 열매가 달리는 것부터가 지금과는 전혀 달랐다는 둥 자랑을 늘어놓았다.

"그땐 그래도 수확이라고 말할 수 있었지. 나도 사과나무를 한 그루 가지고 있었는데, 거기서만 사과를 250킬로그램이나 땄으니까 말야."

하지만 시절이 그토록 나빠졌다고 하면서도, 이 까다로운 늙은이들은 실컷 과즙 맛을 보면서 압착기 주위를 돌아다녔다. 아직도 이가 남아 있는 늙은이들은 손에 든 사과를 열심히 씹고 있었다. 더욱이 이들 가운데 한 늙은이는 커다란 배를 몇 개씩이나 억지로 입에 집어넣더니 결국에는 심한 배앓

이를 하게 되었다.

 "정말이지," 그는 탄식을 늘어놓았다. "예전에는 이런 거 열 개쯤 거뜬하게 먹어치웠단 말야." 커다란 배를 열 개나 먹어도 배가 아프지 않던 시절을 회상하면서 거침없이 한숨을 내쉬는 것이었다.

 플라이크 씨는 북적거리는 사람들 한가운데 압착기를 세워놓고, 나이가 들어 보이는 견습공의 도움을 받고 있었다. 그는 바덴에서 사과를 가져왔기 때문에 그의 과즙은 언제나 최고급품이었다. 그는 내심 만족스러워하며 '맛 좀 보려는' 사람들을 누구도 물리치지 않았다. 야단법석을 떠는 무리 틈에 끼여 즐겁게 이리저리 뛰어다니는 그의 아이들은 한층 더 신바람이 나 있었다. 겉으로 드러내지는 않았지만, 누구보다도 가장 행복한 사람은 그의 어린 견습공이었다. 두메산골의 가난한 농가에서 태어난 견습공은 다시 야외로 나와 힘이 닿는 대로 열심히 일하고, 또 과즙을 마음껏 마실 수 있다는 사실이 마냥 행복하기만 했다. 더군다나 품질이 뛰어난 달콤한 과즙이 그는 더할 나위 없이 좋았다. 건강미가 넘치는 시골 청년다운 그의 얼굴은 사튀로스[18]의 가면처럼 히죽거리며 웃고 있었다. 그의 손은 여느 일요일보다 더 깨끗해 보였다. 제혁공의 손치고는 너무나도 깨끗했다.

---

18) 반인반수(半人半獸)의 몸을 지닌 숲의 신. 호색가(好色家)라는 풍자적인 의미도 가지고 있다.

과즙을 짜는 일터에 온 한스 기벤라트는 불안스러운 듯이 아무 말도 하지 않았다. 하기야 그는 자신이 원해서 온 것이 아니었다. 맨 처음 짠 과즙을 담은 잔이 건네졌다. 그것도 나숄트 집안의 리제에게서. 한스는 과즙의 맛을 보았다. 잔을 들고 마시는 동안에 달콤하고 강렬한 과즙의 맛과 더불어 어린 시절에 경험했던 가을의 즐거운 추억들이 미소 지으며 되살아났다. 동시에 다시 한번 어우러져 함께 즐기고 싶은 욕망이 살그머니 일어났다. 낯이 익은 사람들이 말을 걸어 오고, 과즙을 담은 잔이 한스에게 여러 차례 건네졌다. 플라이크의 압착기에 다다랐을 때에는 벌써 주위의 흥겨운 분위기와 여러 잔의 과즙이 그를 사로잡은 뒤였다. 한스는 기분이 전혀 달라져 있었다. 그는 매우 유쾌한 기분으로 구둣방 아저씨에게 인사를 건네고, 과즙에 얽힌 상투적인 농담을 몇 마디 늘어놓기도 했다. 장인(匠人) 플라이크는 놀라움을 감추며 그를 반갑게 맞이해 주었다.

반 시간쯤 지날 무렵, 푸른 스커트를 입은 아가씨가 그리로 다가와서는 플라이크 아저씨와 어린 견습공들에게 미소를 지으며 인사를 보냈다. 그러고는 과즙 짜는 일을 거들기 시작했다.

"아, 참!" 아저씨가 말했다. "여긴 하일브론에서 온 내 조카딸이란다. 이 아이의 고향에서는 물론 다른 수확제를 벌이지. 거기에서는 포도가 무척 많이 나거든."

그녀는 열여덟이나 열아홉쯤 되어 보였다. 여느 저지대(低地帶) 출신처럼 몸놀림도 가볍고, 성격도 쾌활해 보였다. 키는 그다지 크지 않았지만, 풍만하고 균형 잡힌 몸매였다. 동그란 얼굴에 검고 따뜻한 눈빛과 입 맞추고 싶어지는 아리따운 입은 활달하고 영리한 분위기를 자아냈다. 아무튼 그녀는 건강하고 명랑한 하일브론 아가씨처럼 보였지만, 아무래도 경건한 구둣방 아저씨의 친척으로는 여겨지지 않았다. 어디까지나 그녀는 속세에 속한 존재였다. 그녀의 눈은 밤마다 버릇처럼 성경과 고스너의 「보물상자」를 읽는 사람의 눈은 아니었다.

한스는 갑작스레 근심스러운 표정을 지으며 엠마가 빨리 가 버리기를 진심으로 바라고 있었다. 하지만 그녀는 자리를 뜰 생각은 하지도 않은 채 웃기도 하고, 재잘거리기도 하고, 어떤 농담이라도 재치 있게 슬쩍 받아넘기는 것이었다. 한스는 부끄러운 나머지 그만 입을 꼭 다물고 말았다. '당신'이라는 존칭을 해야 하는 젊은 아가씨들과 사귄다는 것이 그에게는 어쩐지 끔찍하게 여겨졌다. 더군다나 이 아가씨는 지나치게 활달한 수다쟁이였다. 더욱이 그녀는 한스가 옆에 있거나, 그가 수줍어한다고 해도 전혀 개의치 않을 사람이었다. 그래서 한스는 마음의 상처를 입고 당황한 나머지 수레바퀴에 치인 달팽이처럼 촉수(觸手)를 움츠리고 껍질 속으로 기어들어가 버렸다. 그는 아무 말도 하지 않은 채 짐짓 싫증 난 사람처럼 보이려고 애를 써 보았지만, 마음대로 되지 않았다. 방금 누군가가 죽기라도 한 듯한 표정을 지을 뿐이었다.

어느 누구도 그런 일에 신경을 쓸 여유가 없었다. 물론 엠마는 말할 나위도 없었다. 한스가 듣기로 그녀는 두 주일 전부터 플라이크 아저씨 집에 놀러와 있었다. 하지만 그녀는 벌써 온 마을 사람들을 다 사귄 터였다. 귀천을 가리지 않고, 누구에게나 달려가 새로 짠 과즙을 맛보고, 잠시 익살을 부리며 웃다가, 다시 돌아와서는 부지런히 일을 거드는 척하며 아이들을 안고 사과를 주기도 했다. 그녀는 자기 주위에 흥겨운 웃음을 온통 퍼뜨리고 다녔다.

가끔 지나가는 개구쟁이 아이들을 불러 세우기도 했다. "너 사과 먹을래?" 그러고는 잘 익은 빨간 사과를 집어 들고, 두 손을 등 뒤에 감춘 뒤에 알아맞히게 했다. "오른손이게, 왼손이게?" 하지만 사과는 한 번도 아이들이 맞춘 손에 들려 있지 않았다. 그래서 화가 난 아이들이 투덜거리기 시작하면, 그제야 사과 하나를 내주는 것이었다. 하지만 그것도 아주 자그마하고, 덜 익은 풋사과였다.

그녀도 이미 한스에 대해 들어서 알고 있는 것 같았다. 그녀는 한스에게 언제나 두통을 앓는 바로 그 사람이냐고 물어보았다. 하지만 한스가 대답하기도 전에 벌써 옆에 있는 사람들과 다른 이야기를 주고받기 시작했다.

한스가 살그머니 집으로 도망치려고 할 때, 플라이크 아저씨는 그의 손에 지렛대를 쥐여 주었다.

"자, 이제 조금만 더 해 주게나. 엠마가 도와줄 거야. 난 작업장에 가 봐야 하거든."

구둣방 아저씨는 가 버리고, 견습공이 플라이크 씨의 부인과 함께 과즙을 날라야 했다. 그래서 한스는 엠마와 단둘이서 압착기 옆에 남게 되었다. 그는 이를 악물고 미친 사람처럼 열심히 일하기 시작했다. 그런데 어느 순간에 지렛대가 무척 무겁게 느껴졌다. 그래서 의아하게 생각하며 고개를 들어보니 소녀 엠마가 큰 소리로 웃음을 터뜨리고 있지 않은가! 그녀가 장난 삼아 지렛대를 가로막고 있었던 것이다. 화가 난 한스가 다시 한번 잡아당겨 보았지만, 여전히 그녀는 버티고 서 있었다.

한스는 아무 말도 하지 않았다. 하지만 그녀의 몸이 버티고 있는 지렛대를 돌리는 동안에 갑자기 부끄럽고 답답한 느낌이 들었다. 그래서 지렛대를 돌리는 일을 천천히 멈췄다. 그는 달콤한 불안에 사로잡혔다. 젊은 아가씨가 뻔뻔스러울 정도로 그의 얼굴을 빤히 들여다보자, 갑자기 그녀가 다른 사람으로 변해 버린 것만 같았다. 더욱 다정하게 느껴지면서도 동시에 낯선 느낌을 지울 수가 없었다. 한스도 약간 어색하게 친근한 미소를 지어 보였다.

그러고 나서 지렛대는 완전히 멈추어 섰다.

엠마가 말했다. "너무 무리하진 맙시다." 그러고는 한스에게 방금 마시고 남은, 과즙이 반쯤 담긴 잔을 건네주었다.

이 한 모금이 그에게는 앞서 마셨던 과즙보다 더 진하면서도 달콤하게 느껴졌다. 한스는 잔에 든 과즙을 다 마시고 나서도 더 마시고 싶다는 듯이 빈 잔을 들여다보았다. 왜 심장의 고동이 심해지고, 호흡이 가빠지는지 알 수가 없었다.

그러고 나서 두 사람은 다시 일을 시작했다. 그녀의 스커트가 자신의 몸에 스치고, 그녀의 손이 자신의 손에 닿게 하기 위해 그녀에게 가까이 접근하려고 애쓰면서도, 한스는 지금 자기가 도대체 무슨 짓을 하고 있는지조차 몰랐다. 하지만 그녀와 스칠 때마다 그의 심장은 두려움에 가득 찬 기쁨으로 인해 멎어 버릴 것만 같았다. 그리고 달콤한 행복감에 온몸이 나른해졌다. 그의 무릎이 약간 떨리고, 그의 머릿속에서는 뭔가 윙윙 소리를 내며 도는 것 같은 현기증이 났다.

한스는 자신이 무슨 말을 하는지 몰랐다. 그녀와 이야기를 주고받던 한스는 그녀가 웃을 때면 같이 웃고, 그녀가 엉뚱한 소리를 할 때면 손가락을 내뻗으며 짐짓 겁을 주기도 했다. 그리고 두 번씩이나 그녀가 건네준 잔을 받아 과즙을 다 마셔 버렸다. 이와 동시에 수많은 기억들이 그를 스치고 지나갔다. 저녁 무렵에 사내들과 함께 현관 앞에 서 있던 하녀들, 이야기책에 나오는 두세 개의 문장, 수도원 시절에 헤르만 하일너에게서 받은 입맞춤, 그리고 '아가씨들'이나 '애인이 생기면 어떨까' 등에 대해 학생들 사이에 오가는 수많은 말과 이야기와 밀어(密語)들. 한스는 산에 오르는 노새처럼 가쁘게 숨을 내쉬었다.

모든 사물이 변해 있었다. 이리저리 분주하게 뛰어다니는 주위 사람들이 고운 빛깔을 띠고 미소 짓는 구름 속으로 녹아들었다. 말하는 소리, 욕하는 소리, 웃는 소리 하나하나가 한데 어우러져 암울하게 울려 퍼지며 사라져 갔다. 강물과 낡은 다리는 한 폭의 그림처럼 아련하게 보였다.

엠마의 모습도 달라져 있었다. 한스는 더 이상 그녀의 얼굴을 보지 못했다. 단지 검고 쾌활한 눈과 불그스레한 입술과 그 안으로 뾰족하게 드러난 하이얀 이만 보일 뿐이었다. 그녀의 형체는 녹아 없어지고 말았다. 한스는 그저 하나하나의 부분을 보고 있었다. 검은 양말을 신은 단화며 목덜미에 늘어뜨린 흐트러진 곱슬머리, 푸른 목도리 속에 감추어진 햇빛에 그을린 둥근 목덜미, 팽팽하게 당겨진 어깨의 옷매무새, 그 아래로 파도치는 숨결, 붉은빛으로 투명하게 내비치는 귀.

얼마 뒤에 엠마는 손잡이가 달린 통 속으로 잔을 떨어뜨리고 말았다. 그 잔을 집어 올리려고 몸을 굽히다가 그녀의 무릎이 통의 모서리에 눌려 한스의 손목에 닿았다. 한스도 천천히 몸을 굽혀 얼굴이 거의 그녀의 머리카락에 닿을 뻔했다. 그녀의 머리에서는 은은한 향내가 풍겼다. 그 아래로 흐트러진 곱슬머리의 그림자 속에 갈색의 고운 목덜미가 따스한 온기를 내며 푸른 코르셋 속으로 스며들었다. 그녀의 목덜미는 단단하게 채워진 고리의 틈새로 살짝 드러나 있었다.

엠마가 다시 몸을 일으켰을 때, 그녀의 무릎이 한스의 팔을 따라 미끄러져 내리고, 그녀의 머리가 그의 뺨을 스쳤다. 그녀는 몸을 굽히고 있었기 때문에 얼굴이 빨갛게 달아올라 있었다. 한스는 온몸에 강한 전율을 느꼈다. 그의 얼굴은 창백해지고, 갑자기 깊숙하게 밀려드는 피로감 때문에 압착기의 조이개를 꽉 잡지 않으면 안 되었다. 그의 심장은 경련을 일으키듯 뛰놀았다. 팔에 힘이 빠지고, 어깨가 아파 왔다.

이때부터 한스는 거의 한 마디도 하지 않았다. 그러고는 그 소녀의 눈길을 피해 버렸다. 그 대신에 그녀가 다른 곳을 바라볼 때면, 아직 맛보지 못한 쾌감과 꺼림칙한 양심의 가책이 뒤섞인 마음을 억누르며 그녀를 뚫어져라 쳐다보았다. 이 순간에 그의 내면에서는 무엇인가가 끊어져 버리는 것만 같았다. 그리고 저 멀리 푸른 해안을 따라 자신을 유혹하는 새롭고 낯선 땅이 그의 영혼 앞에 펼쳐지는 것이었다. 그는 아직 알지 못했다. 기껏해야 그저 어렴풋이 예감할 뿐이었다. 그의 가슴

속에 타오르는 불안과 달콤한 고통이 무엇을 의미하는지, 고뇌와 환희 가운데 어느 것이 더 큰 비중을 차지하는지를.

하지만 그의 쾌락은 참신한 사랑의 힘, 그리고 생동감이 넘치는 생명에 대한 최초의 예감을 의미했다. 그의 고통은 아침의 평화가 깨어지고, 자신의 영혼이 두 번 다시 찾지 못할 어린 시절의 세계를 이미 떠나 버렸다는 것을 의미했다. 난파를 간신히 벗어난 한스의 가벼운 조각배는 이제 새로운 폭풍과 입을 벌린 채 기다리고 있는 심연, 그리고 극도로 위험한 암초에 점점 가까이 빠져들고 있었다. 지금까지 올바른 지도를 받아 온 젊은이라 할지라도 이제는 안내자의 도움 없이 자기 자신의 힘으로 여기서 벗어날 수 있는 구원의 길을 찾아야만 하는 것이다.

때마침 구둣방의 어린 견습공이 다시 돌아와 압착기의 일을 교대해 주었다. 한스는 엠마의 손이 닿거나, 그녀가 다정하게 말 한 마디라도 건네주기를 기다리며 잠시 더 거기에 머물렀다. 그녀는 다른 압착기마다 찾아다니며 열심히 재잘거리고 있었다. 한스는 견습공 앞에서 공연히 부끄러운 생각이 든 나머지 작별 인사도 하지 않은 채 슬그머니 집으로 돌아와 버렸다.

모든 것이 이상하게도 다르게 변해 있었다. 아름다움을 자아내며 마음을 설레게 만들었다. 과즙 찌꺼기를 먹어 통통하게 살이 오른 참새들은 요란스럽게 지저귀며 쏜살같이 하늘을 날고 있었다. 하늘이 이처럼 높고, 아름답고, 그리움으로 푸르게 물들었던 적은 한 번도 없었다. 강물이 이다지도 맑고,

청록색의 거울처럼 미소 짓던 적이 없었다. 둑이 이리도 눈이 부시리만치 하이얀 거품을 내뿜은 적이 없었다. 모든 것이 장식을 두른 그림처럼 새로이 그려져 투명하고, 산뜻한 유리판 뒤에 세워진 듯이 보였다. 또한 모든 것이 한바탕 축제가 벌어지기를 기다리고 있는 것 같았다.

한스의 가슴속에서도 이상하리만치 굳건한 감정과 처음 느껴 보는 눈부신 희망의 파도가 세차게, 불안하게, 그리고 달콤하게 굽이쳤다. 하지만 동시에 이것이 단지 하나의 꿈에 지나지 않으며 결코 실현될 수 없다는 겁에 질린 절망적인 불안감이 그의 마음을 흔들어 놓았다. 이 모순적인 감정은 희미하게 솟구치는 샘물이 되어 있었다. 몹시도 강렬한 그 무엇이 한스의 가슴 깊숙이 묶인 사슬을 끊고, 자유를 만끽하려는 듯했다. 그것은 아마도 흐느낌이거나 노래거나 부르짖음이거나, 아니면 떠들썩한 웃음이었을 것이다. 이 흥분된 감정은 겨우 집에 돌아와서야 조금 가라앉았다. 집에서는 물론 모든 것이 평소와 다름없었다.

"어딜 갔다 오는 거니?" 기벤라트 씨가 물었다.

"플라이크 아저씨네 방앗간에요."

"그래, 그 아저씬 과즙을 얼마나 짰더냐?"

"두 통쯤요."

한스는 과즙 짜기를 하게 되면, 플라이크 아저씨의 아이들을 부르게 해 달라고 아버지에게 부탁했다.

"물론이지." 아버지는 중얼거리듯이 말했다. "다음 주에 짤 거니까, 그 아이들을 모두 데려오도록 해!"

저녁 식사를 하려면, 아직 한 시간이나 남아 있었다. 한스는 뜰로 나갔다. 두 그루의 잣나무 이외에 푸른 것이라고는 거의 찾아볼 수가 없었다. 한스는 개암나무 가지를 하나 꺾어 허공에 휘둘러 대며 시들어 버린 잎사귀들을 마구 쳐 흩날리게 했다. 해는 벌써 산자락 뒤로 숨어 버렸다. 머리카락처럼 가느다란 잣나무의 우듬지가 솟아 있는 검푸른 산세(山勢)는 촉촉하게 스며드는 초록빛의 맑은 저녁 하늘을 갈라놓았다. 길게 뻗은 잿빛의 구름은 황갈색으로 달아오른 채 마치 고향으로 돌아가는 배처럼 한가롭고 즐거운 모습으로 금빛의 엷은 허공을 가르며 골짜기 아래로 떠내려가고 있었다.

여느 때와는 달리 아름다운 색깔로 무르익은 저녁 노을에 취한 나머지 한스는 하릴없이 뜰을 거닐고 있었다. 이따금 멈춰 서서는 눈을 감고, 엠마의 모습을 떠올려 보려고 애썼다. 압착기 옆에서 마주 서 있던 모습, 그녀의 잔에 든 과즙을 마시게 해 주던 모습, 커다란 통 위로 몸을 굽혔다가 일어설 때 얼굴이 빨갛게 달아오른 모습. 그녀의 머리카락이며 꽉 달라붙는 푸른 옷 속에 내비친 그녀의 몸매며 그녀의 목, 검은 머리에 덮여 갈색으로 그늘진 그녀의 목덜미, 이 모든 것들이 그를 황홀한 전율에 몸부림치게 했다. 하지만 아쉽게도 그녀의 얼굴만은 도저히 떠올릴 수가 없었다.

이미 해가 저문 뒤에도 한스는 서늘한 냉기를 느끼지 않았다. 깊어 가는 황혼은 이름조차 모르는 베일에 가린 은밀한 비밀처럼 여겨졌다. 한스는 자신이 하일브론의 아가씨를 사랑하게 되었다는 사실을 깨닫고 있었다. 하지만 그에게는 이제 막 눈뜨기 시작한 남성다운 혈기가 그저 낯설고, 초조하고, 피곤하기만 한 상태로 어렴풋이 이해될 뿐이었다.

저녁 식사 때, 한스는 전혀 다른 모습으로 변해 버린 자신을 발견했다. 그리고 예전부터 익숙해져 있는 환경 한가운데 자신이 앉아 있다는 사실이 너무나도 이상하게 여겨졌다. 아버지와 늙은 하녀, 식탁, 그리고 방 안에 있는 모든 세간살이들이 갑자기 낡아 빠진 것처럼 생각되었다. 마치 긴 여행에서 방금 집에 돌아온 사람처럼 놀랍고, 서먹하면서도 다정스러운 느낌으로 이 모든 것들을 바라보았다. 자신의 죽음을 부르는 나뭇가지에 추파를 던질 때만 해도 한스는 작별을 고하는 자의 애절한 우월감을 가지고, 지금과 다름없는 사람들과 사물들을 바라보았다. 하지만 이제는 다시금 과거로 되돌아와 놀라움에 미소 지으며 잃었던 현실을 되찾은 것이다.

식사를 마친 뒤 한스가 일어서려고 할 때, 아버지는 여느 때와 다름없이 무뚝뚝하게 말을 꺼냈다. "한스야, 너 기계공이 되고 싶니, 서기가 되고 싶니?"

"왜요?" 한스는 깜짝 놀라 되물었다.

"다음 주말에 기계공 슐러 씨에게 가 보든지, 아니면 그다음 주에 관청에 들어가 견습을 하든지 할 수 있을 거야. 한번 잘 생각해 보려무나! 그런 다음에 내일 다시 얘기해 보자꾸나."

한스는 일어나 밖으로 나왔다. 아버지의 갑작스러운 질문이 그를 당혹스럽고 어리둥절하게 만들었다. 생기에 넘치고 활동적인 일상적 삶이 전혀 예기치 않게 그의 앞에 모습을 드러냈다. 이미 여러 달 전부터 낯설게 되어 버린 일상적인 삶은 유혹하는 듯한 얼굴과 위협하는 듯한 얼굴로 약속하기도 하고, 강요하기도 했다. 애당초 한스는 기계공이나 서기에 전혀 관심이 없었다. 그는 손으로 하는 힘든 육체노동을 약간 두려워하던 터였다. 이때, 지금은 기계공이 되어 있는 학교 친구 아우구스트가 불현듯 머릿속에 떠올랐다. 한스는 그에게 이 일에 대해 물어보리라고 마음먹었다.

그 일을 곰곰이 생각해 보는 동안, 한스는 점점 더 침울해지고, 창백해졌다. 하지만 그다지 급하거나 중요하게 여겨지지는 않았다. 대신에 무언가 다른 일이 그를 바쁘게 몰아 댔다. 한스는 불안한 마음으로 현관 복도를 이리저리 오갔다. 그러다가 갑자기 모자를 집어 들더니 집을 나와 천천히 골목길로 접어들었다. 오늘이 가기 전에 한 번 더 엠마를 만나야만 할 것 같은 생각이 들었다.

이미 날은 어두워져 있었다. 가까운 주점에서는 고함 소리와 목쉰 노랫소리가 들려왔다. 여러 창문에는 등불이 켜져 있었다. 여기저기에 하나씩 불이 켜지며 희미한 붉은빛을 어두운 밤공기에 내비치고 있었다. 젊은 아가씨들이 손에 손을 잡고, 떼를 지어 큰 소리로 떠들거나 웃으며 골목길을 따라 내려가고 있었다. 이들은 희미한 불빛에 흔들거리며 졸린 듯이 가물대는 거리를 젊음과 기쁨이 넘쳐흐르는 따사로운 물결처럼 걸어갔다. 한스는 눈을 돌리지 않은 채 이들을 쳐다보고 있었다. 심장의 고동이 목구멍에까지 거슬러 올라왔다. 커튼이 드리워진 창문 뒤에서 누군가가 바이올린을 연주하고 있었다. 우물가에서는 어느 여인이 상추를 씻고 있었다.

다리 위에서 여자 친구와 함께 산책하고 있는 두 사내의 모습이 눈에 띄었다. 한 사내는 자기 여자 친구의 손을 살며시 잡아 흔들며 여송연을 피우고 있었다. 다른 젊은 쌍은 서로 바짝 달라붙은 채 천천히 걷고 있었다. 남자는 여자의 허리를 감싸고, 여자는 자신의 어깨와 머리를 그의 가슴에 푹 파묻고 있었다. 지금까지 한스는 이러한 광경을 수없이 보아 왔지만, 전혀 주의를 기울이지 않았었다. 그런데 이제 막 그것이 은밀한 의미를 갖기 시작한 것이다. 어렴풋하게나마 욕정을 자극하는 달콤한 의미를 품고 있었다. 한스의 시선은 이들에게 머물렀다. 그는 가까이서 손짓하는 이해(理解)의 지평선을 향해 상상의 날개를 폈다. 그의 가슴은 답답해지고, 깊숙이 흔들리고 있었다. 그는 자신이 어떤 커다란 비밀에 가까이 다가서고 있다는 사실을 깨달았다. 그것이 감미로운 것인지, 아니면 두려운 것인지 알 수는 없었지만, 이들 가운데 무언가를 떨리는 가슴으로 예감하고 있었다.

한스는 플라이크 아저씨 집 앞에서 멈추어 섰다. 하지만 안으로 들어갈 용기가 나지는 않았다. 설혹 들어간다 하더라도 거기서 무엇을 하고, 또 무슨 말을 해야 한단 말인가! 한스는 열한두 살의 어린 소년 시절에 종종 여기에 놀러 왔던 기억을 떠올렸다. 그때마다 플라이크 아저씨는 그에게 성경 이야기를 들려주었다. 그리고 한스가 지옥이나 악마나 성령에 대해 호기심 어린 질문을 끊임없이 퍼부을 때에도 아저씨는 한 발짝도 물러서지 않았다. 이러한 기억들이 한스에게 그다지 편한 것은 아니었다. 심지어 그는 양심의 가책을 느끼기조차 했다.

그는 자신이 무엇을 하고 싶어 하는지, 도대체 무엇을 원하는지 알 수 없었다. 하지만 출입이 금지된 비밀스러운 세계 앞에 자신이 서 있다는 느낌이 들었다. 안으로 들어가지도 않고, 어둠에 싸인 문 앞에 우두커니 서 있는 자신이 구둣방 아저씨를 모욕하고 있다는 생각이 들었다. 만일 아저씨가 여기 서 있는 한스의 모습을 본다든지, 또는 지금이라도 문 밖으로 나온다든지 한다면, 한스를 야단치기보다는 그저 비웃을 것만 같았다. 그것이 한스에게는 가장 두려운 일이었다.

살그머니 집 뒤로 돌아간 한스는 뜰의 울타리 너머로 불이 켜져 있는 거실 안을 들여다볼 수 있었다. 구둣방 아저씨의 모습은 보이지 않았다. 그의 부인은 바느질이나 뜨개질을 하고 있는 것 같았다. 큰아들은 아직도 잠자리에 들지 않고, 책상에 앉아 책을 읽고 있었다. 엠마는 집 안을 이리저리 돌아다니고 있었다. 아마도 방을 청소하느라 분주한 모양이었다. 그래서 잠시 언뜻 눈에 비칠 뿐이었다. 너무 조용한 나머지 멀리 떨어진 골목길의 발자국 소리와 정원 저편에서 잔잔히 흐르는 냇물 소리까지 똑똑히 들려왔다. 날은 점점 더 어두워지고, 밤공기는 더욱 서늘해졌다.

거실의 창문 옆에는 어둠에 가린 채 복도에 딸린 자그마한 창문이 나 있었다. 한참 뒤에 이 창문으로 희미한 물체가 나타나더니 고개를 밖으로 내밀고 어둠 속을 바라보았다. 한스는 그 형체가 엠마라는 사실을 알아차렸다. 불안스러운 기대에 못 이겨 심장의 고동이 멈출 것만 같았다. 그녀는 창가에 서서 한참이나 한스가 있는 곳을 지켜보고 있었다. 한스는 그녀가 자신을 보았거나 알아차렸을지도 모른다는 생각을 할 수조차 없었다. 그는 꼼짝도 하지 않고 그녀 쪽을 향해 뚫어져라 쳐다보았다. 혹시라도 그녀가 자기를 알아볼지 모른다는 기대와 불안에 떨면서.

희미한 형체가 다시 창가에서 사라지더니 이내 정원으로 난 작은 문을 여는 소리가 들리고, 엠마가 집 밖으로 나왔다. 처음에 한스는 당황한 나머지 도망치려고도 생각해 보았지만, 꾸물대다가 그냥 울타리에 기대어 서 있었다. 그러고는 그녀가 어두운 뜰을 가로질러 자기에게로 천천히 다가오는 모습을 지켜보았다. 그녀가 자기에게로 한 발짝 내디딜 때마다 한스는 도망치고 싶은 충동에 사로잡혔지만, 더욱더 강한 미지의 힘이 그를 붙잡는 것이었다.

엠마는 그의 바로 앞에 서 있었다. 단지 나지막한 울타리가 반 발자국도 떨어지지 않은 두 사람을 가로막고 있을 뿐이었다. 그녀는 이상하다는 듯이 한스를 주의 깊게 살펴보았다. 두 사람 모두 한참 동안이나 아무 말도 하지 않았다. 이윽고 그녀가 나지막이 물었다. "너, 무슨 일이지?"

"아무것도 아냐." 그녀가 한스에게 '너'라고 불렀을 때, 그는 마치 그녀의 손이 자신의 살갗을 어루만지는 듯한 느낌을 받았다.

엠마는 울타리 너머로 한스에게 손을 내밀었다. 그는 수줍어하면서도 부드럽게 그녀의 손을 잡고는 약간 힘을 주어 보았다. 그녀가 전혀 손을 빼려는 기색을 보이지 않자, 용기를 내어 그녀의 따뜻한 손을 부드럽고 조심스럽게 어루만지기 시작했다. 그래도 그녀가 여전히 기꺼운 듯이 그가 하는 대로 내버려두자, 그녀의 손을 자신의 뺨에 갖다 대었다. 가슴을 파고드는 흥분과 야릇한 체온, 그리고 행복한 나른함이 밀어닥쳤다. 그를 에워싼 공기는 어쩐지 미지근하기도 하고, 끈적거리는 것 같기도 했다. 그에게는 더 이상 골목길도 정원도 보이지 않았다. 단지 바로 앞에 있는 그녀의 밝은 얼굴과 헝클어진 검은 머리카락이 보일 뿐이었다.

그녀의 나지막한 목소리는 마치 머나먼 밤하늘의 저편에서 들려오는 것만 같았다. "나한테 뽀뽀해 주겠니?"

그녀의 밝은 얼굴이 가까이 다가왔다. 그녀가 몸으로 내리누르고 있었기 때문에 울타리를 두른 나뭇가지들이 약간 밖으로 불거져 나왔다. 은은한 향내를 풍기는 흐트러진 머리카락이 한스의 이마를 스쳤다. 넓게 퍼진 하얀 눈꺼풀과 까만 속눈썹으로 덮인 그녀의 눈은 살며시 감긴 채 바로 한스의 눈앞까지 다가와 있었다. 수줍은 듯이 내민 한스의 입술이 그 소녀의 입에 닿았을 때, 강렬한 전율이 그의 몸을 휘감고 지나갔다. 이 순간, 그는 또다시 부르르 떨며 뒤로 주춤 물러섰다. 하지만 그녀는 한스의 머리를 두 손으로 붙잡고, 그녀의 얼굴을 그의 얼굴에 들이밀며 그의 입술을 놓아주지 않았다. 한스는 그녀의 입술이 타오르는 것을 느꼈다. 그리고 마치 한스의 생명을 삼켜 버리기라도 하려는 듯이 그녀의 입이 자신의 입을 내리누르며 탐욕스럽게 빨아 대는 것이었다. 한스는 나락(奈落)에 빠져드는 듯한 나른한 느낌이 들었다. 낯선 입술이 자신의 입술에서 떨어지기도 전에 그처럼 전율에 휩싸인 환희는 견디기 힘든 피곤과 고통으로 변해 있었다. 엠마가 그의 입술을 자유롭게 놓아주었을 때, 한스는 비트적거리며 경련을 일으키는 듯한 손가락으로 울타리를 꼬옥 붙들었다.

"얘, 내일 저녁에 다시 와!" 엠마가 말했다. 그러고는 집 안으로 재빨리 들어가 버렸다. 그녀가 들어간 지 채 오 분이 지나지 않았는데도 한스에게는 무척 오랜 시간이 흐른 것처럼 여겨졌다. 그는 여전히 울타리를 붙들고, 그녀가 사라진 뒤안길을 멍하니 바라보았다. 한 발짝도 내딛지 못할 정도로 지쳐 있었다. 꿈을 꾸는 듯한 기분으로 그는 자신의 피가 머릿속에서 쿵쾅거리며 맥박 치는 소리를 들었다. 고통에 겨워 고르지 않게 물결치는 심장의 파도가 다시 넘쳐흘렀다. 금방이라도 호흡이 멎을 것만 같았다.

그때 막 방문이 열리더니 구둣방 아저씨가 들어섰다. 늦게까지 작업장에 있었던 모양이었다. 혹시라도 사람들이 자기를 볼지 모른다는 두려움에 사로잡힌 한스는 즉시 도망쳐 버렸다. 그는 비틀거리며 내키지도 않는 걸음을 느릿느릿 옮기고 있었다. 한 발짝 내디딜 때마다 술에 취한 사람처럼 쓰러질 것만 같았다. 졸린 듯한 박공과 붉은색의 음침한 창문이 있는 어두침침한 골목길은 마치 색이 바랜 무대의 배경처럼 그의 곁을 흘러 지나갔다. 다리와 강물, 뜰과 정원도 함께 흘러갔다. 게르버 거리의 분수는 이상하리만치 커다란 음색으로 울리면서 물을 뿜어 대고 있었다.

꿈에 사로잡힌 한스는 자기도 모르는 사이에 문을 열고, 칠흑처럼 어두운 복도를 지나 계단을 올라갔다. 그리고 다른 문을 지나 또 다른 문을 여닫고는 책상에 걸터앉았다. 한참 뒤에야 자기 집에 돌아와 자기 방에 앉아 있다는 사실을 깨달았다. 옷을 벗기로 마음먹기까지는 또다시 오랜 시간이 흘렀다. 한스는 옷을 벗은 채 멍하니 창가에 앉아 있었다. 그러다가 불현듯 가을밤의 차가운 공기에 몸을 떨며 이불 속으로 몸을 숨겼다.

한스는 이내 잠에 빠질 수 있으리라고 생각했다. 하지만 잠자리에 누운 뒤에 몸이 조금 따뜻해지자, 심장이 뛰기 시작하더니 피가 불규칙한 간격으로 거칠게 끓어올랐다. 눈을 감으니 그 소녀의 입이 아직도 자신의 입에 달라붙어 있었다. 마치 자신의 영혼을 송두리째 빨아내고는 그 속에 고통스러운 열정을 불어넣으려는 듯이.

밤늦게서야 한스는 잠이 들었다. 그는 누군가에게 쫓기듯이 꿈에서 꿈으로 돌아다녔다. 그리고 소름이 끼칠 정도로 깊은 어둠 속에 서 있었다. 그는 주위를 더듬어 엠마의 팔을 잡았다. 그녀가 그를 껴안자, 두 사람은 포근하고 깊은 물결을 타고 천천히 가라앉았다. 갑자기 구둣방 아저씨가 나타나서 한스에게 왜 찾아오지 않느냐고 물었다. 이때, 한스는 그만 웃음을 터뜨리고 말았다. 그것은 플라이크 아저씨가 아니라, 마울브론의 기도실 창가에 걸터앉아 익살을 부리던 헤르만 하일너라는 사실을 알아차렸기 때문이다. 하지만 이 광경도 곧 사라져 버렸다.

이제 한스는 과즙을 짜는 압착기 옆에 서 있었다. 엠마는 지렛대가 움직이지 못하게 버티고 있었고, 한스는 지렛대를 돌리려고 온 힘을 다해 발버둥치고 있었다. 그녀는 한스에게로 몸을 굽힌 채 그의 입술을 찾고 있었다. 주위는 온통 적막과 어둠에 휩싸여 버렸다. 그는 또다시 따뜻하고 어두운 심연으로 가라앉기 시작했다. 너무나도 머리가 어지러워 정신을 잃을 지경이었다. 이와 동시에 교장 선생의 연설이 들려왔다. 그것이 한스 자신의 문제를 이야기하는 것인지 알 수는 없었다.

한스는 아침 늦게까지 잠을 잤다. 무척이나 화창한 날씨였다. 그는 오랫동안 뜰을 거닐며 잠을 떨치고 머리를 맑게 해보려고 애를 썼지만, 졸음의 안개는 좀처럼 사라지지 않았다. 아직도 정원에 홀로 피어 있는 보라색의 과꽃이 햇빛을 받으며 아름답게 미소 짓고 있었다. 마치 지금이 8월이기라도 한 듯이. 따스하고 포근한 햇살이 이미 시들어 버린 가지들과 잎이 진 덩굴 주위로 다정하게 응석을 부리며 흘러내렸다. 마치 이른 봄날처럼. 하지만 한스는 아무런 느낌도 없이 그저 바라만 볼 뿐이었다. 아무것도 그의 관심을 끌지 못했고, 또 이 모든 것이 그와는 아무런 상관이 없는 것처럼 여겨졌다.

문득 여기 이 정원에서 자신이 키우던 토끼가 뛰놀고, 물레방아가 돌아가고, 절구가 움직이던 그 시절에 대한 추억이 뚜렷하면서도 강렬하게 한스의 마음을 사로잡았다.

그는 3년 전, 9월의 어느 날을 떠올리지 않을 수 없었다. 그것은 세당[19] 축제일 하루 전날이었다. 아우구스트가 담쟁이

19) 프랑스 동부에 있는 도시의 이름. 1870년에 독일군이 프랑스군과 싸워 대승을 거둔 곳이다.

덩굴을 가지고 한스에게로 왔다. 이들은 윤이 날 정도로 깃대를 깨끗이 닦은 다음, 황금빛 꼭대기 위에 담쟁이를 달아맸다. 그러고는 내일에 대해 이야기를 나누며 그날을 손꼽아 기다렸다. 그 외에는 아무 일도 없었고, 또 아무 일도 일어나지 않았다. 하지만 두 소년 모두 축제에 대한 기대와 커다란 기쁨에 넘쳐 있었다. 깃발은 햇빛을 받아 빛나고 있었고, 안나 할머니는 자두를 넣은 과자를 굽고 있었다. 밤에는 높은 바위 위에서 세당의 불이 타오르게 되어 있었다.

한스는 왜 하필이면 오늘 그날 밤이 생각나는지, 왜 그 추억이 이처럼 아름답고 강렬한지, 왜 그 추억이 자신을 이다지도 비참하고 슬프게 만드는지 알 수 없었다. 이별을 고하기 위하여, 이미 흘러가 버려 다시는 돌아오지 않을 그 큰 행복의 가시 바늘을 남기기 위하여 자신의 유년 시절과 소년 시절이 추억의 옷을 입고 즐겁게 미소 지으며 자기 앞에 나타났다는 사실을 깨닫지 못했다. 단지 그는 이 추억이 어젯밤에 있었던 엠마에 대한 기억과 조화를 이루지 못하고 있다는 것, 그리고 그 옛날의 행복과 일치하지 않는 무엇인가가 자신의 내면에서 꿈틀거리고 있다는 것을 느낄 뿐이었다. 다시 깃대가 황금빛으로 반짝이는 모습이 보이고, 친구 아우구스트가 웃는 소리가 들리고, 갓 구운 과자의 냄새가 나는 것만 같았다. 이 모든 것이 너무나도 즐겁고 행복했건만, 이제는 그로부터 멀리 떨어져 전혀 낯선 과거가 되어 버렸다. 그래서 한스는 껍질이 거친 아름드리 잣나무에 기대어 절망에 싸인 채 흐느껴 울기 시작했다. 이 눈물도 그에게 순간의 위안과 구원을 줄 뿐이었다.

점심때, 한스는 아우구스트에게 달려갔다. 이미 일급 견습공이 되어 있는 친구는 예전보다 살도 찌고, 키도 컸다. 한스는 그에게 자신의 관심사를 이야기했다.

"그건 쉬운 일이 아니지." 그는 세상물정을 잘 아는 사람 같은 얼굴 표정을 지으며 말했다. "쉬운 일이 아니라고. 어쨌든 넌 약골이잖니. 우선 처음 일 년간은 쇠를 단련하면서 지겹도록 망치질을 하지 않으면 안 되거든. 망치가 국이나 떠먹는 숟가락은 아니란 말야. 그리고 쇠를 이리저리 날라야 하고, 저녁엔 일이 끝나는 대로 뒷정리를 해야 한다고. 줄질을 하는 데도 여간 힘이 드는 게 아냐. 게다가 처음엔 웬만큼 익숙하게 될 때까지 잘 들지도 않는 낡은 줄밖에 주지 않는다고. 그건 원숭이의 궁둥이처럼 매끄럽단다."

한스는 금세 주눅이 들고 말았다.

"그래, 그럼 난 그만둬야 할까 봐?" 그는 머뭇거리며 입을 열었다.

"아니, 그런 뜻으로 말한 건 아냐! 벌써 겁을 먹으면 어떡하니! 난 그저 우리 일터가 춤이나 추는 무도장(舞蹈場)과는 다르다는 얘기를 했을 뿐이야. 그 외엔 뭐. 그래, 기계공이란 정말 멋진 거라고. 머리도 좋아야 하거든. 그렇지 않으면 그저 형편없는 대장장이에 그치고 말지. 여길 한 번 봐!"

아우구스트는 번질번질한 쇠로 정교하게 구워 만든 자그마한 기계 부품들을 두세 개 가져와 한스에게 보여 주었다.

"이건 반 밀리미터도 어긋나면 안 되는 거야. 모든 게 손으로 만든 거라고. 나사까지 말야. 눈을 크게 뜨고, 정신을 바짝 차려야 해! 이걸 좀 더 갈아서 단단하게 만들면 되는 거지.”

“그래, 정말 멋지구나. 내가 알고 싶은 건……”

아우구스트는 웃음을 터뜨렸다.

“너 겁나니? 그래, 물론 견습 시절은 괴로운 법이지. 어쩔 도리가 없는 거라고. 하지만 내가 옆에 있잖니! 걱정하지 마, 도와줄 테니까. 네가 다음 주 금요일에 일을 시작하면, 난 마침 이 년의 견습 생활을 마치고 토요일에 처음으로 주급(週給)을 받게 되거든. 그럼 일요일엔 축하 모임을 가질 생각이야. 맥주도 있고, 과자도 있고, 사람들도 모두 올 거야. 너도 와야 해! 그래야지 우리 사정이 어떻게 돌아가는지 알 수 있을 테니까. 그래, 알 수 있고말고! 어쨌든 우린 예전에 아주 좋은 친구였잖니.”

식탁에서 한스는 아버지에게 기계공이 되고 싶다고 말했다. 그리고 일주일 뒤에 시작해도 좋은지 물어보았다.

“그래, 좋다.” 아버지가 말했다. 오후에는 한스를 데리고 슐러의 작업장으로 가서 견습을 위한 신청을 했다.

하지만 땅거미가 드리워지기 시작하자, 한스는 이 모든 것들을 거의 잊어버리고 말았다. 오늘 밤에 엠마가 자기를 기다리고 있다는 사실만을 생각할 뿐이었다. 벌써 숨이 가빠 오기 시작했다. 때로는 시간이 너무 길게 느껴지기도 하고, 때로는 너무 짧게 느껴지기도 했다. 한스는 마치 강여울로 배를 몰아가는 사공처럼 엠마와의 만남을 향해 치닫고 있었다. 오늘 밤에는 식사 따위가 전혀 문제되지 않았다. 그는 우유 한 잔을 마시기가 무섭게 밖으로 나갔다.

모든 것이 어제와 다름없었다. 졸음에 잠겨 있는 어두운 골목길, 불 꺼진 창문, 가로등의 희미한 불빛, 한가로이 거니는 연인들.

구둣방 아저씨의 정원 울타리에 다다른 한스는 커다란 불안감에 휩싸이기 시작했다. 부스럭거리는 소리가 날 때마다 깜짝 놀라 움찔거렸다. 어둠 속에 서서 남몰래 주위를 살피는 자신의 모습이 영락없이 도둑이나 다름없어 보였다. 일 분도 채 기다리지 않아 엠마가 한스 앞에 나타났다. 그녀는 두 손으로 그의 머리카락을 쓰다듬고는 정원 문을 열어 주었다. 한스는 조심스럽게 발을 들여놓았다. 그녀는 덤불로 둘러싸인 길을 지나 뒷문을 통하여 어두컴컴한 복도를 따라 한스를 데리고 갔다.

거기서 그들은 지하실의 맨 위에 있는 층계에 나란히 걸터앉았다. 어둠 속에서 서로의 얼굴을 알아볼 때까지는 꽤나 오랜 시간이 걸렸다. 그 소녀는 기분이 좋았는지, 속삭이는 듯한 목소리로 끊임없이 재잘거렸다. 이미 그녀는 여러 차례나 키스한 경험이 있었을 뿐 아니라, 연애에 대해서도 훤히 꿰뚫고 있었다. 수줍고 연약한 소년 한스가 그녀에게는 안성맞춤이었다. 그녀는 한스의 가느다란 얼굴을 두 손으로 감싸고는 이마와 눈, 그리고 뺨에 입을 맞추었다. 그녀의 입이 그의 입술에 닿고, 그녀가 빨아들이는 듯한 키스를 한참이나 해 대자, 한스는 현기증을 느낀 나머지 축 늘어진 채 맥없이 그녀에게 기대고 말았다. 그녀는 나지막한 소리로 웃으며 그의 귀를 잡아당겼다.

그녀는 쉴 새 없이 재잘거리고 있었다. 한스는 귀를 기울이고 있었지만, 자신이 무슨 말을 듣고 있는지 알 수가 없었다. 그녀는 한스의 팔과 머리카락, 목과 두 손을 가볍게 어루만지고는 자기 뺨을 그의 뺨에, 자기 머리를 그의 어깨에 기댔다. 그는 아무 말도 하지 않고, 가만히 앉아 그녀가 하는 대로 자신을 내맡겼다. 달콤한 전율과 행복한 불안이 그를 휘감았다. 이따금씩 열병을 앓는 환자처럼 가냘프게 몸을 떨기도 했다.

"넌 정말이지 알다가도 모를 애인이야!" 그녀는 웃으며 말했다. "너무 겁이 많은 거 아니니!"

그녀는 자기 목덜미와 머리카락으로 한스의 손을 가져갔다. 그러고는 자기 가슴 위에 가볍게 내리눌렀다. 그는 부드러운 곡선이 달콤하면서도 낯설게 물결치는 것을 느꼈다. 두 눈을 감은 채 끝없는 나락(奈落)으로 빠져들었다.

"그만! 이젠 그만해!" 그녀가 또다시 키스하려고 하자, 한스는 뿌리치듯이 말했다. 그녀가 웃었다.

그녀는 그를 두 팔로 껴안아 자기 옆으로 바짝 끌어당겼다. 한스는 그녀의 몸에 닿자마자 정신을 차리지 못하고, 더 이상 아무 말도 하지 못했다.

"너 날 좋아하는 거니?" 그녀가 물었다.

그는 그렇다는 대답을 하려고 했지만, 그저 고개만 끄덕였을 뿐이었다. 그리고 계속 고개를 끄덕이고 있었다.

그녀는 다시 한번 그의 손을 잡고는 장난치듯이 자기 코르셋 아래로 그의 손을 밀어넣었다. 한스는 아주 가까이서 낯선 생명의 맥박과 호흡을 뜨겁게 느꼈다. 심장의 고동이 멎고, 죽을 지경으로 숨을 쉬기조차 힘들어졌다.

한스는 자기 손을 뿌리치며 신음하듯이 말했다. "이젠 집에 가 봐야 돼."

비틀거리며 일어서려다가 하마터면 지하실의 계단 아래로 굴러떨어질 뻔했다.

"왜 그래?" 엠마가 놀라서 물었다.

"나도 모르겠어. 너무 피곤해."

한스는 그녀가 정원 울타리까지 자기를 꽉 껴안고, 부축해 주었다는 사실도 전혀 느끼지 못했다. 그녀가 작별 인사를 하는 소리도, 그의 뒤에서 문이 닫히는 소리도 그의 귀에는 들리지 않았다. 그는 골목길을 지나 집으로 돌아왔다. 하지만 어떻게 왔는지는 전혀 알 수 없었다. 마치 커다란 폭풍우가 자신을 휩쓸고 가는 것 같기도 하고, 거센 물결이 흔들거리며 자신을 데려가는 것 같기도 했다.

한스는 좌우로 희미한 등불이 가물거리는 집들을 보았다. 그 위로는 산등성이와 잣나무의 우듬지, 검게 물든 밤의 어둠, 그리고 조용히 흐르는 커다란 별들이 보였다. 그는 스치는 바람을 느끼며 강물이 다리 기둥에 부딪히는 소리를 들었다. 또한 수면 위로 정원이며, 희미한 집들, 밤의 어둠, 가로등과 별들이 비치는 모습을 보았다.

다리 위에서 한스는 그만 주저앉고 말았다. 너무나도 피곤한 나머지 어쩌면 집으로 돌아갈 수 없을지도 모른다는 생각이 들었다. 그는 난간에 걸터앉아 강물이 다리 기둥에 부딪히는 소리와 둑에서 거품이 이는 소리, 그리고 물레방아가 도는 소리에 귀를 기울였다. 그의 손은 싸늘하게 식어 있었다. 가슴과 목구멍에서는 피가 막혀 있다가 갑자기 터져 나왔다. 눈앞이 캄캄해지기도 했다. 피가 다시 심장을 향해 용솟음칠 때는 어지러웠다.

한스는 집에 돌아와 자기 방으로 들어갔다. 그리고 침대에 눕자마자 곧 잠이 들었다. 꿈속에서 그는 어마어마한 공간을 넘나들며 심연에서 심연으로 빠져들었다. 한밤중에는 괴로움에 지친 나머지 눈을 떴다. 그러고는 아침까지 꿈과 현실 가운데 몽롱한 상태로 누워 있었다. 목이 마르게 애달픈 그리움에 지쳐 억누를 수 없는 힘에 의해 이리저리 내동댕이쳐진 채. 이른 새벽이 되어 그의 고통과 번민이 끝없는 흐느낌으로 터져 나왔다. 그러고 나서 그는 눈물에 흠뻑 젖은 이불 위에서 다시 잠이 들었다.

7장

　기벤라트 씨는 과즙을 짜는 압착기 옆에서 짐짓 의젓하게 야단법석을 떨며 바쁘게 움직였다. 한스도 일을 거들어 주었다. 구둣방 아저씨의 아이들 가운데 두 아이만이 와서 분주하게 과일을 나르고 있었다. 이들은 시음(試飮)을 위한 자그마한 유리잔과 더불어 큼지막한 검은 빵을 손에 들고 다녔다. 하지만 엠마는 보이지 않았다.

　아버지가 술통을 들고 나가 반 시간이나 자리를 비웠다. 한스는 그제야 용기를 내 그녀에 대해 물어보았다.

　"엠마는 어디에 있니? 오고 싶지 않다던?"

　아이들은 먹거리를 입안에 잔뜩 집어넣고 있었다. 그래서 이야기를 할 수 있을 때까지는 제법 시간이 걸렸다.

　"누난 벌써 떠나 버렸는걸." 아이들은 연신 고개를 끄덕였다.

　"떠났다고? 어디로?"

"고향으로."

"아주 떠나 버린 거니? 기차로?"

아이들은 열심히 고개를 끄덕여 댔다.

"도대체 언제?"

"오늘 아침에."

다시금 아이들은 사과를 달라고 손을 내밀었다. 한스는 압착기를 돌리며 과즙이 담겨 있는 통을 멍하니 들여다보았다. 이제야 모든 일들이 어렴풋하게나마 차츰 이해되기 시작했다.

아버지가 다시 돌아왔다. 모두들 즐거운 기분으로 일에 매달렸다. 아이들은 고맙다는 인사를 하고는 돌아갔다. 저녁이 되어 모두 집으로 향했다.

저녁 식사를 마친 뒤, 한스는 자기 방에 혼자 앉아 있었다. 10시가 되고 11시가 되었지만, 불은 켜지 않았다. 그러다가 어느 사이에 길고도 깊은 잠에 빠져들었다. 여느 때보다 늦게 눈을 떴을 때, 그는 무엇인가를 잃어버린 나머지 불행에 빠지고 말았다는 막연한 느낌에 사로잡혔다. 엠마의 일이 다시 머릿속에 떠올랐다. 그녀는 한 마디 말도 없이, 작별 인사도 없이 떠나 버린 것이다. 한스가 어젯밤에 그녀를 만났을 때, 그녀는 벌써 언제 떠날지 분명히 알고 있었다. 그는 그녀의 미소와 입맞춤, 그리고 그녀의 능숙한 몸놀림을 떠올려 보았다. 그녀는 한스를 전혀 진실된 마음으로 대하지 않았다.

분노에 찬 고통과 더불어 여전히 진정되지 않은 사랑의 힘은 흥분과 불안에 감싸인 채 음울한 번민으로 바뀌었다. 한스는 집에서 정원으로, 정원에서 거리로, 거리에서 숲으로, 그리고 다시 숲에서 집으로 헤매며 다녔다.

이렇게 해서 한스는 자신 속에 숨겨져 있던 사랑의 비밀을 너무나도 빨리 알고 말았다. 그것은 달콤하다기보다는 차라리 쓰디쓴 맛이었다. 부질없는 탄식과 그리운 추억, 그리고 암울한 사색으로 물든 나날들, 숨가쁜 심장의 고동으로 잠을 이루지 못하거나 무서운 꿈결로 빠져드는 밤의 연속. 꿈속에서는 피가 이상하리만치 격렬하게 끓어올라 끔찍스러운 거대한 괴물이 되기도 하고, 목을 휘감아 죽음을 부르는 팔이 되기도 하고, 불타는 눈빛을 지닌 환상의 짐승이 되기도 했다. 때로는 현기증이 날 정도로 깊은 심연이 되기도 하고, 이글거리는 커다란 눈이 되기도 했다.

한스는 잠에서 깨 홀로 싸늘한 가을밤의 고독에 사로잡힌 자신의 모습을 발견했다. 그는 엠마에 대한 그리움으로 몸부림치다가 눈물로 뒤범벅이 된 베개에 얼굴을 파묻었다.

이제 한스가 작업장으로 들어가야 할 금요일이 다가왔다. 아버지는 한스에게 아마포(亞麻布)로 만든 푸른 작업복과 반모직(半毛織)의 푸른 모자를 사 주었다. 한스는 한번 입어 보았지만, 대장장이의 작업복을 입고 있는 자신의 모습이 무척이나 우스꽝스럽게 보였다. 학교며 교장 선생이나 수학 선생의 사택, 플라이크 아저씨의 일터, 혹은 목사관을 지날 때에 무척이나 비참한 느낌이 들 것만 같았다. 공부에 흘린 숱한 땀과 눈물, 공부를 위하여 억눌러야 했던 자그마한 기쁨들, 자부심과 공명심, 그리고 희망에 넘치는 꿈도 이제는 모두 헛된 것이 되고 말았다. 이 모두가 다른 학교 친구들보다 뒤늦게 하찮은

견습공이 되어 주위 사람들의 놀림을 받으며 작업장에 들어
가기 위해서란 말인가!

만일 이 일을 하일너가 알게 된다면, 무슨 말을 할 것인가?

한스는 차츰 시간이 지나면서 푸른 대장장이의 작업복에
익숙해지기 시작했다. 그리고 이 옷을 처음으로 입어 보게 될
금요일이 기다려지기까지 했다. 거기서는 적어도 새로운 체험
이 그를 기다리고 있을 것이다!

하지만 이런 생각들도 검은 구름 속에서 잠시 빛나는 섬광
처럼 곧 사라져 버렸다. 한스는 엠마가 떠나 버렸다는 사실을
끝내 잊지 못했다. 그의 피는 소녀와 나눈 흥분의 시간들을
잊지도 못하고, 이겨 낼 수도 없었다. 그의 피는 점점 더 많은
것을 얻기 위해 다시금 눈뜬 그리움을 채우기 위하여 아우성
치며 솟구쳐 올랐다. 시간은 그렇게 고통에 싸여 느릿하게 흘
러가고 있었다.

올가을은 여느 해보다 유난히 더 아름다웠다. 부드러운 햇
살과, 은빛 새벽, 한낮의 화창한 미소, 맑은 저녁 하늘을 누릴
수 있었다. 멀리 보이는 산은 우단(羽緞) 같은 짙은 푸른색을
띠었다. 밤나무들은 황금빛으로 빛났고, 담과 울타리 위에는
야생 포도의 잎사귀들이 보랏빛을 드리웠다.

한스는 불안에 싸인 자기 자신으로부터 도망치려고 발버
둥 쳤다. 하루 종일 시내와 들판을 돌아다니면서 자신의 상사
병을 사람들이 눈치챌까 두려웠다. 하지만 저녁에는 골목길
로 나가 하녀들을 쳐다보기도 하고, 양심의 가책을 받으며 젊
은 연인들의 뒤꽁무니를 살금살금 쫓기도 했다. 인생의 모든

매혹적인 욕망이 엠마와 함께 다가왔다가 심술궂게도 그녀와 함께 사라져 버렸다.

한스는 그녀의 곁에서 느껴야 했던 고통과 불안을 더 이상 생각하지 않기로 했다. 만일 다시 한번 그녀를 만날 수만 있다면, 아무런 거리낌도 없이 그녀의 숨겨진 모든 비밀을 밝히고, 마법에 걸려 있는 사랑의 정원에 들어가고 싶었다. 하지만 그 동산의 문은 지금 한스 앞에서 굳게 닫히고 말았다. 그의 환상은 위험하기 짝이 없는 후텁지근한 숲속으로 얽혀들고, 그곳에서 절망에 싸인 채 이리저리 방황하고 있었다. 자학(自虐)에 빠져든 한스는 이 좁은 마술 세계의 바깥에 아름답고 넓다란 세계가 환하고 다정하게 놓여 있다는 사실을 굳이 모른 척하려고 했다.

처음에는 불안한 마음으로 기다리던 금요일이 마침내 다가왔다. 지금 한스는 오히려 기쁜 마음으로 아침 일찍 일어나 푸른 작업복을 입고, 모자를 쓰고 게르버 거리를 따라 슐러의 일터로 향했다. 한스를 아는 사람들은 더러 호기심 어린 눈으로 그를 쳐다보았다. 심지어 어떤 사람은 이렇게 묻기까지 했다. "이게 어찌 된 일이야? 너 대장장이가 된 거니?"

작업장에서는 벌써 멋들어지게 일이 돌아가고 있었다. 주인은 마침 쇠를 단련하고 있었다. 그가 빨갛게 달군 쇠를 모루 위에 올려놓자, 옆에 있는 숙련공이 묵직한 망치로 두들기기 시작했다. 주인은 틀을 제대로 짜맞추기 위하여 가볍게 두들겼다. 그는 집게를 자유자재로 놀리며 손에 맞는 망치를 들고는 사이사이에 모루를 치며 박자를 맞추었다. 그 소리는 활짝 열어젖힌 문을 통하여 아침 거리로 맑고 경쾌하게 울려퍼졌다.

기름과 줄밥으로 새까매진 긴 작업대에는 조금 나이가 들어 보이는 숙련공과 아우구스트가 나란히 서 있었다. 이들은 자기 몫의 나선대(螺旋臺)에서 일에 열중하고 있었다. 천장에는 선반과 숫돌, 풀무와 천공기(穿孔機)를 움직이는 가죽 벨트가 윙윙 하는 소리를 내며 빠르게 돌고 있었다. 그것은 수력(水力)을 이용한 작업이었다.

아우구스트는 작업장에 들어선 친구를 향해 고개를 끄덕여 보이고는 주인이 짬이 날 때까지 문에서 기다리라고 눈짓을 보냈다.

한스는 줄과 멈춰 있는 선반, 요란스럽게 돌고 있는 가죽 벨트, 공전반(空轉盤) 등을 수줍은 듯이 쳐다보았다.

주인은 방금 전에 하던 일을 마치고, 한스에게로 다가와 쇠를 달구느라 달아오른 딱딱하고 큼지막한 손을 내밀었다.

"저기에 네 모자를 걸도록 해라." 주인은 벽에 박힌 빈 못을 가리키며 말했다.

"자, 이리 와 봐. 여기가 네 자리고, 이건 네 나선대란다."

그는 한스를 맨 뒤에 있는 나선대로 데리고 갔다. 그리고 나선대를 다루는 법, 작업 도구와 작업대를 정돈하는 법을 가르쳐 주었다.

"네가 힘센 장사가 아니라는 건, 벌써 네 아버님께서 말씀해 주셨다. 내가 보기에도 그렇구나. 그래, 좀 더 힘이 세어질 때까진 당분간 망치질을 하지 않아도 좋다."

주인은 작업대 밑으로 손을 넣어 주철(鑄鐵)로 만든 톱니바퀴를 끄집어냈다.

"자, 이걸로 시작하는 게 좋겠다. 이제 막 주조한 거라 바퀴가 아직 제대로 다듬어지지 않았단다. 여기저기 울퉁불퉁하고, 모가 나 있는데, 그걸 갈아 내야 하는 거야. 그렇게 하지 않으면 나중에 정밀한 기계 부품이 다 망가지고 말거든."

주인은 톱니바퀴를 나선대에 끼우고, 다 낡아 빠진 줄을 손에 들고는 어떻게 하는지 시범을 보여 주었다.

"자, 이젠 네가 계속하도록 해라. 절대 다른 줄을 써서는 안돼! 점심때까진 충분한 일거리가 될 거야. 끝나거든 나한테 보여 주렴. 일할 땐 시키는 일 외엔 다른 일에 전혀 신경을 쓸 필요가 없단다. 견습공이란 딴생각을 해서는 안 되는 거야."

한스는 줄질을 시작했다.

"잠깐!" 주인이 버럭 소리를 질렀다. "그렇게 하는 게 아냐. 왼손은 이렇게 줄 위에다 올려놓는 거라고. 너 혹시 왼손잡이니?"

"아녜요."

"그럼, 좋다. 이젠 될 거야."

주인은 문 가에서 가장 가깝게 놓여 있는 나선대로 되돌아갔다. 한스는 자신이 과연 잘할 수 있을지 한번 시도해 보기로 했다.

처음에 여러 차례 문질러 보니 놀랍게도 톱니바퀴가 생각보다 부드럽고, 무척 수월하게 벗겨져 나갔다. 하지만 느슨하게 벗겨지는 것은 단지 주철의 맨 바깥에 있는 부서지기 쉬운 표피일 뿐, 매끄럽게 밀어야 할 단단한 쇠는 그 밑에 있다는

236

사실을 곧 알게 되었다. 한스는 정신을 가다듬고, 열심히 일을 계속해 나갔다. 소년 시절의 장난기 어린 놀이를 그만둔 뒤로 이제껏 무엇인가 눈에 드러나는 유익한 물건을 자신의 손으로 만드는 기쁨을 맛본 적이 없었다.

"좀 더 천천히 해라!" 주인이 한스를 향해 소리쳤다. "줄질을 할 땐 박자를 맞춰서 하는 거라고. 하나, 둘, 하나, 둘. 그리고 거길 잘 눌러야 돼. 그렇지 않으면 줄이 못 쓰게 되거든."

조금 나이가 들어 보이는 숙련공이 선반에서 일을 하고 있었다. 한스는 궁금한 나머지 살짝 곁눈질을 해 보았다. 그 숙련공은 강철로 만든 굴대를 원반에 끼우고 벨트를 걸었다. 굴대는 요란한 소리를 내며, 또 불꽃을 튀기며 빠르게 돌았다. 그사이에 숙련공은 털같이 얇은, 번쩍거리는 쇠 부스러기를 털어냈다.

작업 도구며 쇳덩어리, 강철과 놋쇠, 하다 만 일거리, 번들거리는 작은 바퀴, 끌과 천공기, 회전 철구, 여러 형태의 송곳 등이 여기저기 흩어져 있었다. 화로 옆에는 망치와 다듬는 망치, 모루 덮개, 집게와 납땜 인두가 걸려 있었다. 줄과 프레이즈반(盤)은 벽을 따라 늘어져 있었다. 또한 선반 위에는 기름걸레와 자그마한 비, 사포(砂布) 줄, 쇠톱 등이 놓여 있었다. 그리고 기름 통과 산소 통, 못 상자, 나사 상자 등이 여기저기 널려 있었다.

여기서는 언제나 숫돌이 쓰였다.

한스는 제법 새까매진 자신의 손을 만족스럽게 바라보았다. 하지만 그가 입은 옷은 다른 동료들이 기워 입은 시꺼먼 작업복에 비하면 아직까지 우스꽝스러울 정도로 새파랗게 보였다. 한스는 자기 옷도 머지않아 그처럼 다 낡아 빠진 옷이 되기를 내심 바라고 있었다.

아침 시간이 지나면서 작업장 안은 손님들로 차츰 활기를 띠기 시작했다. 근처에 있는 편물 공장에서는 자그마한 기계 부품을 갈거나 고쳐 가기 위하여 직공들이 찾아왔다. 어느 시골 농부는 수리를 위해 맡겨 두었던 세탁기의 압착 롤러가 다 되었는지 물어보았다. 하지만 아직 완성되지 않았다는 대답을 듣고는 한바탕 욕설을 퍼부어 댔다. 그 뒤로 점잖아 보이는 공장 주인이 찾아와 한스의 주인과 옆방에서 상담을 나누었다.

그사이에도 사람들은 일을 계속했다. 바퀴나 벨트도 규칙적으로 돌고 있었다. 한스는 태어나서 처음으로 노동의 찬가를 듣고 또 이해했다. 그것은 적어도 초보자에게 커다란 감동을 주었고, 산뜻한 매력을 풍기는 것이었다. 한스는 보잘 것없는 자신의 존재와 인생이 커다란 선율에 어우러지고 있다는 느낌을 받았다.

9시에는 십오 분간의 휴식이 주어졌다. 모두들 빵 한 조각과 과즙 한 잔을 받아 들었다. 그제서야 아우구스트는 새로 온 견습공 한스에게 인사를 건네며 용기를 북돋아 주려고 했다. 그리고는 다가오는 일요일에 대하여 정신없이 떠들어 대기 시작했다. 그날에 아우구스트는 자신이 처음 받게 되는 주급을 동료들과 함께 마음껏 써 보려고 작정하고 있던 참이었다.

한스는 지금 자신이 줄로 갈고 있는 바퀴가 무엇에 쓰이는 부품인지 물어보았다. 아우구스트는 그것이 탑시계에 들어갈 톱니바퀴라고 말해 주었다. 그리고 그것이 나중에 어떻게 돌아가고 작동되는지 보여 주려고 했다. 때마침 수석 숙련공이 다시 줄질을 시작했기 때문에, 모두들 재빨리 제자리로 되돌아갔다.

10시와 11시 사이에 한스는 지치기 시작했다. 무릎과 오른팔이 약간 아파 왔다. 다리를 바꾸어 딛고, 살그머니 팔다리를 뻗어 보았다. 하지만 별로 도움이 되지 못했다. 그래서 줄을 잠시 내려놓고는 나선대에 몸을 기대어 보았다. 아무도 한스에게 주의를 기울이지 않았다. 그렇게 선 채로 휴식을 취하며 자기 머리 위로 벨트가 돌아가는 소리를 듣고 있자니 가볍게 현기증이 일었다. 그래서 일 분가량 지그시 눈을 감고 있었다. 마침 주인이 한스 뒤에 서 있었다.

"아니, 무슨 일이냐? 벌써 지쳤니?"

"예, 좀 피곤해요." 한스는 솔직하게 말했다.

옆에서 직공들이 웃음을 터뜨렸다.

"곧 괜찮아질 거야." 주인이 느긋하게 말했다. "이번엔 납땜하는 걸 보여 주지. 이리 와 봐!"

한스는 어떻게 납땜질이 이루어지는지 신기한 듯이 바라보았다. 먼저 인두를 불에 달구고, 땜질할 부위에 납땜액을 발랐다. 그다음에는 뜨겁게 달구어진 인두에서 하얀 금속이 흘러 떨어지며 부드럽게 치익 하는 소리를 냈다.

"걸레를 집어 들고 잘 닦아 내도록 해라. 납땜액은 금속을 부식시키니까 절대 흘린 채로 내버려 둬선 안 되는 거야."

또다시 한스는 자신의 나선대 앞에 서서 줄로 자그마한 톱니바퀴를 문질러 댔다. 팔이 쑤시고, 줄을 누르고 있는 왼손이 벌겋게 되어 아파 오기 시작했다. 정오가 되어 상임 직공이 줄을 내려놓고 손을 씻으러 갔다. 그사이에 한스는 자기가 줄질한 일거리를 주인에게 가지고 갔다. 주인은 그것을 대충 살펴보았다.

"좋다, 그만하면 됐어. 네 자리 밑에 있는 상자 안에 똑같은 톱니바퀴가 하나 더 있으니까 오후엔 그걸 하도록 해라."

한스도 손을 씻고, 밖으로 나섰다. 한 시간가량 식사 시간이 주어졌다.

옛날 학교 친구였던 두 명의 상점 견습원이 길거리에서 한스의 뒤를 쫓아오며 놀려 댔다.

"주 시험에 합격한 대장장이!" 한 녀석이 소리쳤다.

한스는 서둘러 발걸음을 옮겼다. 자기 자신이 정말 이 일에 만족하고 있는지조차 알 수 없었다. 작업장이 마음에 들기는 했지만, 피곤에 지친 나머지 그저 쉬고 싶은 생각뿐이었다.

집 문턱에 거의 이르렀다. 이제 식탁에 편히 앉아 식사를 할 수 있다는 생각에 기뻐하는 순간, 문득 엠마가 머릿속에 떠올랐다. 오전 내내 한스는 그녀를 완전히 잊고 있었다. 그는 살며시 자기 방으로 올라가 침대에 몸을 내던진 채 고통에 못 이겨 몸부림쳤다. 울려고도 해 보았지만, 눈물이 말라 있었다. 그는 다시금 절망에 싸인 채 영혼을 갉아먹는 그리움에 내던져진 자신의 모습을 발견했다. 머리가 쑤시고 아팠다. 흐느낌을 참으려니 목구멍도 아파 왔다.

점심 식사는 한스에게 곤혹스러운 시간이었다. 아버지가

묻는 말에 대답도 해야 하고, 작업장에서의 일에 대해 이야기도 해야 하고, 또 아버지의 온갖 농담을 받아넘겨야만 했다. 아버지는 기분이 무척 좋았던지 좀처럼 한스를 놓아주려고 하지 않았다. 한스는 식사를 마치기가 무섭게 곧 뜰로 나갔다. 거기서 햇볕 아래 반쯤 꿈에 취한 채 십오 분가량을 보냈다. 이제 다시 일터로 갈 시간이 되었다.

오전이 다 가기도 전에 벌써 한스의 두 손에는 벌건 물집이 생겼다. 제법 심각하게 아파 오기 시작했다. 저녁에는 너무나 부풀어오른 나머지 아무것도 손에 쥘 수가 없을 정도였다. 일이 다 끝난 뒤, 집에 돌아가기 전에 그는 아우구스트를 따라 작업장을 말끔히 정리해 놓아야 했다.

토요일에는 더욱 심했다. 두 손은 타는 듯이 아팠고, 물집은 더 커져 버렸다. 주인은 기분이 나빴는지 사소한 일에도 툭하면 욕설을 퍼부어 댔다. 아우구스트는 며칠만 지나면 물집이 없어진다고 한스를 위로해 주었다. 게다가 그 뒤에는 손도 굳어지고, 전혀 통증도 느끼지 못할 것이라고 했다. 하지만 한스는 죽고 싶으리만치 비통하고 불행한 심정으로 하루 종일 시계만 훔쳐보며 모든 희망을 잃어버린 채 톱니바퀴를 갈고 있었다.

저녁에 뒷정리를 하던 아우구스트는 한스에게 귓속말로 이야기를 건네었다. 내일은 두세 명의 동료와 함께 비라하에 가서 멋들어지게 놀아 볼 생각이라고 말했다. 한스도 그 무리에 끼어야 했다. 아우구스트는 2시에 자기가 한스를 데리러 가겠노라고 덧붙였다. 한스는 너무나도 피곤하고 지쳐 있었기 때문에 일요일에는 하루 종일 집에서 침대에 누워 쉬고 싶었다. 하지만 어쩔 수 없이 그의 초대에 응하고 말았다. 집에 돌아오니 안나 할머니가 상처 난 손에 바르도록 연고를 꺼내 주었다. 8시에 잠자리에 든 한스는 아침 늦게까지 잠을 잤다. 아버지와 함께 교회에 가기 위하여 서둘러 움직였다.

점심 식사 때, 한스는 아우구스트의 이야기를 꺼냈다. 그와 함께 들판으로 놀러 가고 싶다고 말했다. 아버지는 별다른 말 없이 용돈으로 50페니히나 주었다. 하지만 저녁 식사 전까지는 꼭 돌아와야 한다고 단단히 일러 주었다.

한스는 아름다운 햇살을 받으며 골목길을 거닐었다. 몇 달 만에 처음으로 일요일이 주는 기쁨을 실컷 맛보았다. 평일에 손이 시꺼매지고, 팔다리가 피곤해지도록 일을 하고 난 뒤라야 일요일의 거리는 축제 분위기로 들뜨고, 태양은 더욱 밝게 빛나고, 모든 것이 보다 화려하고 아름답게 보이는 법이었다. 햇볕이 드는 집 앞의 벤치에 앉아 마치 제왕(帝王)처럼 환한 얼굴을 하고 있는 정육점 주인이나 피혁공, 빵집 주인이나 대장간 주인을 한스는 이제 이해할 것만 같았다. 그리고 더 이상 그들을 속물 같은 인간이라고 경멸하지 않게 되었다. 한스는 약간 비뚤게 쓴 모자에 흰 깃이 달린 셔츠, 정성 들여 솔질한 나들이옷을 입은 노동자와 숙련공, 견습공들이 무리 지어 산책을 하거나 거리를 거닐거나 음식점에 드나드는 모습을 바라보았다.

꼭 그런 것은 아니지만, 늘상 수공업자들은 자기네들끼리 어울렸다. 목수는 목수끼리, 미장이는 미장이끼리 어울려 자신이 속한 직업의 명예를 지켜 나갔다. 이들 가운데에서도 대장장이 조합은 가장 고상한 노동 조합이었다. 특히 기계공이 가장 높은 위상을 차지하고 있었다. 이 모든 것들이 한스에게 정다운 느낌을 주었다. 그 가운데 더러는 약간 단순하고 우스꽝스러웠지만, 그 뒤에는 오늘날에도 미더우며 기쁜 수공업의 아름다움과 자랑스러움이 감추어져 있었다. 심지어 가장 비천한 양복점의 견습공도 이러한 아름다운 자긍심의 한 가닥 빛을 발하고 있는 것이다.

슐러의 집 앞에는 젊은 기계공들이 거만한 자세로 느긋하게 서 있었다. 이들은 지나가는 사람들에게 고개를 끄덕이며 인사를 보내기도 하고, 서로 이야기를 주고받기도 했다. 이들이 남의 도움을 전혀 필요로 하지 않는 믿음직스러운 집단을 형성하리라는 사실은 충분히 미루어 짐작할 수 있었다. 물론 일요일의 여흥에도 예외는 아니었다.

한스 또한 그것을 느꼈다. 그리고 자신이 이들 무리에 속해 있다는 사실이 무척 기뻤다. 하지만 미리 짜인 일요일의 여흥에 대하여 약간은 두려운 생각이 들었다. 한스가 듣기로 기계공들은 막무가내로 인생을 호탕하게 즐기는 무리였다. 어쩌면 춤을 추게 될지도 모를 일이었다. 한스는 춤에 문외한이었다. 아무튼 그는 힘닿는 데까지 짐짓 어른답게 보이려고 작정했다. 부득이 술에 취해 떨어지는 경우도 참아 내기로 마음먹었다. 원래 한스는 맥주를 별로 많이 마시지 못했다. 창피를 당하지 않기 위해서 기껏해야 여송연 한 대를 끝까지 힘겹게 피위 대는 정도였다.

아우구스트는 한스를 반갑게 맞이했다. 나이가 든 숙련공이 오지 않는 대신에 다른 작업장에서 일하는 동료 한 명이 함께 하기로 했다고 이야기해 주었다. 일행이 적어도 네 사람은 되기 때문에 그만하면 마을 전체를 뒤집어 놓기에 충분하다고도 말했다. 뿐만 아니라 술값은 자신이 알아서 할 테니 오늘은 누구라도 원하는 만큼 맥주를 마셔도 좋다고 덧붙였다. 그는 한스에게 여송연을 권하기도 했다. 그러고 나서 네 사람은 슬슬 걷기 시작했다. 거들먹거리며 시내를 한 바퀴 돌아다니다가 보리수 광장 아래에 이르러 발걸음을 재촉하기 시작했다. 늦지 않게 비라하에 도착하기 위하여!

푸르른 강의 수면은 거울처럼 금빛으로 하얗게 반짝이고 있었다. 길가에 늘어선 가로수, 단풍나무와 아카시아나무 잎사귀들이 거의 떨어져 버렸다. 그 사이로 부드러운 10월의 햇살이 따사롭게 내리쬐고 있었다. 드높은 하늘은 구름 한 점 없이 담청색으로 물들어 있었다. 고요하고, 맑고, 정감이 넘치는 가을날의 하루였다. 이런 날에는 지난여름의 아름다운 일들이 고통을 모르는 즐거운 추억이 되어 부드러운 공기를 가득 채우는 것이다. 또한 아이들은 계절을 잊은 채 꽃을 찾으러 다닌다. 이런 날에 할아버지나 할머니들은 생각에 깊이 잠긴 듯한 눈으로 창가에서나 혹은 집 앞의 벤치에 앉아 먼 하늘을 올려다보는 것이다. 왜냐하면 이들에게는 한 해뿐 아니라, 전 생애의 그리운 추억들이 맑고 푸른 가을의 하늘 너머로 흘러가는 듯이 여겨지기 때문이다.

하지만 젊은이들은 흐뭇한 기분으로 아름다운 날을 찬미한다. 제각기 타고난 재능이나 기질에 따라 배불리 먹거나 취하도록 마시며, 혹 술을 바치거나 고기를 바치면서, 혹 노래를 부르거나 춤을 추면서, 아니면 술판을 벌이거나 난폭한 싸움판을 벌이면서. 왜냐하면 어디를 가더라도 과일을 넣은 과자가 구워지고, 지하실에는 갓 담근 사과즙이나 포도주가 익어가기 때문이다. 또한 모든 음식점 앞과 보리수 광장에서 바이올린이나 하모니카로 한 해의 아름다운 마지막 날들을 노래하며 축하하고, 춤과 노래와 사랑으로 사람들을 유혹하기 때문이다.

젊은 무리는 빠른 걸음걸이로 앞으로 나아갔다. 한스는 일부러 아무렇지도 않은 듯이 여송연을 피워 물었다. 여송연을 피우니 오히려 몸이 상쾌해지는 것 같아 의아했다. 숙련공은 자신이 걸어온 여정에 대하여 이야기를 끄집어냈다. 그가 실컷 떠벌려 대도 어느 누구 하나 개의치 않았다. 그런 이야기에는 으레 허풍이 따르게 마련이었다. 먹고 살 만큼 확실한 직장을 가지고만 있다면, 그리고 예전의 행적을 목격한 사람이 자기 주위에 없기만 하면, 아무리 얌전한 수공업 직공이라 해도 자신의 떠돌이 행각에 대하여 영웅담처럼 과장을 곁들여 재미있게 이야기를 늘어놓는 것이었다. 왜냐하면 젊은 수공업자의 인생에 담겨 있는 멋들어진 시(詩)는 민중의 공유 재산이기 때문이다. 모든 개인의 체험으로부터 오랜 전통을 자랑하는 모험담이 새로운 아라베스크의 무늬를 입고 다시금 새로이 태어난다. 유랑길을 떠도는 뜨내기 직공은 누구나 일단 이야기를 시작하면, 불멸의 익살꾼 오일렌슈피겔[20]이나 불멸의 뜨내기 슈트라우빙어의 한 단면을 보여 주는 것이다.

"그래, 프랑크푸르트에서 머물 때였지. 원, 제기랄. 그게 인생이라고! 아직 아무한테도 이야기하지 않았는데 말야. 아 글쎄, 그 멍청이 같은 돈 많은 상인이 우리 주인 딸과 결혼하려고 안달이 났지 뭐야. 그런데 아가씬 그놈을 보기 좋게 퇴짜를 놓아 버렸지. 아마 내가 더 좋았던 모양이야. 그녀는 넉 달 동안이나 내 애인이었다고. 내가 주인 영감하고 다투지만 않았더라면, 아마 지금쯤 거기에 눌러앉아 그의 사위가 되었을지 몰라."

그러고는 계속해서 이야기를 늘어놓았다. 더러운 인신매매범이나 다름없는 놈팡이 같은 주인이 자기를 때리려고 겁도 없이 손을 뻗쳤다던가! 그래서 그는 아무 말도 하지 않고 쇠를 단련하는 망치를 휘두르며 그 늙은이를 노려보았더니 겁을 집어먹은 채 슬그머니 도망쳐 버렸다는 것이다. 아마 소중하게 아끼는 머리통이 깨질까 두려운 모양이었다. 그 비겁한 얼간이는 직접 이야기를 하지 못하고, 나중에 서면으로 해고를 통보해 주었다고 했다.

오펜부르크에서 한바탕 싸움을 벌였던 일도 이야기해 주었다. 자신을 포함한 세 명의 대장장이가 일곱 명이나 되는 공장 노동자들을 반쯤 죽여 놓았다는 줄거리였다. 지금도 오펜부르크에 가서 키다리 쇼르슈에게 물어보기만 하면 알 수 있다고

---

20) 14세기경 독일에 실존했다고 전해지는 익살에 능한 장난꾸러기.

했다. 그는 아직 거기서 살고 있으며, 한때는 그도 같은 패거리였다는 것이다.

이 모든 이야기는 대담하고 거칠기는 했지만, 열정이 넘쳐 흐르는 진실된 어투로 희열에 잠긴 채 이어져 갔다. 모두들 가슴속 깊이 만족을 느끼며 귀 기울여 듣고 있었다. 그리고 자신들도 언젠가는 다른 마을의 다른 동료들 앞에서 이 이야기를 써먹어 보리라고 남몰래 다짐하는 것이었다. 왜냐하면 대장장이라면 누구나 한 번쯤은 자기 주인의 딸과 사랑에 빠진 적이 있고, 한 번쯤은 망치를 들고 성질이 고약한 주인에게 덤벼든 적이 있으며, 또한 한 번쯤은 일곱 명이나 되는 공장 노동자들을 혼쭐나게 두들겨 준 적도 있기 때문이다. 이야기가 때로는 바덴에서, 때로는 헤센에서, 혹은 스위스에서 벌어지기도 했다. 그리고 망치 대신에 줄이 쓰이기도 하고, 뜨겁게 달군 쇠가 쓰이기도 했다. 공장 노동자 대신 제과점이나 양복점에서 일하는 점원이 싸움질 상대가 되기도 했다.

언제 어디서나 듣게 되는 진부한 이야기인데도 불구하고, 사람들은 몇 번이고 반복해서 듣기를 즐긴다. 왜냐하면 이런 이야기들은 오랜 전통을 자랑하는 훌륭한 동업 조합의 명예를 길이 빛내기 때문이다. 그렇다고 해서 편력(遍歷)길에 오른 직공들 가운데 실제로 경험을 하거나, 아니면 창작을 하는 데 있어 천재라고 불릴 만한 인물들이 없어졌다는 뜻은 아니다. 이 두 부류는 근본적으로 동일한 성격을 지니고 있는 것이다.

누구보다도 이야기에 사로잡혀 흥겨워한 사람은 아우구스트였다. 그는 끊임없이 웃어 대며 고개를 끄덕여 맞장구를 쳤다. 벌써 숙련공이 다 되기라도 한 듯이 시건방진 향락주의자의 얼굴 표정을 짓고, 해맑은 하늘 위로 담배 연기를 내뿜었다. 그 이야기꾼은 자신의 역할을 충실히 해내고 있었다. 그는 자신이 여기서 견습공들과 함께 어울린다는 것 자체가 벌써 자존심을 버린 것이라는 사실을 보여 주려고 했다. 그리고 짐짓 하나의 겸손한 본보기로 자신을 과시하려고 했다. 아무튼 숙련공이 일요일에 견습공들과 돌아다닌다는 것은 그다지 자랑할 만한 일이 아니었다. 더군다나 풋내기의 돈으로 술을 얻어마신다는 것은 여간 부끄러운 노릇이 아닐 수 없었다.

국도를 따라 강 아래로 한참을 걸어갔다. 이제 곡선을 그리며 완만하게 언덕으로 오르는 차도와 그 구간의 반쯤밖에 되지 않는 가파른 오솔길 사이에서 하나를 택해야 했다. 거리가 멀고 먼지도 많이 나기는 하지만, 모두들 차도를 택하기로 의견을 모았다. 오솔길은 일하는 평일에 찾는 길이었다. 혹은 산책하는 신사 양반들을 위한 길이기도 했다. 하지만 특히 민중들은 시정(詩情)이 살아 숨 쉬는 일요일의 국도를 사랑한다.

가파른 오솔길은 시골 농부들이나 도시에서 온 자연 애호가들에게 어울리는 길이었다. 그것은 일종의 노동 내지 운동일 뿐, 결코 민중들에게 즐거움을 선사하지 못한다. 이와는 반대로 국도에서는 한가롭게 거닐며 이야기도 주고받을 수 있고, 신발이나 나들이옷을 소중하게 다룰 수도 있다. 그리고 지나가는 마차나 말을 볼 수도 있고, 산책에 나선 다른 사람들을 만나거나 앞지를 수도 있다. 때로는 멋지게 차려 입은 아가씨들과 노래하는 젊은 사내들을 만날 수도 있다. 이들이 농담을 걸어오면, 웃으며 받아넘기기도 하고, 가다가 잠시 멈춰 서서는 함께 떠들어 대기도 한다. 결혼하지 않은 외로운 총각이라면 아가씨들의 뒤를 쫓아갈 수도 있다. 저녁때에는 친한 동료들과의 개인적인 오해를 풀기 위해 스스럼없이 행동으로 보여 주기도 한다!

그래서 그들은 국도로 걸어갔다. 그 길은 커다란 곡선을 그리며 언덕 위로 다정스레 뻗어 있었다. 마치 여유를 부리며 땀을 흘리려고 하지 않는 사람처럼. 아까 그 숙련공은 웃옷을 벗어 지팡이에 걸치고는 어깨 위에 올려놓았다. 이제는 이야기 대신에 흥겨운 휘파람을 거침없이 불기 시작하더니 한 시간이 지나 비라하에 도착할 때까지 쉬지 않고 불어 댔다. 한스에게는 빈정거리는 농담을 몇 마디 건넸지만, 그다지 마음에 걸리는 것은 아니었다. 열심히 농담을 받아넘긴 사람은 한스가 아니라 오히려 아우구스트였다. 그러는 사이에 일행은 드디어 비라하에 다다랐다.

마을 비라하는 붉은 기와 지붕과 은빛 나는 회색의 초가지붕으로 뒤덮여 있었다. 그리고 가을의 색깔을 드리운 과일나무에 둘러싸여 있었고, 뒤로는 검은 숲이 펼쳐져 있었다.

젊은이들은 어느 주점으로 들어가야 좋을지 결론을 내리지 못하고 있었다. 주점 '닻'에는 가장 좋은 맥주가 있었고, '백조'에는 가장 좋은 과자가 있었다. 그리고 '날카로운 모퉁이'에는 아리따운 주인집 딸이 있었다. 마침내 아우구스트는 동료들을 설득해 '닻'에 가기로 했다. 그는 자신들이 두세 잔 마신다고 해서 '날카로운 모퉁이'가 어디로 사라지는 것도 아니고, 나중에라도 얼마든지 찾아갈 수 있을 것이라고 눈짓으로 알려 주었다. 모두들 흡족한 얼굴로 마을에 들어섰다. 양아욱 화분을 올려놓은 낮은 농가의 창턱과 마구간을 지나 '닻'을 향하여 발걸음을 옮겼다. 황금빛의 간판은 싱싱하게 자란 두 그루의 어린 밤나무 너머로 햇살을 받아 반짝거리며 유혹의 손길을 뻗치고 있었다. 숙련공은 어떻게든 주점 안에 들어가 앉으려고 했지만, 벌써 거기는 손님들로 꽉 차 있었다. 그래서 하는 수 없이 뜰로 나가 자리를 잡아야만 했다.

손님들 사이에서 '닻'은 품격이 있는 주점으로 유명했다. 농부들이나 드나드는 오래된 주점이 아니라, 네모난 벽돌로 지어진 현대풍의 주점이었다. 창문이 지나칠 정도로 많이 나 있었고, 벤치 대신 의자가 놓여 있었으며, 양철로 만들어진 화려한 색깔의 광고도 걸려 있었다. 뿐만 아니라 도회지풍으로 차려입은 여종업원이 시중을 들고 있었다. 주인은 어느 경우에라도 팔소매를 걷어붙이는 법 없이 유행에 걸맞게 멋진 갈색 양복을 차려입고 있었다. 원래 그는 파산을 당한 처지였는데, 커다란 맥주 공장을 경영하는 채권자로부터 이 집을 임대받은 뒤로는 한층 형편이 나아지게 되었다. 뜰은 아카시아나무와 커다란 철망 울타리로 둘러싸여 있었고, 울타리는 야생의 포도나무로 반쯤 뒤덮여 있었다.

"자, 건강을 위하여!" 숙련공은 소리치며 다른 세 명의 동료와 함께 건배를 했다. 그러고는 자신의 실력을 과시하기 위하여 단숨에 잔을 비워 버렸다.

"여기, 아리따운 아가씨! 잔이 다 비었잖아. 빨리 한 잔 더 가져와!" 그는 여종업원을 향하여 소리를 질러 대며 식탁 너머로 술잔을 내밀었다.

맥주 맛은 일품이었다. 상큼하고, 그리 쓰지도 않았다. 한스도 즐거이 자기 술잔을 비웠다. 아우구스트는 마치 미주가라도 된 듯한 표정을 지으며 혓바닥으로 입맛을 다셨다. 이따금 제대로 뚫리지 않은 연통처럼 담배를 피워 대기도 했다. 그 광경이 한스에게는 그저 놀라울 뿐이었다.

인생을 알고 즐길 줄 아는 사람들과 함께 주점의 식탁에 앉아, 당연히 그럴 만한 자격을 지닌 사람처럼 유쾌한 일요일을 보낸다는 것도 그다지 나쁘지는 않았다. 함께 웃기도 하고, 간혹 용기를 내어 농담을 던져 보는 것도 신나는 일이었다. 술을 다 들이켜고 나서 잔을 식탁 위에 힘껏 내리치며 아무 거리낌 없이 소리를 질러 대는 것도 신나는 일이었다. "한 잔 더, 아가씨!" 옆의 식탁에 앉아 있는 낯익은 사람에게 건배를 청한다거나 꺼진 여송연 꽁초를 왼손에 끼운 채 다른 사람들처럼 모자를 꺾어 뒤로 젖히는 것도 신나는 일이었다.

다른 작업장에서 함께 온 숙련공도 흥에 겨워 이야기를 늘어놓기 시작했다. 그가 알고 있는 울름의 어느 대장장이는 스무 잔이나 되는 맥주를 마실 수 있다고 했다. 울름에서 만든 고급 맥주를 다 마시고 나서는 입을 닦으며 말하는 것이었다. "자, 이젠 고급 포도주를 한 병 더 가져와!"

그 숙련공은 칸슈타트의 어느 화부(火夫)를 알고 있다고도 말했다. 그는 한꺼번에 단단한 소시지를 열두 개나 먹어치웠기 때문에 어느 내기에서 이길 수 있었지만, 두 번째의 내기에서는 지고 말았다. 그 화부는 주제넘게도 어느 자그마한 주점의 식단표에 들어 있는 음식을 다 먹어 치울 심산이었는데, 전혀 예기치 않게 식단표의 맨 마지막에는 네 가지의 치즈가 적혀 있었던 것이다. 그는 세 번째 치즈를 먹다가 그만 접시를 물리더니 이렇게 말했다. "하나 더 먹을 바엔 차라리 죽는 게 낫겠어!"

젊은 직공들은 이 이야기에 커다란 박수갈채를 보냈다. 이 세상에는 어딜 가나 끈질기게 먹고 마셔 대는 사람들이 있다는 것이 여실히 드러났다. 누구나 나름대로 그런 영웅에 대한 이야깃거리를 가지고 있었다. 어느 사람에게서는 '슈투트가르트에 사는 어느 사나이'이고, 다른 사람에게서는 '루드비히스부르크의 용기병(龍騎兵)'이었다. 어느 사람의 이야기에서는 열일곱 개의 감자이고, 다른 사람의 이야기에서는 샐러드를 곁들인 열한 개의 구운 과자였다. 사람들은 이런 이야기들을 매우 진지한 자세로 꽤나 현실감 있게 늘어놓았다. 그리고 이 세상에는 훌륭한 재능을 가진 유별난 사람들이 숱하게 많다는 사실을 뿌듯한 기분으로 받아들이곤 했다. 물론 이들 가운데에는 기인(奇人)들도 있게 마련이었다. 현실에 부합되는 이런 산뜻한 느낌은 술집을 찾는 평범한 단골 손님들의 존경할 만한 유산이다. 술을 마시거나, 시국(時局)을 이야기하거나, 담배를 피우거나, 결혼을 하거나, 인생을 마감하는 일들과 마찬가지로 이것 역시 젊은 사람들에 의하여 모방되어 오늘에까지 이르렀다.

석 잔째 들이켜고 있을 때, 일행 가운데 누군가가 여종업원을 불러 과자가 있는지 물어보았다. 그녀가 없다고 대답하자, 모두들 흥분한 나머지 펄쩍 뛰었다. 아우구스트는 일어서더니 여기에 과자가 없으면 다른 집에나 가 봐야겠다고 말했다. 다른 작업장에서 온 숙련공도 형편없는 주점이라고 투덜거렸다. 단지 프랑크푸르트에서 온 직공만이 계속 머물기를 원했다. 그는 여종업원과 농도 짙은 대화를 주고받았을 뿐 아니라, 벌써 여러 차례나 그녀의 몸을 어루만지기도 했다. 맥주를 마셔서 그런지 그 광경을 바라보던 한스는 이상하리만치 흥분하고 말았다. 모두들 술집 밖으로 나왔다. 한스에게는 다행스럽게 여겨졌다.

술값을 지불하고, 모두들 길거리로 나왔다. 한스는 아까 마신 세 잔의 술기운이 도는 것을 느꼈다. 반쯤은 피곤하고, 반쯤은 무언가 해 보고 싶은 편안한 느낌이었다. 꿈속에서처럼 엷은 베일이 눈앞에 드리워져 있는 것만 같았다. 모든 것이 거의 현실과 동떨어진 채 저 멀리 아련히 보일 뿐이었다. 한스는 끊임없이 터져 나오는 웃음을 참을 수가 없었다. 술에 취한 김에 용기를 내어 모자를 약간 삐딱하게 쓰고 나니 정말이지 건달이 된 듯한 기분이었다. 프랑크푸르트에서 온 직공은 다시금 용감무쌍하게 휘파람을 불어 대기 시작했고, 한스는 그 휘파람 박자에 발걸음을 맞추려고 했다.

주점 '날카로운 모퉁이'는 아주 조용한 분위기였다. 두세 명의 농부가 새로 짠 포도주를 마시고 있었다. 생맥주는 없고, 병맥주뿐이었다. 자리에 앉은 젊은이들 모두 앞에 곧 맥주가 한 병씩 놓여졌다. 다른 작업장에서 온 숙련공은 자신이 인색

하지 않다는 것을 과시하려는 듯이 함께 온 젊은 동료들을 위하여 사과가 든 커다란 과자 한 개를 주문했다. 한스는 갑자기 배가 무척이나 고팠기 때문에 단번에 과자를 여러 조각이나 먹어 치웠다. 낡은 갈색의 술집에서 벽에 붙은 견고하고 넓은 벤치에 앉아 있노라니 어스레한 불빛 아래 아늑하고 편안한 느낌이 들었다. 고풍스러운 선술대와 커다란 난로는 희미한 어둠 속으로 사라져 버렸다. 나무 살을 댄 커다란 새장에는 두 마리의 곤줄박이새가 퍼득거리고 있었다. 그 창살 사이로 새의 먹이인 빨간 열매가 가득 매달려 있는 마가목의 가지가 꽂혀 있었다.

술집 주인이 잠시 식탁으로 와서는 손님들에게 반가운 얼굴로 인사를 건넸다. 얼마 지난 뒤에야 젊은 무리는 다시 이야기의 실마리를 풀 수 있었다. 독한 병맥주를 두세 모금 마신 한스는 자신이 과연 한 병을 다 마셔 버릴 수 있을지 궁금해졌다.

프랑크푸르트에서 온 직공은 또다시 허풍을 떨기 시작했다. 라인 지방의 포도 축제며 객지를 떠돌아다니던 방랑 생활, 값싼 여인숙에서 묵던 일들을 늘어놓았다. 모두들 즐거운 기분이 되어 귀를 기울였고, 한스도 다른 동료들과 마찬가지로 웃음의 도가니에서 헤어나지 못했다.

그는 갑자기 몸이 이상해지는 것을 느꼈다. 방이며 식탁, 술병이며 술잔, 그리고 동료들이 부드러운 갈색의 구름 속으로 자꾸만 녹아들고 있었다. 한스가 정신을 바짝 차릴 때에나 희미하게 윤곽이 드러날 뿐이었다. 이따금 이야기나 웃음이 드높아질 때면, 한스도 큰 소리로 함께 웃거나 자신도 알지 못하는 이야기를 주절거렸다. 또한 건배를 하려고 함께 술잔을 부딪치기도 했다. 한 시간가량이 지난 뒤, 놀랍게도 그의 술병은 비어 있었다.

"제법 마시는데." 아우구스트가 말했다. "한 잔 더 할래?"

한스는 웃으며 고개를 끄덕였다. 그는 이처럼 마셔 대는 것이 적이 위험한 일이라고 생각해 오던 터였다. 프랑크푸르트에서 온 직공이 노래를 부르기 시작하자, 모두들 함께 노래를 불렀다. 한스도 목이 터져라 노래를 불러 댔다.

그사이 술집 안은 온통 손님들로 가득 찼다. 여종업원을 거들기 위하여 주인 딸이 모습을 드러냈다. 그녀는 키가 크고 몸매도 아름다웠다. 그리고 건강하고 힘이 넘쳐흐르는 얼굴과 평온한 갈색의 눈을 가지고 있었다.

그녀가 술병을 새로이 한스 앞에 갖다 놓을 때, 한스 옆에 앉아 있던 숙련공은 아주 능숙하고 멋들어진 언변으로 그녀에게 수작을 걸었지만, 그녀는 전혀 관심을 보이지 않았다. 그 숙련공에게 무관심하다는 것을 나타내기 위해서였는지, 아니면 곱상하게 생긴 소년의 얼굴이 맘에 들어서였는지, 아무튼 그녀는 한스에게로 몸을 돌리고 나서 재빨리 손으로 그의 머리를 쓰다듬었다. 그러고는 선술대로 되돌아갔다.

벌써 세 병째 술을 마시고 있던 숙련공이 그녀를 뒤쫓아갔다. 어떻게든 그녀와 이야기를 해 보려고 무진 애를 썼지만, 아무 소용이 없었다. 키가 큰 소녀는 냉담하게 그를 쳐다보더니 아무 말도 하지 않은 채 그냥 등을 돌려 버렸다. 그러자 그 숙련공은 하는 수 없이 다시 식탁으로 돌아와서는 빈 병을 두 드리며 돌연 흥분된 어투로 소리를 지르는 것이었다. "애들아, 신나게 놀아 보자꾸나. 자, 건배를 들자고!"

그 숙련공은 여자에 관한 음탕한 이야기를 늘어놓기 시작 했다.

하지만 한스에게는 주위의 말소리가 서로 뒤섞여 가물거릴 뿐이었다. 술을 거의 두 병째 비울 즈음에는 말하는 것뿐 아 니라, 웃는 것조차도 힘들었다. 그는 새장으로 가서 곤줄박이 새를 놀려 주려고 마음먹었다. 하지만 두 발짝을 채 디디기도 전에 머리가 어지러워져 하마터면 쓰러질 뻔했다. 그래서 조심 스럽게 다시 제자리로 돌아왔다.

그때부터 한없이 들떠 있던 흥겨운 기분도 차츰 가라앉기 시작했다. 한스는 자신이 거나하게 취하고 말았다는 사실을 깨달았다. 술을 마셔 대는 것도 더 이상 즐겁지가 않았다. 저 멀리서 온갖 불행이 한스를 기다리고 있었다. 집으로 돌아가 는 길, 아버지와의 한바탕 말다툼, 내일 아침 일찍 일어나 작 업장에 출근해야 하는 일. 차츰 머리가 아파 오기 시작했다.

다른 동료들도 얼큰하게 취해 있었다. 잠시 머리가 맑아진 순간, 아우구스트는 술값을 지불하겠다고 나섰다. 모두들 무 척이나 많이 마셨기 때문에 1탈러[21]를 내고도 별로 거스름돈 을 받지 못했다. 젊은 무리는 떠들썩하게 웃으며 길거리로 나

---

21) 16세기 보헤미아에서 유통되었던 은화. 프러시아의 1탈러가 3마르크에 해당되는 액수였다.

왔다. 저녁 노을이 눈이 부시리만치 밝게 빛나고 있었다. 한스는 혼자 몸을 가눌 수 없어 아우구스트에게 기댄 채 그의 도움으로 비트적거리며 걸었다.

다른 작업장에서 온 숙련공은 감상에 젖은 나머지 「내일 난 여기서 떠나야 해」라는 노래를 부르기 시작했다. 그의 두 눈에는 눈물이 홍건히 고여 있었다.

애당초 모두 집으로 돌아갈 생각이었다. 하지만 '백조' 앞에 이르러서는 그 숙련공이 한 번 더 들어가자고 고집을 부렸다. 술집 입구에서 한스는 동료들의 손을 뿌리쳤다.

"난 집에 가야 돼."

"혼자 걷지도 못하는 주제에." 숙련공이 웃으며 말했다.

"아냐, 걸을 수 있어. 난 가야 돼. 집에."

"그럼 브랜디라도 한 잔 마시게나, 이 꼬마 양반아! 그걸 한 잔 걸치면, 다리에 힘도 생기고, 위도 편해질 거야. 그럼, 물론이지. 한번 보라니까."

한스는 어느새 자기 손 안에 자그마한 술잔이 쥐여져 있다는 것을 느꼈다. 잔에 담겨 있던 술은 이미 거의 다 엎질러진 뒤였다. 한스는 남아 있던 나머지 술을 들이켰다. 목구멍에서는 타는 듯한 느낌이 올라오고, 갑자기 속이 메스꺼워지고, 또 구역질이 나기도 했다. 그는 혼자서 비틀거리며 계단을 내려와서는 정신을 차릴 틈도 없이 마을로 나왔다. 가옥이며 울타리, 뜰이 모두 기울어진 채 그의 곁을 빙빙 돌며 스쳐 지나갔다.

한스는 사과나무 아래 이슬에 젖은 풀밭에 드러누웠다. 온갖 불쾌한 감정과 고통스러운 불안감, 혼돈에 싸인 상념 때문에 도저히 잠을 이룰 수가 없었다. 자신이 더럽혀지고, 모욕을 당한 듯한 느낌이 들었다. 어떻게 집으로 돌아갈 수 있을까? 아버지에게 무슨 말을 해야 하나? 내일 나는 어찌 될 것인가? 그는 너무나도 낙심하여 자신이 처참하다는 생각이 들었다. 이제는 영원히 쉬고, 잠들고, 또 부끄러워해야 할 것만 같았다. 머리와 눈도 아팠다. 한스는 더 이상 걸을 힘조차 없었다.

앞서 느꼈던 희열의 흔적이 다시금 갑작스럽게 파도처럼 밀려왔다. 한스는 얼굴을 찡그리더니 흥얼거리기 시작했다.

아, 그대 사랑하는 아우구스틴,
아우구스틴, 아우구스틴,
오, 그대 사랑하는 아우구스틴,
모든 게 끝나 버렸네.

노래가 채 끝나기도 전에 가슴이 저리도록 아파 왔다. 어렴풋한 상념과 추억들, 수치심과 자책감이 음울하게 물결치며 한스를 뒤덮었다.

한스는 큰 소리로 흐느끼며 풀밭에 쓰러졌다.

한 시간 뒤에는 이미 날이 어두워져 있었다. 한스는 몸을 일으켜 불안한 걸음걸이로 힘겹게 언덕을 내려갔다.

기벤라트 씨는 저녁 식사 때가 되었는데도 아들이 돌아오지 않자, 혼자서 욕설을 퍼부었다. 9시가 되어도 한스는 여전히 돌아오지 않았다. 아버지는 오랫동안 사용하지 않던 등나무로 만든 회초리를 꺼냈다. "그놈이 이젠 아버지의 매를 맞지 않을 만큼 컸다고 생각하는 모양이지! 집에 돌아오기만 해봐라. 혼쭐을 내줄 테니까!"

10시에 아버지는 현관문을 잠가 버렸다. "우리 아드님이 한밤중에 쏘다니겠다면, 얼마든지 해 보라지. 어디 묵을 데라도 있는 모양이군."

하지만 아버지는 잠을 이룰 수가 없었다. 분에 겨워하면서도 아들의 손이 손잡이를 돌려 보고는 살그머니 초인종 줄을 잡아당기기만을 이제나 저제나 기다렸다. 아버지는 그 광경을 상상해 보았다. "쓸데없이 돌아다니는 놈은 한번 따끔한 맛을 봐야 돼! 그 뻔뻔스런 녀석이 술에 취한 게 틀림없어. 하지만 당장에 술이 깨게끔 해 줘야지. 장난꾸러기 같은 녀석, 흉측스런 녀석, 가련한 녀석! 뼈마디가 으스러지도록 혼쭐을 내줘야지."

마침내 아버지도 그의 분노도 잠에 굴복하고 말았다.

같은 시각, 아버지가 마음속으로 그토록 꾸짖던 한스는 이미 싸늘한 시체가 되어 검푸른 강물을 따라 골짜기 아래로 조용히 떠내려가고 있었다. 구역질이나 부끄러움이나 괴로움도 모두 그에게서 떠나 버렸다. 어둠 속에서 흘러 내려가는 한스의 메마른 몸뚱이 위로 푸른빛을 띤 차가운 가을밤의 달빛이 비치고 있었다. 시꺼먼 강물은 그의 손과 머리, 그리고 창백한 입술을 어루만지고 있었다. 날이 밝기 전에 먹이를 구하려고 나선 겁많은 수달이 교활한 눈초리를 번뜩이며 그의 곁을 소리 없이 지나갔을 뿐, 어느 누구도 그를 보지 못했다.

그가 어떻게 물에 빠지게 되었는지도 알 수 없는 일이었다. 길을 잃고, 가파른 언덕에서 발을 헛디뎠는지도 모른다. 아니면 목이 말라 물을 마시려다가 몸의 중심을 잃었는지도 모른다. 혹시나 아름다운 강물에 이끌려 그 위로 몸을 굽혔는지도 모른다. 평화와 깊은 안식이 가득한 밤, 그리고 창백한 달빛이 그를 향해 비추었기 때문에 피곤함과 두려움에 지친 나머지 어찌 할 수 없이 죽음의 그림자에 휘말려들었는지도 모른다.

한낮이 되어서야 사람들은 한스를 찾아내어 집으로 데리고 왔다. 소스라치게 놀란 아버지는 몽둥이를 옆으로 치우고, 이제까지 쌓인 분노를 풀지 않으면 안 되었다. 그는 눈물도 보이지 않았고, 얼굴도 무표정했다. 하지만 그날 밤에 아버지는 잠자리에 들지도 않고, 가끔 문 틈 사이로 말없이 누워 있는 아들을 건너다보았다. 깨끗한 침대 위에 누워 있는 아들은 변함없이 고운 이마와 창백하고 영리해 보이는 얼굴을 하고 있었다. 마치 여느 사람들과 다른 운명을 가지고 있는 것이 자신의 천부적인 권리라도 되는 듯이. 이마와 두 손의 살갗은 약간 푸르스름하고 불그레하게 긁혀져 있었다. 곱상한 얼굴은 고이 잠들어 있었다. 두 눈은 하이얀 눈꺼풀로 덮여 있었고, 꼭 다물어지지 않은 입은 만족스러운 미소를 머금은 채 거의 즐겁게 보이기까지 했다. 이 소년은 한창 피어오르는 꽃다운 나이에 갑자기 꺾여 즐거운 인생의 행로에서 억지로 벗어난 듯한 모습이었다. 피곤과 외로운 슬픔에 지친 한스의 아버지도 미소 짓는 무언(無言)의 환멸 속으로 빠져들었다.

장례식에는 조합원이며 호기심에 가득 찬 구경꾼들이 구름처럼 몰려들었다. 한스 기벤라트는 또다시 유명 인사가 되어 모두의 관심거리로 떠올랐다. 교사들과 교장 선생, 마을 목사도 그의 운명에 동참했다. 그들 모두는 프록코트를 입고, 장중한 비단 모자를 쓴 채 장례 행렬을 따라나섰다. 그리고 서로 이야기를 속삭이며 잠시 무덤가에 서 있었다. 이들 가운데 특히 라틴어 선생이 한층 더 우울해 보였다.

교장 선생은 낮은 목소리로 그에게 말했다. "그래요, 선생님. 저 아이는 훌륭하게 될 수 있었을 텐데 말입니다. 뛰어난 아이들이 도리어 불운을 맞게 된다는 건 정말이지 슬픈 일이지요!"

구둣방 아저씨 플라이크는 한스의 아버지, 쉬지 않고 흐느껴 우는 안나 할머니와 함께 무덤 가에 남아 있었다.

"참으로 가혹한 일입니다, 기벤라트 씨!" 그는 동정 어린 얼굴로 말했다. "저도 그 아이를 무척 좋아했답니다."

"도무지 이해할 수가 없습니다." 아버지는 길게 한숨을 내쉬었다. "저 아이는 무척 재능이 뛰어난 아이였어요. 그리고 일도 모두 잘 풀려 나갔지요. 학교며 시험이며…… 그러다 갑자기 한꺼번에 불행이 닥쳐온 겁니다!"

구둣방 아저씨는 묘지 문을 나서는 프록코트의 신사들을 손으로 가리켰다.

"저기 걸어가는 신사 양반들 말입니다." 그는 나지막한 목소리로 말했다. "저 사람들도 한스를 이 지경에 빠지도록 도와준 셈이지요."

"뭐라고요?" 기벤라트 씨는 흥분한 나머지 펄쩍 뛰었다. 그리고 말도 안 된다는 듯한 놀라는 표정을 지으며 그를 빤히 쳐다보았다. "원, 세상에. 도대체 그게 무슨 말씀입니까?"

"진정하세요, 기벤라트 씨. 전 그저 학교 선생들을 말한 것뿐이에요."

"어째서요? 도대체 왜 그렇단 말입니까?"

"아닙니다. 더 이상은 말하고 싶지 않습니다. 당신이나 나, 우리 모두 저 아이에게 소홀했던 점이 적지 않을 거예요. 그렇게 생각하진 않으세요?"

마을 위로 드넓은 푸른 하늘이 한가로이 펼쳐져 있었다. 골짜기에는 강물이 반짝이며 흐르고 있었다. 잣나무가 우거진 산들은 그리움에 가득 찬 듯이 부드럽고 짙푸른 분위기를 자아내며 줄지어 늘어서 있었다.

플라이크 아저씨는 처량한 미소를 지으며 기벤라트 씨의 팔을 잡았다. 기벤라트 씨는 이 한때의 고요와 이상하리만치 고통스러운 숱한 상념에서 벗어나 여느 때와 다름없는 익숙한 삶의 터전을 향하여 당혹스러운 심정으로 머뭇거리며 발걸음을 옮기고 있었다.

서평

헤르만 헤세는 1877년 7월 2일에 뷔르템부르크주의 칼프에서 태어났다. 독일의 발트해 태생인 아버지는 선교사였으며, 뷔르템베르크 태생인 어머니는 인도학자 집안의 딸이었다. 헤세는 1946년에 노벨문학상을 수상하였고, 1962년 8월 9일에 루가노 근처의 몽따뇰라에서 숨을 거두었다.

그의 저서와 소설, 단편, 명상록, 시집, 정치, 문학, 문화 비평서들은 지금까지 8천만 부 이상이나 발행되어 전 세계로 펴져 나갔다. 그리고 그는 미국과 일본 등지에서 가장 많이 읽히는 20세기의 유럽 작가가 되었다.

막스 브로트는 "카프카는 열광적으로 헤세를 읽었다"고 말했으며, 알프레트 되블린은 "비교될 수 없을 정도로 적확하게 그는 본질적인 문제를 건드리고 있다."라고 평한다.

1903년에 칼프에서 쓰인 이 소설은 한 천재 소년의 운명을 보여 주고 있다. 그는 아버지의 허영심과 고향 도시의 고루한 향토애 때문에 자신이 원하지도 않는 역할을 맡도록 강요당한 끝에 '수레바퀴 아래로' 내몰려지게 된다. 페터 한트케는 이 책을 읽은 뒤의 느낌을 "삶 속에서 거부당한 가치를 다시 젊음에게 되돌려 주기 위한 글쓰기"라고 자신의 일기에 적고 있다. 1906년에 아투르 엘뢰서는 이 작품을 반기며 다음과 같이 말한 바 있다. "이 소설은 부모들과 보호자들, 그리고 교사들을 위한 안내서의 역할을 맡는다고 할 수 있다. 즉, 재능있는 한 젊은 소년을 어떻게 하면 가장 효율적으로 파멸시킬 수 있는가 하는 문제에서 말이다." 또한 그렇기 때문에 테오도르 호이스는 이미 그 당시에 이러한 질문에 대해 다음의 답변을 주고 있다. "과연 이 소설이 경향적인 작품인가? 그렇다, 이 작품이 간곡한 어투로 젊음에 대한 젊음의 권리를 요구하는 바로 거기에 경향성이 있는 것이다!"

1905년에 슈테판 츠바이크는 다음과 같이 적고 있다. "나는 이처럼 놀라운 예술적인 재능으로 쓰여진 심오한 이야기를 그 인간적인 성향 때문에 사랑한다. 그 안에는 내가 어린 시절에 느꼈던, 그리고 그 뒤로 잃어 버렸던 일들이 담겨져 있다. 그리고 사랑의 두 사건들은 마치 내 자신의 경험처럼 이제 내 삶 속에 자리잡고 있다. 시인이 이 보다 더 큰 일을 해낼 수 있겠는가?" 로베르트 무질의 『생도 퇴를레스의 혼란』과 더불어 헤세의 『수레바퀴 아래서』는 그 시대의 교육 제도에 대한 가장 지속적인 고발인 셈이다.

"몇 주 전의 일이다. 그 때, 나는 베를린 고속 전철의 객실에서 두 명의 젊은이들을 발견하였다. 두 사람 모두 그 책 위로 머리를 깊이 숙이고 있었고, 그들 가운데 한 사람은 두 손으로 책을 움켜 쥐고 있었다. 그들은 마치 마법에라도 걸린 듯이 독서에 빠져 있었다. 그들의 모습에서 이해하기 힘든 변신의 후광이 비쳤다. 그들은 고개를 위로 쳐들지도 않고, 옆에 있는 사람들에 대해서도 전혀 개의치 않았다. 그 이전에도, 그 이후에도 나는 그렇게 책을 읽는 사람들을 보지 못했다. 그들은 헤르만 헤세의 『수레바퀴 아래서』를 읽고 있었다. 현실만이 정당한 것이다."

— 롤프 슈나이더

홀로 나를 찾아 떠나다

헤르만 헤세는 신교 목사의 가정에서 태어났다. 그는 서양의 기독교적인 경건주의 전통과 더불어 자라면서도 인도와 중국의 동양적인 분위기에서 자신의 '정신적인 고향'을 발견하였다. 그가 추구한 문학의 과제는 동양 정신과 서양 정신의 접목, 지성과 감성의 결속, 현실과 이상의 융합이라고 할 수 있다. 전생애에 걸친 그의 내면적인 투쟁은 진정한 자아를 발견하려는 노력에 다름아니며, 그의 삶은 '자기 자신에게로 향 하는 하나의 길, 이러한 하나의 길을 찾으려는 시도, 그리고 하나의 작은 길의 암시'인 것이다.

헤세의 모든 작품은 이원론적인 대립 구도를 설정하고 있다. 그 예로 『황야의 이리』나 『나르치스와 골드문트』를 들 수 있다. 마울브론 신학교에서의 체험을 토대로 하여 쓰인 『수레바퀴 아래서』는 자신을 짓누르는 가정과 학교의 종교적 전통,

고루하고 위선적인 권위에 맞서 싸우는 어린 소년을 주인공으로 내세우고 있다. 『데미안』에서는 기독교를 포함한 기존의 유럽 문화에 대한 회의와 비난이 퍼부어진다. 하지만 긴장으로 점철된 내적 위기, 세계의 부조화에 대한 고통은 『싯다르타』에서 지혜로운 조화의 가능성을 엿보게 된다. 그리고 『유리알 유희』에 가서는 구체적인 이상향의 전범(典範)이 제시되기도 한다.

독일 낭만주의 전통에 깊이 뿌리박고 있는 헤세는 특히 고독과 허무를 주제로 한 서정시에서 이러한 경향을 보인다. 물론 그의 소설 『수레바퀴 아래서』도 예외는 아니다.

『수레바퀴 아래서』는 헤세의 자서전이다. 이 작품의 주인공 한스 기벤라트는 그의 분신이다. 그뿐만 아니라 우리 젊은이들의 자화상이기도 하다. 어쩌면 오늘을 사는 우리 모두는 한스처럼 '수레바퀴 아래서' 힘든 삶의 여정을 밟아가고 있는지도 모른다.

헤세는 열세 살 되던 해에 부모 곁을 떠나 괴팅엔의 라틴어 학교에 들어간다. 그리고 이듬해에 그의 외할아버지가 그랬듯이 목사의 길을 걷기 위해 마울브론의 신학교에 입학한다. 하지만 문학적인 재질을 타고난 헤세는 규칙과 인습에 얽매인 신학교의 기숙사 생활을 이겨 내지 못한다. 그래서 그는 학교에서 무단이탈을 하기도 하고, 신경 쇠약에 걸려 휴학을 하기도 하다가 마침내 학교에서 쫓겨나기에 이른다. 고향에 돌아온 헤세는 주어진 환경에 적응하기 위해 시계 공장의 견습공으로, 서점상의 견습원으로 일하면서 나름대로의 노력을 기울여 보지만, 우울증에 걸려 여러 해 동안 고통의 나날을 보낸 끝에 자살을 기도하기도 한다.

헤세와 마찬가지로 뛰어난 재능을 지닌 어린 소년 한스는 주위 사람들의 촉망을 한 몸에 받으며 마울브론의 신학교에 입학한다. 하지만 그가 얻은 출세와 명예는 결코 그의 텅 빈 마음을 채워 주지 못한다. 그토록 행복했던 삶, 한스가 원했던 삶은 이제 아련한 추억이 되어 그의 마음속에 자리잡고 있을 뿐이다. 결국 신경 쇠약에 걸려 학교에서 쫓겨나게 된 한스는 아무도 반기지 않는 고향으로 돌아온다. 그는 공장의 견습공으로 새로운 삶을 열어 보려고 하지만, 힘든 노동의 굴레 아래서 차츰 삶의 의욕을 상실하고 만다. 그래서 최후의 도피처로 자살을 생각하고 인적이 드문 숲에서 나무에 목을 매려고 한다. 어느 날 동료들과 함께 이웃 마을로 놀러간 한스는 술에 잔뜩 취한 채 고요한 달빛이 비치는 강물에 빠져 죽는다. 여기서 그의 죽음이 자살인지, 사고인지는 분명치 않다.

이 작품에서 한스가 죽음에 이르게 된 것은 어찌 보면 그에게 마음의 안식과 평화를 줄 수 있는 어머니가 이 세상에 없었기 때문인지도 모른다. 한스의 어머니가 일찍 세상을 떠난 반면에 어린 시절의 헤세에게는 어머니가 곁에 있었다. 또한 작가로서의 헤세가 자신의 고뇌와 시련을 글로써 승화시킬 수 있었던 반면, 한스는 그런 출구를 발견하지 못한 것이다.

물론 한스에게도 친구는 있었다. 하지만 그가 사랑하던 친구들은 모두 그의 곁을 떠나고 만다. 고향에서 함께 뛰놀던 소꿈친구 헤르만 레히텐하일, 수도원에서 만난 문학 소년 헤르만 하일너, 처음 이성에 눈을 뜨게 한 하일브론의 소녀 엠마, 이들은 한스의 삶에 커다란 자극과 감동을 심어 준 인물들이다.

그 당시에는 모든 것들이 지금과는 사뭇 달랐다. 훨씬 더 아름답고, 즐거웠으며, 활기가 넘쳐흘렀다. (……) 그 시절에는 동화책도 있었고, 도둑 이야기가 적힌 책도 있었다. 자그마한 정원에는 한스가 손수 매달아 놓은 절구 물레방아가 돌고 있었다. 그리고 저녁 무렵이면 나숄트 집안의 현관 앞에 모여 리제의 모험담을 듣기도 했다.

한스가 언제나처럼 애타게 기다리던 일들이 있었다. 풀을 말리는 일, 토끼풀을 베는 일, 첫 낚시질에 나서는 일, 가재를 잡는 일, 호프를 거둬들이는 일, 나무를 흔들어 자두를 따는 일, 불을 지펴 감자를 굽는 일, 그리고 곡식 타작을 시작하는 일. 또한 신비스러운 마법의 힘으로 그를 끌어당기던 것들도 헤아릴 수 없이 많았다. 집이나 골목길, 계단, 곡물 창고의 바닥, 분수, 울타리, 그리고 사람들이나 갖가지 동물들이 그에게는 모두 사랑스럽고 친숙하게 여겨졌다.

이처럼 어린 소년 한스는 행복했다. 그에게는 고향이 있었고, 꿈이 있었고, 모험이 있었다. 하지만 어느 추운 겨울날, 함께 강가에서 남몰래 밤낚시를 즐기던 절름발이 소년 레히텐하일은 초라한 침대 위에 누워 열병을 앓다가 아무 말도 없이 한스 곁을 떠나버리고 만다. '매의 거리'에 사는 동네 사람들은 이내 레히텐하일을 잊어버렸지만, 한스는 친구와의 아름다운 추억을 오래도록 간직하고 있었다.

신학교에서 이루어진 몽상가 헤르만 하일너와의 만남은 하나의 충격적인 사건이었다. 하일너는 홀로 숲길을 거닐기도 하고, 애수에 젖은 숲의 한 모퉁이에서 먼 하늘을 쳐다보기도 하고, 호숫가 아래 골풀 위에 누워 명상에 잠기기도 한다. 그리고 낙엽 지는 소리를 들으며 검은 수첩을 꺼내 들고는 우울한 서정시를 적기도 한다. 수도원의 지하실에서 이 소년과 남몰래 나눈 키스의 경험은 한스에게 하나의 즐거움이며, 동시에 가슴을 에는 듯한 아픔이었다. 그의 즐거움은 풋풋한 사랑이 넘치는 생명에 대한 최초의 예감을 의미했고, 그의 아픔은 어린 시절의 세계로부터 떠나 버린 자신의 영혼을 의미했다. 하지만 학교의 허락도 없이 수도원을 무단 이탈한 하일너는 강제 퇴학을 당하여 정신적인 동반자 한스의 곁을 떠나 버린다.

결국 한스는 신경 쇠약에 걸려 고향으로 돌아온다. 과즙을 짜는 일터에서 그는 플라이크 아저씨의 조카딸 엠마와 운명의 만남을 가지게 된다. 눈부신 희망의 파도가 세차게, 불안하게, 그리고 달콤하게 굽이쳐 한스의 가슴 깊숙이 묶여진 사슬을 끊어 놓는다. 하지만 그는 귀여운 소녀 엠마의 노리갯감에 지나지 않았다. 그녀는 한스의 잔잔한 가슴에 돌을 던지고, 물결이 채 가라앉기도 전에 그의 곁을 떠나 버린다.

줄기를 잘라 낸 나무는 뿌리 근처에서 다시 새로운 싹이 움터 나온다. 이처럼 왕성한 시기에 병들어 상처 입은 영혼 또한 꿈으로 가득 찬 봄날 같은 어린 시절로 되돌아가기도 한다. 마치 거기서 새로운 희망을 찾아내어 끊어진 생명의 끈을 다시금 이을 수 있기라도 한 듯이. 뿌리에서 움튼 새싹은 하루가 다르게 무럭무럭 자라나지만, 그것은 단지 겉으로 보여지는 생명에 불과할 뿐, 결코 다시 나무가 되지는 않는다. 한스 기벤라트도 그랬다.

왜 한스는 스스로 죽음을 택해야만 했는가! 어째서 그는 힘겨운 파멸의 길을 걸어가야만 했는가! 무엇 때문에 그는 '수레바퀴 아래서' 신음해야만 했는가! 과연 한스가 짊어졌던 수레바퀴의 의미는 무엇인가!

우리는 때로 권위적인 기성 사회의 무게에 눌리기도 하고, 때로는 주위 사람들의 질시와 미움의 무게에 눌리기도 하고, 때로는 사랑이라는 이름으로 불리는 커다란 감정의 무게에 눌리기도 한다. 그리고 때로는 우리 자신의 정체성을 찾기 위한 압박감에서 벗어나지 못하기도 한다.

하지만 우리는 수레바퀴 아래 깔린 달팽이가 아니다. 어쩌면 우리는 수레를 끌고 앞으로 나아가야 할 운명을 짊어진 수레바퀴 그 자체인지도 모른다. 고향의 짙은 흙 내음을 맡으며, 다른 바퀴와 함께 어우러져, 달그락거리는 가락에 맞춰, 공동의 이상향을 향하여, 흥겹게 돌아가는 수레바퀴 말이다. 그 수레 위에 꿈과 사랑과 역사를 싣고서.

이제 우리는 이렇게 이야기할 수 있다. '어린 소년 한스 의 죽음은 우리의 삶을 재조명하는 잣대이자, 동시에 우리에게 보다 성숙한 삶의 자세를 촉구하는 자극제임에 틀림없다' 라고.

2020년 9월
김이섭

작가 연보

1877년   7월 2일 독일 남부 뷔르템베르크 주의 칼브(Calw)에서 선교사의 아들로 태어남. 외조부는 유명한 인도학자이자 선교사인 헤르만 군더르트.

1881~1886년   부모와 함께 스위스 바젤에 거주.
1883년에는 스위스 국적 취득(그전에는 러시아 국적이었음).

1886~1889년   칼브로 되돌아와, 학교에 들어감.

1890~1891년   괴핑엔에 있는 라틴어 학교에 다님. 뷔르템베르크 국적 취득.

1891~1892년   마울브론 수도원 학교에 입학. 7개월 뒤 도망침. 시인 이외에는 아무것도 되지 않고자 했기 때문에.

1892년   자살 기도(6월), 슈테텐 신경과 병원 입원(6월~8월). 칸슈타트 인문고등학교 입학.

1894~1895년　　칼브의 시계 공장에서 실습.

1895~1898년　　튀빙엔 헤켄하우어 서점에서 책 거래 견습.

　　　　　　　『낭만적인 노래들(Romantische Lieder)』 출간.

1899년　　소설 『고슴도치(Schweinigel)』 쓰기 시작(원고
　　　　　　미발견). 『한밤중 이후의 한 시간(Eine Stunde
　　　　　　hinter Mitternacht)』 출간.

1901년　　첫 이탈리아 여행(플로렌스, 제누아, 피사, 베니스)

1902년　　『시집(Gedichte)』 출간.

1903년　　두 번째 이탈리아 여행(플로렌스, 베니스).

1904년　　『페터 카멘친트(Peter Camenzind)』 출간.
　　　　　　마리아 베르누이와 결혼.
　　　　　　연구서 『보카치오(Boccaccio)』와 『프란츠 폰 아시시
　　　　　　(Franz von Assisi)』 출간.

1905년　　첫 아들 브루노 출생.

1906년　　『수레바퀴 아래서(Unterm Rad)』 출간. 잡지 《삼월
　　　　　　(März)》 창간.

1907년　　중단편집 『이 세상에(Diesseits)』 출간.

1908년　　중단편집 『이웃들(Nachbarn)』 출간.

1909년　　둘째 아들 하이너 출생.

1910년　　장편 『게르트루트(Gertrud)』 출간.

1911년　　시집 『도중에(Unterwegs)』 출간.
　　　　　　셋째 아들 마르틴 출생. 인도 여행.

1912년　　단편집 『우회로들(Umwege)』 출간.
　　　　　　스위스 베른으로 이주.

1913년   『인도에서. 인도 여행의 기록(Aus Indien. Aufzeich-nungen einer indischen Reise)』출간.

1914년   장편『로스할데(Robhalde)』출간.
전쟁 초에 군 입대를 자원하였으나 복무 부적격 판정을 받아, 베른에서 '독일 포로 구호' 기구에 복무하며 전쟁 포로들과 억류자들을 위하여 잡지 발행. 자신의 출판사를 만들어 1918년에서 1919년까지 스물두 권의 소책자를 펴냄.

1914~1919년   수많은 정치적 논문, 경고 호소문, 공개 서한 등을 독일, 스위스, 오스트리아 신문 잡지들에 발표.

1915년   『크눌프. 크눌프 삶의 세 가지 이야기(Knulp. Drei Geschichten aus dem Leben Knulps)』출간.
단편집『길가(Am Weg)』, 신작 시집『고독한 사람의 음악(Musik des Einsamen)』, 단편집『청춘은 아름다워라(Schön ist die Jugend)』출간.

1916년   부친 사망, 아내와 막내 아들의 병으로 신경 쇠약 발병. 첫 심리 치료 받음.

1919년   정치적 유인물『차라투스트라의 귀환. 어느 독일인이 독일 젊은이들에게 보내는 한마디(Zarathu-stras Wiederkehr. Ein Wort an die deutsche Jugend von einem Deutschen)』익명 출간, 이듬해 베를린에서 실명 출간. 스위스 테신 주의 몬타뇰라로 이주. 1931년까지 거주. 『데미안. 한 젊음의 이야기(Demian. Die Geschich-te einer Jugend)』를 에밀 싱클레어라는 가명으로 출간.

『동화(Märchen)』 출간.

잡지 《새로운 독일적인 것을 위하여(Vivos voco)》 창간 발행.

1920년　색채 소묘를 곁들인 열 편의 시 『화가의 시들(Gedichte des Malers)』, 『방랑(Wanderung)』, 단편집 『클링조어의 마지막 여름(Klingsors letzter Sommer)』 출간. 『혼돈을 들여다보기(Blick ins Chaos)』라는 제목으로 도스토예프스키에 대한 에세이 출간.

1921년　『시선집(Ausgewählte Gedichte)』 출간. 창작 위기.
카를 구스타프 융의 정신 분석 받음.
『테신에서 그린 수채화 열한 점(Elf Aquarelle aus dem Tessin)』 출간.

1922년　『싯다르타(Siddhartha)』 출간.

1923년　『싱클레어의 수첩(Sinclairs Notizbuch)』 출간.
마리아 베르누이와 이혼.

1924년　스위스 국적 재취득. 루트 벵어와 재혼.

1925년　『요양객(Kurgast)』 출간.

1926년　『그림책(Bilderbuch)』 출간. 프로이센 예술원 문학 분과의 국제위원으로 선출됨.

1927년　『뉘른베르크 여행(Die Nürnberger Reise)』, 『황야의 이리(Steppenwolf)』 출간. 50회 생일. 후고 발이 쓴 헤세 전기 출간. 루트 벵어와 이혼.

1928년　『관찰(Betrachtungen)』과 『위기. 일기 한 토막(Krisis. Ein Stück Tagebuch)』 출간.

1929년   신작 시집『밤의 위로(Trost der Nacht)』출간.

1930년   『나르치스와 골드문트(Narzib und Goldmund)』출간.

1931년   니논 돌빈과 재혼. 몬타뇰라 거주.

         『내면으로의 길(Weg nach innen)』출간.

1932년   『동방순례(Die Morgenlandfahrt)』출간.

1932~1943년   『유리알 유희(Glasperlenspiel)』집필.

1933년   『작은 세계(Kleine Welt)』출간.

1934년   시선집『생명의 나무에서(Vom Baum des Lebens)』

         출간.

1935년   『우화집(Fabulierbuch)』출간

1936년   『정원에서 보낸 시간(Stunden im Garten)』출간.

1937년   『기념첩(Gedenkblätter)』,『신 시집(Neue Gedi-chte)』,

         『마비된 소년(Der lahme Knabe)』출간.

1939~1945년   헤세의 작품이 독일에서 불온하다고 간주되어

         『수레바퀴 아래서』,『황야의 이리』,『관찰』,『나

         르치스와 골드문트』가 더 이상 인쇄되지 못함.

         히틀러 집권 기간인 1933년에서 1945년 사이 독

         일에는 총 스무 권의 헤세 저서가 나와 있었는데

         12년 동안 총 481권의 문고본밖에 팔리지 않음.

         그래서 전집은 스위스 프레츠&바스뭇 출판사에

         서 펴냄.

1942년   『시집(Gedichte)』이 헤세의 첫 시전집으로 나옴(취

         리히).

1943년   『유리알 유희(Glasperlenspiel)』출간.

1945년	시선집 『꽃 핀 가지(Der Blütenzweig)』, 미완성 소설
	『베르톨트(Berthold)』, 『꿈의 여행(Traumfährte)』 출간.
1946년	『전쟁과 평화(Krieg und Frieden)』 출간.
	헤세의 작품이 다시 독일에서 나오기 시작함.
	프랑크푸르트 시의 괴테상 수상.
	노벨상 수상.
1951년	『후기 산문(Späte Prosa)』과 『서간집(Briefe)』 출간.
1952년	75회 생일 기념으로 선집 발간.
1954년	동화 『픽토르의 변신(Piktors Verwandlungen)』 출간. 『헤르만 헤세 로망 롤랑 서한집(Briefwe-chsel : Hermann Hesse — Romain Rolland)』 출간.
1955년	후기 산문 『마법(Beschwörungen)』 출간.
	독일 서적상의 평화상 수상.
1956년	헤르만 헤세상 재단 설립(바덴 뷔르템베르크 독일 예술 후원회).
1962년	바이블러의 헤르만 헤세 전기 『헤르만 헤세. 한 편의 전기』 나옴.
	8월 9일 몬타뇰라에서 사망.
	이후 독일에서 많은 작품들과 연구서들이 나옴.

세계문학전집 50

수레바퀴 아래서

1판 1쇄 펴냄   1997년 8월 1일
1판 3쇄 펴냄   2001년 5월 15일
2판 1쇄 펴냄   2001년 8월 10일
2판 105쇄 펴냄   2024년 8월 28일

지은이   헤르만 헤세
옮긴이   김이섭
발행인   박근섭, 박상준
펴낸곳   (주)민음사

출판등록   1966. 5. 19. (제 16-490호)
서울특별시 강남구 도산대로1길 62(신사동) 강남출판문화센터 5층 (우편번호 06027)
대표전화 02-515-2000 팩시밀리 02-515-2007
www.minumsa.com

ISBN 978-89-374-6050-0 04800
ISBN 978-89-374-6000-5 (세트)

* 잘못 만들어진 책은 구입처에서 교환해 드립니다.

세계문학전집 목록

세계문학전집은 계속 간행됩니다.